L'âme déliée

Données de catalogage avant publication (Canada)

Brault, Lucie
  L'âme déliée
  ISBN 2-7604-0347-5
  I. Bédard, Jean, 1949-   . II. Titre.
PS8553.R38A83 1989   C843'.54   C89-096180-8
PS9553.R38A83 1989
PQ3919.2.B72A83 1989

Page couverture : Norman Lavoie

ISBN 2-7604-0347-5

Dépôt légal : deuxième trimestre 1989

IMPRIMÉ AU CANADA

Jean et Lucie Bédard

L'âme déliée

roman

Stanké

À LA JEUNESSE

« Ce fut le temps des inondations d'automne. Chaque torrent se déversait dans le fleuve qui grossissait dans sa course vaseuse. Les rives s'étaient à tel point éloignées l'une de l'autre qu'il était impossible de reconnaître une vache d'un cheval.

Alors, l'Esprit du fleuve se mit à rire de joie, car il avait amassé pour lui toute la beauté de la Terre. Descendant le fleuve, il partit en direction de l'est, jusqu'à ce qu'il atteignit l'océan. Là, regardant vers l'est et ne voyant pas de limites à ses vagues, il s'adressa à l'Esprit de l'océan : 'Un proverbe courant dit que celui qui n'a entendu qu'une partie de la vérité croit que personne ne l'égale. Je suis un de ceux-là... mais à présent que j'ai vu ton immensité inépuisable, malheur à moi !...' À quoi l'Esprit de l'océan répondit : 'Tu ne peux pas parler d'océan à une grenouille de puits, créature d'une sphère plus étroite. Tu ne peux pas parler de glace à un insecte de l'été, créature d'une saison. Tu ne peux pas parler de la voie à un pédagogue : son but est trop limité. Mais à présent que te voilà sorti de ta sphère étroite et que tu as vu le grand océan, tu connais ta propre insignifiance et je peux te parler des grands principes. » (Tchouan Tseu*)

---

* Braden, Charles S. *Les livres sacrés de l'humanité*, Paris, Payot, 1955, p. 305.

PREMIÈRE PARTIE

L'aube

I

NAISSANCES

J'ai mal et la nuit vient. Il me reste peu de temps. Les événements se sont bousculés. Je vais bientôt partir. Mais une dernière chose à accomplir subsiste encore pour laquelle je rassemble mes forces. Mon corps est aussi rigide que la pierre, mes jambes et mes reins sont martelés comme le métal sur l'enclume. Pourtant, je dois refuser la plupart des médicaments, car il n'est pas encore temps de laisser ma conscience s'enfoncer. Je dois te raconter. Ma parole se force un passage entre les douleurs. Elle émerge et je murmure : « Je me souviens... »

....

1   Un cri me réveille.
— De l'eau ! hurle mon père.
Une lueur de feu lèche le plafond. Je me précipite à la fenêtre : le feu est à la bergerie ! Je dégringole l'escalier, me voici dehors. Les brebis hurlent et cognent : elles sont prisonnières. Je cours à leur aide.
— Non, Angelle, n'y va pas ! s'écrie maman.
Et je reste comme pétrifiée.
M. Labrit, le voisin, arrive tout énervé. Mais, peine perdue, tout le bâtiment flambe. Le vent souffle vers nous.

La maison est en danger. Papa m'empoigne brusquement. Maman rentre chercher Michel, le cadet, et Jacques, l'aîné. Nous courons vers le champ. Papa me dépose debout sur la grosse pierre du talus.

Norbert, le chien, s'affole autour du bâtiment en flammes.

— Sale bête ! crie mon père, viens ici ! Laisse brûler ces maudits moutons.

Mais le berger n'entend rien. Il se jette dans une fenêtre. Le bêlement des agnelles est atroce. Le toit s'écroule. Soudain, Norbert surgit à la fenêtre, un agneau à la gueule. Il roule par terre, sans lâcher prise. Gravement blessé, il se traîne misérablement sur son derrière. En vadrouillant le sol de ses chairs brûlées, il rampe jusqu'aux pieds de papa. Il y dépose l'agnelet, qui déguerpit en bêlant. Le chien se lamente et regarde papa, suppliant.

— Achève-le, implore maman en détournant les yeux.

— Le fusil est dans la maison. Elle peut prendre feu à tout moment ! Penses-tu que j'vais me risquer juste pour ce sale chien ?

— Vas-y, fainéant, riposte maman, d'un ton autoritaire.

Papa entre chercher le fusil, pointe l'arme entre les yeux de Norbert et tire. Le berger sursaute, s'écrase, pousse un cri et meurt.

Le vrombissement du feu submerge, peu à peu, le gémissement des moutons. Je ne me souviens plus de la suite...

....

J'avais cinq ans, et j'ai compris d'un coup que mes parents étaient des étrangers. L'espace d'un instant, j'ai senti avoir le choix entre ressembler à mon père ou au chien. De tout cœur, j'ai choisi de ressembler au berger.

À mesure que je raconte, j'ai l'impression que mes douleurs se dispersent comme les vêtements sous les doigts d'un amant. Je m'adresse à toi, ma grande fille ; je m'adresse à toi pour ne rien retenir de ma vie. Tu n'es pas ici, mais Francine écrit tout. Tu liras et tu comprendras.

....

10

Après le feu, l'hiver recouvre la cendre et la tôle. Le vent emporte les puanteurs, mais le froid pénètre mon cœur. Je ne ressens plus rien. La vie se passe derrière une fenêtre. Mes jours glissent à travers un décor de carton. Je suis tombée derrière la vie.

Je ne mange plus rien. Par deux fois, ma mère me gifle en plein visage. Je l'exaspère. Mais plus rien ne m'atteint. Ce n'est pas moi qu'elle frappe. Elle claque une statue de marbre. Et moi, je la regarde avec indifférence.

Le soleil a fini par déchirer des lambeaux de neige sur le talus. La grosse pierre grise suinte, nue. Autour d'elle, l'herbe momifiée se dégourdit lentement.

....

Je pense au jour où nous avons mangé l'agnelet sauvé du feu...

....

Michel refuse d'y toucher. Alors, il doit passer la journée dans sa chambre. Dans la cuisine, mon père et Jacques rient de lui. Mon cœur est gelé. Pourtant, le regard de Norbert me hante sans cesse. Pourquoi n'y avait-il aucune haine dans ses yeux ? Pourquoi le chien a-t-il déposé l'agnelet à ses pieds *à lui* ?

Le soleil finit par découvrir les restes de la bergerie. J'ai l'impression de sentir à nouveau les puanteurs du feu. Il est tôt le matin, un campagnol trottine autour de son terrier. Je sors. L'air est doux. En m'approchant de la bergerie, il me semble entendre le cri des agnelles.

Mon père a jeté le chien dans le puisard. Je le déteste. Ma haine est dans ma gorge. Il a jeté le chien dans le puisard et moi, je n'ai rien dit !

La cendre est noire. Des tôles tordues et roussies pointent à travers les poutres mal brûlées.

Le silence de l'hiver fut écrasant !

Deux pointes de pissenlit tentent de se forcer un chemin dans une crevasse du ciment. Deux pointes de pissenlit vert tendre. Elles me tendent la main. Je ferme les yeux pour rester derrière le mur de glace qu'une nuit de feu a construit autour de moi. Mais j'entends leur petite vie fragile se glisser à travers le béton. Je prends une grande respiration. J'hésite. Des liens d'acier me serrent la gorge, et le cri éclate : « Non ! Je le déteste, je le déteste... »

Une chaleur intense monte le long de mes jambes, ma poitrine flambe, mon cœur s'arrête, se gonfle et puis se déchire. Ma douleur est si forte que je crois mourir. Michel, qui joue en bordure du champ, en entendant mes hurlements, tombe presque en bas de l'arbre. Tout mon corps est secoué, secoué de rage.

— Pourquoi a-t-il jeté le chien dans le puisard ? Pourquoi ?

Je frappe le sol à deux poings. Je frappe jusqu'à m'épuiser. Ma haine, peu à peu, se transforme en souffrance et je pleure, je pleure sans parvenir à m'arrêter. Michel reste là, debout, bouleversé.

À travers mes larmes, j'entrevois la forme délicate de la nouvelle pousse de pissenlit. On dirait un drôle de I, tout jaune, qui regarde le ciel. Je me sens si fragile... La douceur de la brise printanière caresse mon visage humide. J'entends le chuchotement de la vie qui m'invite. Un silence profond frémit dans tout mon être. Mes forces se rassemblent. C'est un instant de choix.

Je suis petite, mais je ressens intuitivement que dire « oui », c'est me jeter dans une bergerie en feu, dans la fragilité, la passion, l'espoir, la joie et la souffrance du feu. Dire « non », c'est rester derrière le mur. Je ne comprends pas le sens de cette vie qui m'appelle, mais le souvenir de Norbert l'emporte. Alors je crie de toutes mes forces en me jetant dans les bras de Michel :

— Oui, oui, je plonge !

Il me semble, à ce moment, que toute la vie qui s'est accumulée en moi jaillit de mon corps. Une force incroyable m'envahit. Je me sens redressée comme un I, comme un tournesol sous l'effet du soleil.

— Oui ! je prends la vie, je la prends jusqu'au bout.

Le lendemain et puis d'autres matins, je vais voir la petite plante. Michel m'accompagne. Un jour, il se lève plus tôt que moi.

— Angelle, viens voir.

Je cours jusqu'aux fondations : j'aperçois le visage tout fripé du pissenlit. À travers le béton, il a fleuri.

Ce jour-là, je sens l'étreinte de mon corps sur mon cœur devenu trop gros. C'est la première fois que je sens mon corps serrer mon cœur, mon corps vivant tenir mon cœur dans ses bras forts pour l'éveiller.

La nuit venue, je m'endors en ayant le sentiment qu'une présence chaleureuse se berce près de mon lit...

Le soleil du matin luit sur les verts tendres du printemps. À perte de vue, la vie recouvre de nouveau les montagnes.

....

Ce sont les premiers souvenirs gravés dans mon cœur. J'ai vécu pleinement ma vie. Je l'ai ouverte sans rien y laisser, comme un enfant pauvre déballe un cadeau unique.

....

Arrive le temps de mes premières classes. Une jeune femme nous enseigne. Je ne me souviens plus de son nom, mais elle porte toujours une jolie robe, beaucoup de rouge sur les lèvres et du noir autour des yeux.

D'une fenêtre de ma classe, je regarde bondir les montagnes, lesquelles, comme un troupeau d'éléphants, se jettent dans la mer. L'automne tourmente les arbres et les rend tout rouges. Les épinettes, pelotonnées en grandes taches vertes, résistent au vent de toute leur fourrure hirsute. La ferme de M. Bélanger, agrippée à l'arête d'une forte colline, laisse glisser son dos dans la vallée. On y moissonne en toute hâte un dernier carré d'avoine. Je pense aux marmottes curieuses et mécontentes, assises sur leur pierre à surveiller tout ce chambardement.

— Angelle, allons, réponds à la question.

— Quelle question, madame ?

— Encore dans la lune ! Deux pommes plus une pomme font combien ?

— De quelle couleur elles sont les pommes ?

— Ça n'a aucune importance.

— Mais si !

— Bon, disons qu'elles sont vertes.

— Mais est-ce qu'il y en a une de très poquée ?

La jeune femme agite la main : elle s'efforce tant bien que mal d'éteindre les ricanements qui, comme un feu d'herbe, crépitent et s'étendent.

— Aucune importance, Angelle. Je te demande simplement combien font deux plus un.

— Mais, madame, si une des pommes est poquée, si une autre est piquée et la dernière toute verte, ça fait une pomme pour la tarte, une pour la vache de M. Labrit et une pour moi.

— Tu vois, ça fait trois pommes...

La classe ne cesse de rire et les mains de l'enseignante s'agitent plus fort.

— Additionner, Angelle, c'est dire combien il y a de choses ; ce n'est pas dire ce qu'elles sont.

Elle a les dents très blanches, la maîtresse, et ça fait joli sur son visage tout rouge, si rouge que toute la classe se tait. Mais, moi, je suis comme emportée et je continue :

— Mais, madame, si vous voulez absolument trois pommes, j'ai pas le choix : il faut que j'éteigne la lumière.

— Angelle, Angelle...

— L'autre jour, Michel m'a demandé d'aller chercher deux pommes dans le baril, une pour lui et une pour Jacques. Je suis descendue dans le caveau, j'ai allumé la lumière, et je n'arrivais pas à trouver... C'était trop compliqué, chaque pomme avait l'air d'être la plus belle... Il a fallu que j'éteigne la lumière pour en choisir deux. Dans le noir, c'était facile de réunir deux pommes parce qu'elles étaient toutes pareilles...

— Arrête et réponds à ma question sans tenir compte des caractéristiques.

— C'est quoi des caractéristiques ?

— Moi, je le sais, claironne ma voisine.

La classe se tait à nouveau et l'enseignante lui fait signe de répondre.

— C'est comme la couleur, la grosseur...

Sans la laisser terminer, je rétorque :

— Alors, des choses qui sont sans caractéristiques, ça ne se peut pas vraiment. Et les choses qui ont des caractéristiques, ça ne s'additionne pas. Qu'est ce qu'il faut leur faire

14

aux choses pour pouvoir les additionner et que la réponse soit quelque chose qui existe ?

— Ça suffit, Angelle ! Tu vas répondre aux questions. Si tu veux apprendre, il ne faut pas perdre ton temps ni celui de tes compagnons en posant des questions idiotes.

Je ne voulais plus répondre. Je ne comprenais pas quelle sorte de réalité on pouvait compter, ni pourquoi les mots s'écrivaient n'importe comment mais toujours à la façon de la maîtresse. Et je refusais de dire des choses qui n'ont pas de sens.

— C'est trois, Angelle ; deux et un, c'est trois, trois.

— Mais trois quoi ? Si c'est trois quelque chose qui n'existe pas, alors vaut mieux dire zéro.

— Tais-toi !...

Elle avait les yeux sortis de la tête, les dents serrées. Vaguement, j'ai compris que l'école, c'était entrer dans le monde imaginaire des professeurs. Apprendre, c'était obéir et surtout ne plus penser. Rentrer dans son trou.

À la fenêtre, une volée de bernaches file vers le sud et disparaît dans une gorge. La batteuse remonte péniblement le champ. La marmotte est certainement rentrée dans son terrier ; j'espère que ses provisions sont suffisantes, car l'hiver s'annonce long.

2 Lorsqu'il pleut, Michel et moi on installe la petite ferme dans la cuisine ; on fait paître la vache, rouler le tracteur, mais surtout courir le cheval. Il faut suivre des sentiers compliqués entre les fleurs brunes du parquet, éviter les pieds de maman qui ne regarde jamais où elle va, escalader des chaises, bondir sur le comptoir et même subtiliser un biscuit dans la jarre : pour le cheval, bien entendu.

Si mon père entre, nous devons amener paître le bétail sous la table, et si, par mégarde, on écrase la queue d'une vache, il ne faut surtout pas la faire mugir trop fort.

Depuis deux jours qu'une pluie glacée nous retient autour de la ferme, les animaux sont nerveux. Mon père, sur la berceuse, boit son thé. Mon cheval est à la recherche d'une source ; il flaire une oasis, tout près de l'armoire à confitures.

Mais voilà, il faut passer sous le berceau de la chaise de papa. Michel, qui m'observe, retient son souffle. Le rythme du bercement de la chaise tambourine dans ma tête. Tout est prévu : il faut passer à la dernière minute afin que l'ennemi qui me poursuit meure écrasé sous la berceuse.

Hélas ! une mouche se frotte les pattes sur le comptoir. Mon père fait un mouvement brusque pour la tuer et... m'écrase le doigt. Je pousse un cri de douleur.

— J'te l'ai dit cent fois de ne pas jouer derrière ma chaise ; je suis bien content, ça t'apprendra !

— Tu ne cesses pas de bouger, ajoute maman comme l'écho. Si tu pouvais t'arrêter un instant !

On range la petite ferme et on monte dans la chambre de Michel. Jouer les yeux bandés, ça ne fera pas de bruit. Je tente d'attraper Michel. Il est debout sur le lit, j'en suis certaine. Je bondis vers lui. Il se tasse sans en avoir le droit. Alors, je bascule sur le lit, accroche du pied le portrait de grand-père dont la vitre se casse en tombant.

À coups de tonnerre dans l'escalier, mon père monte. Il entre en criant :

— Terminé, Angelle ! Tu vas cesser de bouger tout le temps et de tout casser.

Comme un paquet, il me prend sous son bras. La tête en bas, tout s'embrouille devant moi. Je me débats ; je me cogne le front contre la rampe et je me ramasse si brutalement sur la berceuse que les fesses me chauffent plus que la tête ne me fait mal. Il sort une corde du tiroir et m'attache les poignets aux bras de la chaise.

J'y reste jusqu'au soir.

Je ne peux supporter cette torture qu'en me fermant les yeux. Chercher dans mon esprit le couloir qui mène à l'espace, voler comme l'oiseau dans la pureté du ciel, courir les marguerites et ne m'arrêter que lorsque le corps n'en peut plus. Fuir à tout prix cette chaise, car je m'y sens comme sur des braises ardentes.

Mais lorsque la révolte pénètre mon cœur, c'est comme si un tigre entrait dans la cuisine. Il y a tant d'énergie que je brûle vive dans mes liens. Les moments où j'arrive à garder le tigre derrière la porte, je m'apaise et je peux partir très loin.

....

16

C'est à ce moment que j'ai découvert la réalité de l'espace. Dans ma tête, l'espace avait la forme d'un énorme **O** plein de quelqu'un qui laisse les choses libres.

....

Quand maman me détache, la nuit est venue. Je ne suis plus sa fille. Ma vraie mère, c'est l'espace.

3 La péninsule de la Gaspésie s'avance dans la mer, entre le golfe du Saint-Laurent et la baie des Chaleurs. La chaîne des Chic-Chocs la traverse en son milieu. Une vallée profonde vient s'apaiser entre deux flèches littorales. Au milieu de la baie, une aiguille frappée par la vague garde tant bien que mal une touffe d'arbustes sur sa tête.

D'un navire, on voit la Rivière-au-Mouton s'écouler en cascades jusque dans le fleuve. Mon grand-père, qui était pêcheur, a dû apercevoir cette colline, là-bas, qui remonte le versant est de la vallée. Il a quitté la pêche, est venu s'établir à flanc de coteau de façon à pouvoir contempler la baie et, dans la baie, l'aiguille frappée par les vagues.

Michel et moi allons souvent courir les marguerites sur le haut de la terre. Par temps clair, il nous arrive de voir des mouettes virevolter autour de l'aiguille. Mais, ce jour-là, bien que le ciel soit clair, il n'y en a pas.

Nous revenons à la maison lorsque le vieux M. Labrit nous fait signe de venir. Il tient un minuscule chaton jaune dans sa main.

— J'ai tué les autres, dit-il. Celui-là, je suis pas capable. Si tu le prends, je te le donne.

Et il me tend la petite boule orange.

Je la prends et je cours à la maison.

Jacques me dit que le chaton va mourir parce qu'il est trop petit. Michel défie maman qui n'en veut pas. Il descend chercher du lait et nous y trempons nos doigts que le chaton lèche goulûment.

En reconstruisant la bergerie, mon père a laissé un coin pour les lapins. Cricri, la petite blanche, a perdu sa portée. Mon père ne voulant absolument pas du chat dans la maison, j'imagine de le mettre dans la cage de Cricri.

Le chat s'y porte bien et commence à manger les bouts de laitues et de tomates qu'on lui apporte. À chaque fois que mon grand frère Jacques nettoie les cages, il jette le chaton dans la paille en disant :

— Vas-tu cesser de remettre ce maudit chat avec les lapins ? Les mères mangent leurs petits quand elles sont dérangées.

Mais je l'y remets toujours.

Michel est convaincu que c'est une chatte et me dit aussi de la laisser partir. Mais elle est bien trop petite. Mon père, avec ses grosses bottines, par mégarde, pourrait l'écraser. Ma mère se joint aux autres pour me persuader de la relâcher.

— Elle va virer carotte à force d'être avec les lapins.

Elle dit ça parce qu'elle ne comprend pas !

La nuit, je fais un cauchemar : la chatte se lamente comme un chien blessé ; elle a l'arrière-train écrasé, car mon père a marché dessus. Je me réveille en sursaut. Un magnifique cheval blanc est là, Norbert à ses côtés :

« Ta chatte est jaune comme le soleil, dit le cheval. Fragile comme la petite violette qui tremble à l'aisselle de la grosse roche. Elle ignore tout et ne peut guère se défendre. Elle est curieuse, Angelle, elle va fouiner partout.

— Mais je ne crois pas qu'elle songe tellement à se conserver comme si elle était de peluche, continue Norbert. Ni même à éviter les mésaventures. Foi d'animal, elle est faite pour courir les musaraignes, les taupes et les moineaux. »

Et ils disparaissent.

Je me sens subitement très seule. Il me faut décider. Je ne sais pas, je suis confuse. Tantôt je vois la petite Soso écrasée. Tantôt je la vois courir sur les barrières de la bergerie. Je me sens terriblement responsable. Je songe à la vie, et au pissenlit à travers le ciment. Un instant, je pense à la libérer ; un autre instant, je suis convaincue qu'il me faut la protéger.

À la fenêtre, la bergerie se dépouille peu à peu de ses vêtements de nuit. Une minuscule pointe de soleil chatouille le pré à travers les aulnes. Silencieusement, je sors de la maison.

En entrant dans la bergerie, je vois la petite Soso jouer avec le crochet de la porte de sa cage. Sa patte sort entre deux broches. Elle tente de ramener la goupille et de la mordiller. La lapine s'arrache le poil du ventre pour en faire un nid. Les agnelles braillent pour avoir leur portion. Un papillon de nuit se débat dans une toile d'araignée. Un oiseau percute une vitre en voulant sortir. Partout, la vie semble refuser tout repos. Je me dis : « C'est **I**, **I** qui ne cesse de s'étendre. »

Je regarde la cage. Il faut choisir. Je l'ouvre. Je prends Soso, je la dépose sur le rebord d'une fenêtre. Une lumière tamisée de poussière brille sur son dos tout jaune. On dirait un petit soleil. Elle saute et déguerpit de toutes ses forces.

Je me souviens soudainement de la chaise berceuse et de ces interminables heures où j'y suis demeurée attachée. Comment est-ce possible qu'après avoir tant souffert dans mes liens, je n'aie pu saisir que je reproduisais le comportement de mon père ? Je suis atterrée.

Mais la porte vient de s'ouvrir. Michel entre précipitamment.

— Où étais-tu ? demande-t-il.

Pour balayer mon angoisse, je m'exclame :

— Attrape-moi si t'es capable, paresseux, et je me sauve du côté de la colline.

J'ai presque atteint le boisé lorsqu'il réussit enfin à m'accrocher par le pied. Dans la baie, des mouettes planent dans l'espace, autour de l'aiguille. Peut-être que, d'une barque, un vieux pêcheur regarde par ici. Il doit trouver la colline incroyablement ensoleillée, car mes cheveux au vent ont l'air d'être aussi orange que les poils de la chatte.

4   À 7 h 10, l'autobus nous prend pour aller à l'école. Gérald Labrit monte toujours derrière moi. Il se tient loin de Jacques, car il en a peur. C'est l'hiver et le bus descend très prudemment la côte du village.

Le village de Rivière-au-Mouton est tassé sur le bord d'une falaise longeant le bras droit de la baie. L'église, toute blanche, est nichée sur une butte. L'école est juste à côté. Gérald, que tout le monde appelle « le Pissou », me dit qu'à l'intérieur il y a une grande statue d'une jeune fille tout en blanc, avec des ailes de goéland. Elle tient par la main un garçon vêtu d'une sorte de couverture brune. C'est un ange, m'a-t-il dit.

Papa affirme qu'il n'y a que les niaiseux qui vont à l'église. Moi, je n'y ai jamais mis les pieds parce que maman n'y va que pour avoir la paix.

Gérald est dans ma classe ; il se tient constamment avec moi. Il y a toujours quelqu'un pour rire de lui en ajoutant :

— Pis toi, Frizou, c'est pareil.

Dans la salle de cours, on s'assoit donc loin l'un de l'autre. C'est un jour de dictée. M. Gamache récite en parcourant les rangées.

— Regarde ce que tu écris, c'est illisible !

Comme d'habitude, j'ai si peur que je ne vois même pas ma feuille.

Bertrand le costaud est derrière Gérald. Je le vois du coin de l'œil qui allonge une jambe pour attraper une patte de sa chaise. Il tire fort. Gérald se frappe le nez sur le bureau et tombe par terre. Tout le monde rigole.

— Encore toi, Gérald ! crie M. Gamache et il s'avance vers lui pour le punir.

Je ne peux pas me taire : c'est trop injuste. Mais je suis incapable de parler, complètement paralysée. Mon cœur bat si fort ! Un instant, je crois réussir. Mais je n'ai qu'imaginé. M. Gamache prend mon ami par le collet et le jette à la porte. Je me lève, j'ouvre la bouche, mais rien ne sort. Alors, comme un coup de vent, je rejoins Gérald, l'attrape par la main et nous courons à l'église. Mais la porte est verrouillée. La directrice nous appelle :

— Venez ici, les enfants.

Au bureau, il y a M. Gamache qui nous attend. Mme Colin, la directrice, nous demande de nous expliquer. Avant même que nous n'ayons pu dire un mot, M. Gamache raconte qu'en pleine dictée, on s'est sauvés parce qu'on est trop cruches pour écrire deux mots sans fautes.

— Laisse les enfants s'expliquer eux-mêmes, objecte-t-elle sèchement.

Elle s'approche, me prend par la main et me dit :

— Allons, parle.

Je jette un coup d'œil vers M. Gamache. Elle lui demande de sortir. Je peux respirer. Mme Colin sourit. Alors, je lui explique tout. Gérald garde la tête baissée.

Par la suite, M. Gamache nous laisse tranquilles. Mais, quand les autres se moquent de nous, il ne s'en mêle pas.

De retour à la maison, il y a tout l'espace de la campagne. Je monte en toute hâte sur la grosse pierre du talus. Au loin, la mer emporte mon regard jusqu'à la fente qui sépare le ciel de la terre.

Le soleil s'enfonce peu à peu sous l'horizon. Il fait froid, mais j'ai le sentiment d'être forte sur ma pierre, forte comme un **I** bien droit.

5 C'est le temps de rentrer les légumes. Les fèves, les brocolis, les choux-fleurs, les poireaux, les gourganes débordent de la table et des caisses. Il faut laver, blanchir et congeler. Michel et moi aidons ma mère. Elle fredonne joyeusement car la terre a bien rendu.

— Maman, est-ce qu'un légume meurt ? je demande.

— D'une certaine façon, répond-elle.

— C'est quoi mourir, pour un légume ?

— C'est perdre la vie.

— Mais c'est quoi la vie ?

— La vie, c'est ce qui fait qu'on est vivant. La vie... c'est la vie, ma Frizou. Il faut se dépêcher ; tiens, rince les fèves : elles ont bouilli leur temps.

Michel, convaincu que c'est le meilleur moment pour les questions :

— Maman, est-ce que c'est vrai que la Terre est ronde ?

— Bien sûr, mon garçon, répond maman.

— Alors, pourquoi on ne tombe pas ?

— A cause de la gravité.

— C'est quoi la « grovité » ?

— On dit la gravité, Michel. La gravité, c'est ce qui nous retient au sol. Dépêche-toi de laver les brocolis : l'eau commence à bouillir ; il faut les mettre au chaudron.

Je réfléchis à la gravité, puis ma pensée s'aiguille vers autre chose. N'étant pas certaine d'avoir épuisé les réserves de patience de maman, je tente une autre question.

— Maman, est-ce que les animaux pensent ?

— D'une certaine façon.

— C'est quoi penser, maman ?

— Penser....penser, c'est avoir des idées.

— Mais... c'est quoi, une idée ?

— Une idée... c'est une idée. Regarde, tu laisses plein de queues après les fèves.

J'attends que les fèves soient dans le chaudron.

— Maman, pourquoi répondre à une question, c'est mettre un mot à la place d'un autre ?

— Qu'est-ce tu veux dire, Frizou ? s'exclame Michel.

— Si je demande : « Qu'est-ce qu'un mouton ? » on me dit que c'est un animal. Si je demande ce qu'est un animal, on me dit que c'est quelque chose de vivant ; si je demande ce qu'est la vie, on me dit que la vie, c'est la vie. Tu vois, répondre c'est mettre un mot à la place d'un autre. Il arrive un temps où il n'y a plus d'autre mot ; alors, il suffit de répéter le même mot : « La vie, c'est la vie. » Alors, moi, je me demande pourquoi c'est cela répondre.

Maman n'écoute plus ; comme une toupie, elle tournoie de la table à la cuisinière. Elle ne chante plus. Les légumes vont au congélateur, mais je me demande tout à coup si maman pense. Un terrible sentiment de solitude m'oppresse. J'ai soudain l'impression que les adultes transportent des mots sans les déballer. Chaque mot est collé sur un paquet. On se passe les paquets, mais on ne les déballe pas. L'étiquette « vie » est collée sur les plantes et les animaux, mais qui entre dans la vie pour savoir ce qu'il y a dedans ?

Comment fait-on pour ouvrir le paquet ? Je retourne cette question de tous côtés : pas de réponses.

Le lendemain, dans l'autobus, j'explique à Gérald que je suis allée courir les marguerites.

— C'est quoi courir les marguerites ? demande-t-il.

Sans trop y penser, je réponds :

— C'est courir de toutes ses forces, en frôlant l'herbe de ses mains ; c'est sentir l'espace sur sa peau ; c'est voler comme l'hirondelle jusqu'à ce que je tombe de fatigue ou que Michel m'ait attrapée.

Je réalise soudainement que j'ai répondu à ma question de la veille. Pour vérifier, je demande à Gérald :

— Pose-moi une question, la première qui te vient.

— C'est quoi la peur ?

— C'est une tempête dans le corps ; elle vient comme un coup de tonnerre, elle te remplit, te paralyse...

À mesure que je réponds, je ressens cette peur ; elle m'habite : j'ai déballé le paquet. Je crie en bondissant de joie :

— Ça alors ! j'ai réussi !

Dans l'autobus, les têtes se retournent. Je deviens rouge.

Toute la journée, je suis hantée par cette découverte. C'est la première fois que je suis certaine de penser. J'ai l'impression de me réveiller d'un long sommeil. Avant aujourd'hui, j'avais des idées plein la tête, mais je ne pensais pas. Je ne veux plus jamais cesser de penser. Je ne veux plus jamais transporter un paquet sans l'ouvrir.

J'aimerais tant rencontrer quelqu'un qui pense ! Je me sens infiniment seule. Il me vient une idée : je vais organiser un club, un club de gens qui pensent : le Club des réveillés. On aura notre première réunion dès ce soir...

Gérald, Michel et Katie Bélanger sont à l'heure dans la grange.

— Qu'est-ce que la naissance ? je leur demande.

— C'est sortir du ventre de la maman, répond Katie.

— T'en souviens-tu ?

— Bien sûr que non : j'étais trop petite.

— Qui est capable de recommencer sa naissance ?

— Moi, moi, répondent-ils tous en chœur.

Et chacun se cache dans la paille. J'entends des cris d'effort. Katie réussit à sortir la première, pleure et tète sa maman. Je la prends dans mes bras et la berce doucement. Puis c'est Michel... Gérald, lui, n'arrive pas à sortir ; il souffre terriblement : on va tous l'aider. « Il ne faut pas trop tirer, m'a déjà expliqué papa, il faut suivre les contractions de l'agnelle. » Il fait une chaleur étouffante. On finit par le dégager. Mais il ne respire pas : il devient bleu ; alors, de l'index, j'enlève les sécrétions de sa bouche. Il éclate en sanglots.

— Je suis si content, réussit-il à dire entre ses larmes.

Nous avons Gérald dans nos bras, on le berce et nos cœurs sont saturés de joie.

Katie propose alors d'initier M. Labrit, le grand-père de Gérald. L'idée est géniale. Gérald est d'accord pour lui en parler. M. Labrit garde son petit-fils depuis la mort de ses parents. Ça lui arrive de jouer avec nous ; on l'aime bien. Mes parents disent qu'il est un peu fou. C'est pour cela que je suis certaine qu'il peut apprendre...

Le jour se lève, rose entre les montagnes. Les bouleaux dégarnis frémissent à la surface du brouillard qui se pelotonne dans la vallée. C'est samedi. La journée s'annonce superbe. Nous ferons le mouton avec M. Labrit. Nous serons cinq au Club des réveillés. Dès 8 h 00, nous sommes à la bergerie. Le train étant fait, nous ne risquons pas d'être dérangés.

— J'suis content d'être avec vous, les enfants : c'est pas drôle d'être toujours tout seul. On joue à quoi ?

— On joue pas, papi ; c'est un club, explique Gérald.

— Le Club des réveillés, précise Katie.

— Et on veut vous initier, ajoute Michel.

— Je suis prêt, les enfants, affirme M. Labrit.

J'explique qu'on va déballer la journée d'un mouton ; qu'on ne peut pas passer sa vie à côté des moutons, à les nourrir et à les manger sans même les connaître, juste à savoir que ce sont des moutons et que des moutons ce sont des moutons.

Michel fait le berger ; nous autres, on est à quatre pattes. On attend la moulée. On avale tout rond. Gérald, qui dévore plus vite, nous pousse par terre. M. Labrit bêle et se défend. À l'abreuvoir, le vieux est beaucoup plus rapide. Une fois rassasié, tout le monde rumine. Katie n'arrive pas à roter comme il faut. M. Labrit, qui rote terriblement bien, lui montre comment. Les vrais moutons ne comprennent pas ; ils sont convaincus qu'on vient les nourrir. Ils se précipitent vers nous. On dérape dans la boue. M. Labrit glisse littéralement dans la coulée en s'esclaffant.

J'aperçois mon père dans le carreau de la bergerie.

— Angelle, viens ici... ça n'a aucun bon sens ce jeu de fous avec ce pauvre M. Labrit. C'est pas parce qu'il est un peu simple qu'il faut rire de lui. Marche à la maison ; dans ta chambre pour la journée. Toi aussi, Michel, dans ta chambre.

À la fenêtre, j'aperçois M. Labrit et Gérald qui s'en retournent, tous les deux la tête baissée, comme des enfants punis.

6 Il y a, sur le haut de la terre, un énorme bouleau jaune. Son tronc massif et court tend un bras puissant vers le ciel. De l'autre épaule sort une petite main fragile et sans feuille. Nous avons l'habitude de l'appeler « Manchot ». Pour compenser son déséquilibre, une grosse racine retrousse du sol, montrant son dos plein d'effort. J'ai bien souvent monté sur sa nuque pour regarder la mer. Mais, ce jour-là, j'ai couru tout le champ. Aussi, je me contente de m'asseoir à ses pieds.

La mer paraît violette entre les collines. La jeune verdure frémit au vent et le ciel baigne dans la lumière.

J'entends mon cœur battre dans ma poitrine, je me sens remplie de force et de vie. On discerne une forme de présence dans cette vie, comme s'il y avait une personne debout derrière une porte mal fermée. Je me laisse glisser silencieusement le long de cette présence. Je suis irrésistiblement attirée vers elle. J'entends la vie, le **I** qui monte. Je l'entends de plus en plus fort. Il emplit ma tête, il emplit mon être.

Il y a une telle puissance, une telle stabilité de force, une telle détermination de volonté dans cette source qu'une fois qu'on lui a ouvert la porte, aucune résistance n'est plus possible. Je comprends sans mots que la vie sait parfaitement où elle va. Rien ne peut l'arrêter. Elle monte dans le torse du Manchot, elle tient son bras, pénètre ses branches, puis toute sa ramille. Elle s'évapore dans l'atmosphère, suit l'attraction du soleil... Quel chemin suit la source **I** ? Pourquoi s'étend-elle toujours de plus en plus dans l'univers ? Est-ce l'amour de l'espace ?

Mon grand frère et mon père croient que l'espace n'est rien. Ils sont persuadés que ce qui cède devant la croissance des arbres et le scintillement des astres n'est rien. Ils sont convaincus que les choses sont dans le vide !

Moi, je pense que le néant n'existe pas. En regardant le ciel, cet immensité bleue, je ressens une présence amoureuse qui sourit à la source **I**. Elle n'a pas de son, elle écoute ; elle n'a pas de visage, mais c'est sa confiance qui la rend si tolérante.

En fermant les yeux, il y a une lumière plus vive qu'en les ouvrant. Mon corps est habité par la mer, et la marée qui monte verse des larmes à travers mes yeux.

II

TRANSFORMATION

1 Malgré mes onze ans, j'ai encore de grandes difficultés en lecture. Aux périodes de bibliothèque, je cherche donc les livres d'images. Ce jour-là, celui qui m'intéresse le plus montre des hommes et des femmes primitifs. Je suis très impressionnée par ces images d'êtres vêtus de peaux de bêtes, munis de lances ou de gourdins et qui affrontent de monstrueux animaux.

Gérald partage ma passion. En fait, nous nous sentons beaucoup plus près des cavernes et du silex que de l'école et du crayon.

Il est tard dans l'automne. La forêt s'est libérée de la majeure partie de son sous-bois. On a prévu de se réunir samedi matin, très tôt, pour une chasse aux dinosaures. Il y aura Michel et Katie Bélanger. Katie est un peu petite et douillette, mais elle a une dent cassée, les cheveux noirs et toujours sales : c'est une bonne primitive. Michel, il faudra le salir beaucoup parce qu'il est trop pâle et ses cheveux blonds et courts lui donnent un genre un peu ville. Gérald sera mon mari. C'est vrai qu'il est peureux mais, avec son nez écrasé et son front large, c'est le type parfait. Moi, il ne faut absolument pas qu'on voie mes cheveux roux parce qu'ils frisent trop. Si on se lève assez tôt, on pourra prendre la suie du poêle avant que maman ne l'allume et que papa nous voie ; ça nous noircira.

Derrière chez les Labrit, il y a une petite montagne et c'est très accidenté. À 7 h 00, tout le monde est sale et muni d'une lance ou d'un gourdin. Michel nous donne des peaux de mouton qu'il a chipées au grenier. On cache nos vêtements derrière un rocher. Ça fait drôle de frôler les branches de nos jambes nues. Pour les pieds, c'est un vrai supplice. Mais, comme une épouvantable coulée de lave nous poursuit, c'est vite oublié.

Depuis la dernière lune, la chasse est mauvaise. Toute la tribu des Galais souffre de la faim. Il nous faut trouver du gibier, et très vite. Michel découvre des pistes de mammouth derrière un arbre. Nous les suivons à la trace. Il y a un bruit étrange du côté où le soleil se couche. En nous approchant, on aperçoit papa et mon grand frère qui coupent du bois avec leur scie infernale. Ce sont les plus beaux spécimens de tricératops jamais observés dans la région ! Le tricératop est très dangereux. Il faut le prendre par surprise. Nous sommes aussi silencieux que le lynx. Michel et Katie contournent la zone par le nord. Gérald et moi montons sur la butte opposée. Nous ne devons pas être vus. Il y a des moments d'angoisse, mais le chasseur est patient. Sans attirer l'attention, on arrive à communiquer par signes, d'une équipe à l'autre.

Le plus jeune des tricératops jette par moments un regard vers nous, mais il ne doit pas nous apercevoir puisqu'il continue à piler du bois. Le temps passe. Le plus vieux se regarde le poignet, fait signe à l'autre et voilà qu'ils fuient tous deux à l'intérieur d'un engin venu du futur.

Ce n'est pas une grande déception : les tricératops ont une viande dure comme la pierre !

La tribu des Galais est affamée. Un tam-tam nous annonce qu'un enfant va mourir. Le soleil commence à faire de l'ombre alors que nous sommes sur le point d'abattre un énorme mammouth. Gérald monte dans un arbre afin de se jeter sur lui avec sa lance. Katie fait une assiette d'écorce pour ramasser le sang, car le clan fêtera ce soir. Mais, soudain, un bruit nous fait sursauter. Et puis le cri d'un coyote. Un moment, nous faisons semblant qu'un animal horrible nous guette, mais les craquements et le hurlement se rapprochent. L'animal nous poursuit réellement.

Je cours de toutes mes forces vers la maison. Je suis terrifiée. Je ne vois plus les autres. J'ai beau crier, personne ne répond. Plus vite, plus vite ! L'animal se rapproche toujours. Je ne vois plus rien. Je cours à toutes jambes. Je dérape du sentier. La terre cède sous mes pas. Je dégringole la falaise. Je me frappe contre les racines et les pierres et roule à l'eau.

Le courant m'emporte. Heureusement, on a damé la rivière. Je nage bientôt dans l'étang. Une jambe me fait mal. Les forces me manquent. J'entends la voix de Jacques :

— Frizou ! Frizou ! crie-t-il. C'était juste pour jouer. Reviens.

— Au secours ! j'me noie ! que je lui réponds du plus fort que je peux.

Enfin, Jacques apparaît et puis Gérald, Michel et Katie. Mais ils sont du côté de la falaise : ils ne peuvent m'aider. Je n'en peux plus. Je coule à pic. L'étang n'est pas profond ; je donne un coup de jambe et remonte. J'entends Jacques beugler :

— Vas-y, le Pissou, plonge ; c'est toi qui as organisé ce jeu de fou. Plonge, je te dis.

Et Gérald plonge.

Il réussit à me traîner jusqu'à la rive. Il est sur moi, rouge et essoufflé. Je n'ai pas la force de le remercier. Je tente de lui faire un signe. Il comprend mon effort. Il se gonfle la poitrine. Un instant, il est fier de lui. Il m'examine de la tête aux pieds pour vérifier si je n'ai rien de cassé. Son regard se trouble. Il détourne les yeux. Je prends soudain conscience de ma nudité. Il s'empresse de me couvrir de son propre vêtement.

Les autres arrivent. Après avoir constaté qu'il n'est rien arrivé de grave, Jacques se met à ridiculiser Gérald qui est tout nu. Celui-ci garde la tête baissée en tenant ses mains devant son sexe.

À la suite de l'accident, je fais une grosse fièvre. Dans mon lit, je vois constamment le regard de Gérald couché sur moi. Il y a dans ses yeux quelque chose d'animal, mais quelque chose de l'ange aussi, de l'ange dont il me parle si souvent. Et puis je pense à ces primitifs qui ont montré tant de courage, traversé tant de difficultés. Entre ma conscience et mon sommeil glissent des pages d'histoire : actes de bravoure, actes de lâcheté, actes impulsifs et violents, actes tendres et doux. J'y mets juste assez de concentration pour que rien ne me distraie de cette vision, mais pas trop, de peur de reprendre complètement conscience.

Une femme court, un enfant sous le bras ; une mer de feu la poursuit. Un homme du Néanderthal se cache derrière un rocher ; il craint les fauves. Un autre redevient singe et se balance d'arbre en arbre. Le singe se métamorphose en lézard. La vie retourne à son origine. Je ressens toute l'histoire de la vie comme étant la mienne. Il me semble que je porte l'hérédité de tous les êtres qui ont vécu. Je bénis les braves, ceux qui étaient dans la force de Norbert. De tout mon cœur, je refuse la médiocrité, la médiocrité de ceux qui ont redonné leur naissance à leur mort, sans rien ajouter.

Cette décision met de la lumière dans mon cœur. Je me sens légère. Je pense au cheval blanc. Je m'endors sur un lit de neige près du Manchot. Norbert court à travers les nuages. Le cheval blanc le suit. Sur le cheval : l'ange de Gérald, une jeune fille aux ailes de goéland...

Je ne peux retourner à l'école que le mercredi. J'ai hâte de revoir Gérald. Mais il n'est plus le même ; il me regarde d'une drôle de façon : il a la tête encore plus courbée qu'auparavant et, quand il me prend la main, elle est moite et chaude. Je devine confusément les pensées qui le troublent.

— Gérald, je sais ce que tu ressens pour moi et je serai toujours ton amie, mais juste ton amie.

Il me regarde droit dans les yeux : il sonde la sincérité de mon cœur. Après un moment, il me serre la main ; il la serre de la même manière qu'il le faisait auparavant.

2 L'automne achève de décolorer les champs. Les premiers regards du jour s'efforcent de glisser un peu de lumière jaunâtre sous les nuages noirs. Le vent glacé nous jette du grésil et de la pluie en plein visage. La cloche n'est toujours pas sonnée et pourtant la bande des Tigres prend toute la place sous le porche de l'école. Gérald et moi, on se réfugie sous une mince corniche de fenêtre. À travers les carreaux, un groupe de professeurs bavarde. Je suis étonnée d'apercevoir deux étudiants de septième traverser entre les cases, car la porte n'est toujours pas déverrouillée.

Je m'exclame :
— Les chanceux !
— Ça prend bien les frères de Katie pour faire un coup pareil.

— T'es certain que c'est eux ?

— Juré ! Tu sais comme j'ai de bons yeux. Je peux même te dire qu'ils ont leur dîner dans un sac de plastique blanc. Tu pourras vérifier ce midi.

— Ne te fâche pas, je te crois sur parole !

C'est un jour de classe comme les autres, mais, cette année, nous avons de la chance : c'est une personne merveilleuse qui nous enseigne ! Elle s'appelle Micheline. Ce n'est pas plus facile, mais c'est plus supportable.

Enfin, l'heure de dîner... En descendant à la cafétéria, j'entrevois Mme Colin et M. Gamache. Ils semblent discuter de quelque chose de très sérieux. M. Gamache est cloué sur place, blême devant le paquet de plastique blanc que lui tend Mme Colin.

Je suis heureuse d'être débarrassée de lui ! Je ne suis pas la seule : tous les étudiants le haïssent. Je ne comprends pas comment Micheline a pu marier un tel monstre, elle qui est si douce.

À la cafétéria, Gérald me réserve une place pas trop loin de la bande des Tigres afin que je puisse vérifier au sujet de Mario et Maurice, les frères de Katie.

— Tu t'es complètement trompé, Gérald, dis-je en riant. Regarde leur gros sac d'épicerie ; c'est le lunch familial !

— C'est impossible : je suis certain d'avoir bien vu. Ils ont dû changer de sac ou je ne sais quoi.

— Va leur demander.

— T'es folle ! Je ne parle pas à des fumeux, moi. J'ai vu Katie une fois ; ils l'avaient dopée, elle ressemblait à une vache qui rumine. Non, merci pour moi !

— Peureux !

— Non, prudent.

— Je t'aime gros, Gérald. T'es capable de me donner la riposte maintenant.

Le lendemain, une rumeur circule : on a pris M. Gamache en flagrant délit de possession de drogue. Mme Colin fait son enquête. Il n'y a que cela dans toutes les bouches. Tout le monde espère qu'il sera mis à la porte de l'école.

Micheline est à ce point distraite qu'elle me remet ma rédaction sans l'avoir corrigée. Au moment où elle passe dans ma rangée, je lui demande :

— C'est quoi ma note ?

— Montre ta feuille, Angelle.

Elle regarde en diagonale. Je lui tire la manche pour lui parler à l'oreille.

— Je ne veux pas que vous partiez, madame Micheline. C'est la première année que l'école est supportable...

Après un long silence....

— Tu as vingt mots sans fautes dans ta rédaction ; c'est mieux que la dernière fois.

Micheline est vraiment gentille.

Toute la semaine, l'école est sur les nerfs. Sur son toit, les premières neiges fument et, quand elle ouvre la bouche, c'est pour cracher des ricanements d'enfants fébriles. En peu de temps, elle est unanime. Par ses classes, ses dirigeants, ses vestiaires, ses corridors, de haut en bas, elle pose un doigt accusateur sur cet infâme M. Gamache qui rase maintenant les murs, tel un rideau.

Michel, Katie et l'insouciant Gérald suivent le courant. J'y succombe. Je me roule littéralement dans cette ambiance d'euphorie. Je jouis du plaisir intense que procure la vengeance. Pourtant, le soir, quand je monte sur la pierre du talus et que je regarde la mer, il y a un procès dans ma tête :

« C'est évidemment lui, affirme le perroquet rouge, il n'y a pas de fumée sans feu. Si tout le monde est d'accord, c'est sans doute parce qu'on a des preuves.

— Des preuves, quelles preuves ? riposte le perroquet vert. Chacun pense que l'autre possède la preuve, mais personne n'a vérifié. Personnellement, je suis convaincu qu'il est innocent. Ce n'est pas un homme bon, ni même franc, mais de là à vendre de la *coke* aux étudiants !

— Injuste comme il est, ce n'est pas surprenant. Protéger un tel homme, c'est un crime, c'est torturer les centaines d'étudiants qui l'auront comme prof... Un homme pareil rend service en disparaissant.

— Une femme comme Micheline n'aurait pas épousé un homme sans valeur ; il cache le meilleur de lui-même.

— Micheline, pauvre naïve, si elle s'ouvrait les yeux, quelle désillusion !...

— Monsieur le juge, s'exclame une jeune femme assise à l'arrière de la salle, puis-je me permettre ?...

Le juge lui fait signe.

Tout en se levant, la dame, continue :

— Depuis le début, j'assiste à cet interminable procès. Le perroquet-contre tricote des arguments que le perroquet-pour défait. Et puis, c'est l'inverse. Rien de ce que l'un construit qui ne puisse être débâti par l'autre. Mais, moi, j'attends qu'ils se taisent pour ramasser ce qui reste. En toute franchise, monsieur le juge, je n'ai rien eu à manger de la semaine. Y a-t-il quelqu'un ici qui aime la réalité ?

— La réalité ! s'exclament en même temps les deux perroquets. Qu'est-ce que c'est ?

— C'est ce qui reste lorsque vous vous êtes tus.

La dame souffle très fort, il ne reste plus rien. »

La nuit cache l'aiguille entre les montagnes. Je sens à nouveau cette sérénité capable d'extraire du silence l'action juste, l'action qui n'a pas besoin des perroquets pour se tenir droite.

Dès le lendemain, les réveillés se rassemblent à la cafétéria.

— On fait enquête, d'accord ?

— C'est pas nécessaire, Frizou. M. Gamache est déjà dans la colle jusqu'au cou, m'informe Michel.

— Je ne veux pas le mettre dans la colle. Je veux des faits, de la réalité. Il faut déballer le paquet.

— J'aime mieux faire le mouton. M. Gamache ! Burk ! Pas pour moi, annonce Gérald en se retournant sur sa chaise.

— Il ne s'agit pas de M. Gamache : il s'agit de la réalité, des faits.

— On va faire comment pour déballer la réalité ?

— D'abord, il faut savoir de qui les Tigres achètent.

— On va se faire tuer, chuchote Gérald, tout tremblant.

— Oui mais, si on ne fait rien, il faudra entendre les interminables discours de MM. les perroquets.

— Quels perroquets ? demande Katie en haussant les épaules.

Et j'explique :

— Lorsqu'on ne connaît pas quelque chose vraiment, on discute sans arrêt le pour et le contre ; si on est assez fort pour trouver un pour, on est tout aussi fort pour trouver un contre. Ça ne finit jamais. Il y a tant de bruit qu'on n'est plus capable d'entendre la mer chanter, ni les bouleaux rire.

Et je termine en disant :

— La réalité, c'est ce qui reste lorsque les deux perroquets se sont tus.

— Bon, ok pour moi. Je fais équipe avec Katie, décide Michel.

— J'ai la frousse, bredouille Gérald.

— Plonge, Gérald, plonge !

Et Gérald suit.

On note sur un calepin toutes les allées et venues des Tigres. Katie réussit à lister les numéros de téléphone qu'utilisent ses frères. Michel interroge les acheteurs de l'école. Il faut s'assurer que les Tigres ont bien le monopole. Gérald, avec ses yeux de lynx, finit par détecter une bonne partie du réseau.

Au bout de la semaine, nous sommes convaincus que les Tigres n'ont jamais eu de retard d'approvisionnement et qu'ils ont le monopole complet. Donc M. Gamache n'a rien vendu aux Tigres et il ne peut distribuer lui-même la *coke*. Il est innocent. Il ne reste plus qu'à prévenir Mme Colin qu'elle a fait erreur.

Elle nous écoute, hausse les épaules et demande ironiquement :

— Dans ce cas, comment expliquer la présence de la drogue dans sa mallette ?

Nous revenons en classe, lorsque j'ai tout à coup une idée lumineuse :

— Le sac blanc !

— Qu'est-ce que tu dis là ? demande Michel.

— Le sac de plastique blanc de Mario et Maurice. Ce sont eux qui ont caché le paquet dans les affaires de M. Gamache. T'avais bien vu l'autre matin, Gérald.

— Tu vois que je ne suis pas menteur.

On retourne. Mme Colin daigne nous écouter à nouveau.

— Les portes de l'école sont verrouillées jusqu'à ce que la cloche sonne et c'est Mme Lavigne elle-même qui a trouvé le paquet. Tu sais, Angelle, tu es une bonne fille et je vois bien que tu veux blanchir M. Gamache par affection pour Micheline. Mais, fais bien attention, la partialité peut nous faire voir des choses qu'on a simplement désiré voir. L'enquête de la direction est terminée ; c'est le comité d'école qui décidera si M. Gamache sera poursuivi en justice ou pas. Néanmoins, il est congédié depuis ce matin.

Je suis stupéfaite. Je rassemble mes esprits. Mon cœur bat incroyablement fort, mais j'arrive à demander :

— C'est quand le comité d'école ?

— Ce soir. Mais les élèves n'y sont évidemment pas admis.

L'après-midi n'en finit plus. Je suis convaincue : je ne peux laisser faire cela. Les perroquets piaillent des pour et des contre. Mais je pense constamment à Norbert. Je vais sauter dans le feu.

Gérald et Katie m'ont abandonnée. Michel accepte de m'accompagner, mais refuse d'entrer.

Cachée derrière un buisson, j'attends que tout le monde soit là. Puis je retarde mon entrée d'une interminable demi-heure afin que la discussion soit bien enclenchée. Finalement, je fonce :

— M. Gamache est innocent, dis-je sans autre préambule et complètement affolée. Nous avons des preuves. C'est la bande des Tigres qui a fait le coup. Ils ont caché la drogue...

— Que fais-tu ici toute seule ? demande Mme Lavigne, la présidente du comité. Ce n'est pas une réunion pour les élèves. Tes parents ne sont sans doute pas au courant. Monsieur Trépanier, allez immédiatement reconduire cette jeune fille.

Personne ne semble s'être aperçu que j'ai dit quelque chose. Il est évident qu'aucun n'est intéressé à connaître la réalité. L'affaire est classée depuis le début. Je me sens subitement dégrisée. Je comprends dans quelle sorte de monde je suis. M. Trépanier me prend par la main, mais je réussis à me dégager. Je cours de toutes mes forces à l'église. Je me souviens tout à coup que je m'y suis déjà cogné le nez. Par miracle, la porte est entrouverte. J'entre, ferme doucement derrière moi et fais glisser silencieusement le verrou. J'entends M. Trépanier crier. Il va dans la mauvaise direction : je suis sauvée !

Je n'ai pas le temps de me retourner que j'entends un bruit de pas venant du chœur. Je me précipite dans l'abri le plus proche. Je retiens mon souffle.

Le confessionnal est complètement obscur. J'y reste longtemps, très longtemps. Je me ressaisis et reprends peu à peu mon calme.

....

Malgré mes douleurs, ma vie se déroule dans mon esprit avec la précision du cinéma. Te raconter tout cela me libère. C'est un peu comme si, avant de mourir, je devais accoucher du sens de ma vie.

Dans la petite église, je me suis définitivement engagée à ne jamais rien faire qui ne me semblerait pas juste à moi : Angelle. Cette phrase exprimée à haute voix résonne encore aujourd'hui dans mon cœur.

La nuit est venue sur Montréal. Les lumières de l'hôpital s'éteignent. Francine est épuisée. Elle dort un moment. La douleur revient, insupportable. Je secoue Francine. Il faut continuer, il le faut.

3   Lorsque j'ouvre les yeux, je suis toujours dans la petite église. L'aube baigne ses premiers rayons dans la verrière. Colorée et fracassée, la lumière vient danser sur les bancs de cerisier, glisse par terre et tombe sur la mosaïque grisâtre qui l'absorbe. Le petit garçon de plâtre fixe devant lui je ne sais quel espoir. L'ange n'a plus de vie. L'anxiété époussette les dernières douceurs du sommeil.

On va sans doute me découvrir : je dois sortir d'ici.

Un froid mordant fait sentinelle. Au garde-à-vous, le silence promène un regard rosâtre sur l'herbe gelée, la brume fumante et le village endormi.

Au bout de la rue de l'église, un sentier mène à la butte derrière la maison des Labrit. Je marche le plus vite possible pour me réchauffer, mais surtout pour fuir l'angoisse qui me serre le ventre avec tant de force.

Sur une plate-forme, une petite grotte ouvre sa bouche noire. Je ramasse des feuilles mortes dans l'espoir d'y mettre le feu. J'ai beau rouler une branchette de cèdre bien sèche sur une pierre, je ne fais que me brûler les mains. Le froid me pénètre jusqu'aux os. La forêt reste insensible à ma souffrance.

Je comprends pourquoi les êtres humains se sont regroupés en clans, en tribus, en villages. Il faut être plusieurs pour tenir la nature à bonne distance : assez près pour la contempler mais suffisamment loin pour qu'elle ne nous agrippe pas de ses mains de fer.

Je pense à Micheline ; un court instant, je suis réchauffée de son sourire.

Le soleil fait un petit halo sur les feuilles mortes. Tout ce qui m'entoure m'apparaît soudain hostile. Me levant avec difficulté, je constate que mes pieds sont insensibles et mes jambes engourdies. Il ne faut plus rester inerte.

Je reviens péniblement vers le village. Gaétan, un copain de classe, m'a déjà expliqué où se trouve la maison de Micheline. Sans trop y penser, je m'oriente vers leur petite ferme.

Leurs chevaux fouillent le givre de leur museau afin de dénicher les dernières touffes de vesces et de bromes. La cheminée jette des banderoles de fumée très haut dans le ciel. Ils sont donc levés.

Je crains d'être vue mais le froid me pousse dans le dos. Je m'imagine une tasse de chocolat bien chaud entre les deux mains, et je risque quelques pas. Je suis déjà près de la maison et j'aperçois M. Gamache qui se berce devant la fenêtre. Je bifurque vers l'écurie.

Un petit poulain tète sa mère dans la stalle du fond. En me voyant, la jument appelle : sans doute veut-elle son avoine.

— Mais qu'est-ce que tu fais là, Angelle ? demande M. Gamache en entrant dans l'écurie.

— Je suis venue vous rendre visite, dis-je timidement.

— Nous rendre visite ! C'est une bonne idée ! Mais nous avons l'habitude de loger dans la maison, s'exclame-t-il en riant. Allons, viens.

Nous entrons.

Micheline, toute surprise, s'exclame :

— Mon Dieu, Angelle, que fais-tu ici si tôt, avant l'heure de l'autobus ?

— Je... Je... C'est-à-dire que...

Et je m'effondre en larmes.

Elle me serre fort dans ses bras. Jamais quelqu'un ne m'a prise comme ça, si près de son cœur.

— Tu as les mains glacées et tu grelottes comme une petite biche. Jérôme, fais-lui vite un chocolat chaud ! dit-elle en m'arrachant mes bottes pleines de fumier.

Et puis elle m'enveloppe dans une douillette bien chaude, m'installe dans un fauteuil tout près du poêle. S'agenouillant pour me frotter les pieds, elle me demande des explications.

Je lui raconte tout.

— Pourquoi as-tu voulu me venir en aide ? demande M. Gamache. Pour Micheline, sans doute ?...

— Non, c'est à cause de Norbert.

— Norbert ! s'exclame-t-il sans comprendre.

— Je veux dire que c'est à cause de la réalité. Ils se trompaient : je ne pouvais pas les laisser faire.

— Tu aurais dû, riposte-t-il, en sortant précipitamment dehors.

Voyant que je ne comprends rien à sa réaction, Micheline met sa main sur mon épaule :

— Je t'expliquerai une autre fois. Mais, pour l'instant, que comptes-tu faire ?

— Je veux rester ici... toujours.

— C'est malheureusement impossible.

— Alors... je vais me tuer.

Elle me regarde droit dans les yeux, et d'une voix douce :

— Ça me ferait une peine insupportable.

— Je... je ne me tuerai pas alors... Mais qu'est-ce que je vais faire ? dis-je en pleurant.

— J'étais un peu plus vieille que toi et ma mère m'avait giflée en plein visage. Elle n'était pas méchante, mais à bout de nerfs. J'ai claqué la porte. J'ai couru de toutes mes forces chez mon grand-père. Sais-tu ce qu'il m'a dit ?

— Non.

— Il m'a raconté l'histoire de la petite souris.

— C'est quoi l'histoire ?

— À l'automne, les souris ont froid. Elles entrent dans les maisons. On leur donne du fromage, mais c'est pour les prendre au piège. Une souris intelligente mange le fromage, mais ne se fait pas attraper.

— Je ne comprends pas...

— On nourrit les enfants, mais c'est pour les posséder. Intelligente comme tu es, mange le fromage, mais ne te laisse jamais prendre, de peur qu'on ne te rende médiocre.

— J'aimerais tant que vous soyez ma mère...

— Cela ne se peut que dans ton imagination. La plus belle chose du monde, si elle n'existe pas en réalité, crois-tu qu'on puisse la choisir ?

— Alors tu veux être mon amie ?

— Je le suis, Angelle, et de tout cœur.

— Mais il faut quand même que je retourne à la maison ?

— Qu'est-ce que tu préfères : la forêt ou la maison ? Ce sont les deux possibilités réelles. Le reste n'est qu'imaginaire.

— Alors, tu vas téléphoner.

— Non, c'est toi qui le feras...

— Maman ! c'est Angelle. Je suis chez les Gamache.

— Dieu du ciel ! Nous venons tout de suite.

À son arrivée, maman a les yeux tout rouges. Mon père ne cesse de ronchonner :

— Que je ne te reprenne jamais à nous faire ça ! Ta pauvre mère...

Et il me pousse sans ménagement dans l'auto.

« Vous ne m'attraperez plus jamais, me dis-je intérieurement. Personne ne m'attrapera. »

4 Il existe un jeu qu'on appelait, Michel et moi, « la noisette sauteuse ». On enlevait l'enveloppe épineuse d'une poignée de noisettes, on les graissait d'huile et en les serrant fort entre nos doigts, elles bondissaient très loin dans la neige. Ainsi, je m'étais dévêtue de ma tunique de crin et enduite de graisse d'ours. Je ne me rebellais plus, mais on ne pouvait me posséder. Dès qu'on tentait de me saisir, je glissais entre les doigts. Je croquais le fromage, mais on ne me touchait plus au cœur. Sauf Micheline que j'aimais plus que tout au monde.

Katie avait appris de ses frères qu'ils avaient été payés par Mme Lavigne pour cacher la drogue dans les affaires de M. Gamache. Il avait frappé sa petite fille dans un excès de colère.

Il devait se sentir coupable l'autre jour, et c'est pourquoi il est sorti en claquant la porte.

* * *

L'hiver est exceptionnellement pluvieux. Il y a plus de glace que de neige. Le dégel est rapide ; la route se gonfle, puis se rompt. Ses accotements boursouflent puis s'effondrent. Le chemin étant impraticable, c'est congé pour tous les enfants du rang.

On frappe à la porte. Mon père ouvre.

— Je suis bien chez les Lemieux ?

Je reconnais la voix de M. Gamache. Très étonnée, je m'approche.

— Bonjour, Angelle, dit-il d'un ton gêné. Voilà, j'explique. J'allais porter ma pouliche chez le commerçant juste au bout du rang. Mais le camion s'est embourbé. Ma pouliche est bonne, mais sa mère la rejette et je ne peux la garder. Comme je n'étais pas loin d'ici, vu que le commerçant donne très peu... enfin..., j'ai pensé, si vous la vouliez... En fait, je pensais à Angelle... mais sinon... bon, le commerçant n'est pas si loin, je peux aller la lui porter.

— Faites donc, répond froidement mon père.

— Non, papa, je le veux ce poulain. Il y a de la place, je m'en occuperai.

— Et le foin ? Tu le paieras, sans doute... Bonne marche, monsieur, dit-il en refermant la porte.

Je me précipite sur mon père, attrape la poignée et ouvre la porte à toute volée, en criant :

— Non, reviens, Jérôme ! Je vais le payer le foin !

— Et comment ? demande mon père.

— Tu engages un garçon de ferme au plus fort de l'agnelage. Maintenant, c'est moi.

— Toi ! Laisse-moi rire...

— Tu refuses ?

— Évidemment.

— Alors, je remets ma tunique d'épines, lui dis-je en le regardant droit dans les yeux. Jérôme, je pars avec toi et jamais plus je ne reviendrai.

— Toi, ma fille, tu restes ici, répond mon père en me saisissant par le bras.

— Je veux partir, lâche-moi.

Je crie et je me débats de toutes mes forces.

— Tiens-toi tranquille ou je te flanque une volée.

— Non, je m'en vais avec la pouliche.

Une gifle sur la joue, voilà ma réponse. Je me relève et je le fixe avec un air de défi. Surpris, il desserre la main. J'en profite pour m'esquiver et je saute en bas du perron.

— Où est-ce que tu vas, Angelle ?

— Rejoindre *ma* pouliche.

— La pouliche s'en va chez le commerçant.

— Alors, moi aussi ! Lui, il va nous prendre toutes les deux.

— Que je ne te voie pas raconter nos affaires de famille à Bouliane, toi !

40

— Si c'est trop gênant à dire, pourquoi que c'est pas gênant à faire, hein ?

Je me dirige vers le camion en pataugeant dans la boue. Je sors la jeune bête, l'attrape par le licou et prends résolument la direction de chez le commerçant.

Jérôme se demande comment tout cela va se terminer et regarde mon père d'un air interrogateur.

— Ramène-moi cette enfant-là ici, hurle papa, hors de lui.

— C'est inutile ; je la connais, elle sait ce qu'elle veut. Elle vous ressemble au fond...

Après un long silence :

— Ça va ! Ramène aussi sa maudite pouliche, qu'on en finisse avec cette histoire-là ; j'ai autre chose à faire, moi.

Et il s'éloigne rapidement vers le garage.

Jérôme et Michel m'ont aidée à construire la stalle. Le temps de l'agnelage a été exténuant. Il m'est arrivé de tomber de fatigue mais, chaque soir, j'allais tout raconter à Hugo, ma pouliche et ma confidente.

5 Mon salaire suffit pour m'acheter une bride de nylon rouge, une étrille et un cure-pied. M. Labrit déniche une selle dans sa grange, la répare et me la donne.

— À pleine course dans les sentiers de la butte, sauter les ruisseaux, contourner les pins de la plantation : ça doit être facile ; je serai une championne, n'est-ce pas Hugo !

Elle m'écoute avec attention : elle comprend sans doute mes instructions. Tout ira très bien.

La journée est superbe, il est temps de la débourrer. Je selle, la conduis à l'enclos et monte joyeusement. La jument se cabre et je tombe. Étourdie, je remonte... pour retomber aussitôt. Comme je ne me suis pas fait mal, je lui parle calmement, remonte... et retombe une nouvelle fois. Les rênes m'échappent, la pouliche déguerpit en épouvante, fait des cabrioles et ne s'arrête qu'au bout du champ. Je mets de l'avoine dans un seau, m'approche en le secouant. Elle y met le nez, le jette par terre et se sauve un peu plus loin. Je suis impatiente, mais je me contiens. Lentement, je m'approche, attrape sa bride et monte. Elle se cabre : je m'accroche au pommeau de la selle. Elle rue et me jette par terre. Je suis à bout. J'avance doucement : elle s'évade et m'attend. J'accélère le pas : elle ne bouge pas ; j'empoigne les guides : elle détale. La colère monte. Je la poursuis : inutile. Épuisée, je fais un dernier effort. Très doucement, je finis par reprendre le harnais ; je le tiens solidement. Je glisse le pied dans l'étrier ; les mains crispées sur les guides, j'enjambe : elle se projette de côté ; je roule par terre, mais je tiens fort. Je suis furieuse ! Je ramasse une branche et, tout en tenant les guides, je la frappe de toutes mes forces. Affolée, elle décampe. Je ne lâche pas : elle me traîne. J'abandonne. À plat ventre dans la boue, je pleure et je crie en tapant le sol. Elle est rentrée dans sa stalle. Complètement enragée, je la rejoins, ferme la porte et lui casse mon bâton sur la croupe.

J'ai les mains qui tremblent. Je les regarde ces mains : elles me font peur. Qui donc leur a dit de frapper ?

....

Comment peut-on frapper ceux qu'on aime ?

Au début de mon adolescence, je me suis posé beaucoup de questions à propos des émotions. D'où viennent-elles ? Où vont-elles ? À quoi servent-elles ? Et surtout, comment arriver à les utiliser, telle l'essence dans un moteur, plutôt que d'être manipulée par elles, tel un peuple par son tyran ?

Alors j'ai pris l'habitude d'imaginer les émotions sous forme d'animaux, de bestiaire intérieur. Après l'incident avec Hugo, assise sur l'épaule du Manchot, je regardais au loin la mer. Je pensais au cheval blanc, à l'ange et à Norbert. Je les imaginais si fort qu'il m'a semblé les voir et les entendre.

....

« Ouf ! quel travail ! s'exclame le cheval. Je reviens de la forêt noire. Un tigre s'était évadé. Les gardiens n'ont pas réussi à l'arrêter. Il a pu se rendre jusqu'au cœur, brûler deux fusibles et mettre tout à l'envers. Heureusement que je le connaissais bien. Il n'est pas méchant. On lui avait écrasé la queue, c'est tout.

— Il est tout de même dangereux, répond Norbert. Il faudra demander du renfort.

— Tu sais bien, ajoute l'ange, que je ne peux rien faire sans la permission d'Angelle. Il faut bien qu'elle tende l'oreille.

— En effet, reprend le cheval. Depuis quelque temps, elle n'est pas attentive. La plupart des gardiens doivent être relayés à toutes les deux ou trois heures. Aucune relève ne vient.

— C'est bientôt la saison des feux de forêt, explique l'ange. Heureusement que nous avons la consigne d'orientation.

— La consigne d'orientation ? répète le cheval.

— Tu sais bien, quand la personne dit 'oui'.

— Comme Angelle devant le pissenlit ? précise Norbert.

— Exactement, reprend l'ange. Avec la consigne d'orientation, on peut procéder. Sans consigne, on ne peut rien faire ; les commandes ont été remises aux animaux de la forêt. C'est la loi du plus fort...

La discussion va bon train au point que je n'entends plus le bruit de la mer dans mes oreilles. Je décide donc d'intervenir :

— Je ne veux pas déranger votre conversation, mais j'aimerais en savoir davantage sur votre travail. Après tout, il s'agit de moi.

— Comment ! Tu nous entends ? s'exclame le cheval, interloqué. Eh bien, puisque tu veux savoir, pose tes questions.

— C'est à propos des animaux de la forêt ; généralement, chacun est à sa place mais, de ce temps-ci, ils sont survolés. Plusieurs fuient la forêt, entrent dans les villages et parfois blessent un innocent.

— C'est à cause du feu, répond Norbert.

— Il est dangereux le feu ? j'interroge.

— Non, précise l'ange, pas vraiment, à condition que l'intention de ton cœur reste orientée vers une étoile. Alors tout s'enflamme progressivement et les animaux deviennent des animaux de feu.

— Ils deviennent de feu, comme Norbert !
Alors, je veux être de feu. »

* * *

M. Labrit, le temps et la patience ont fait de nous, Hugo et moi, un seul être capable de pénétrer la forêt et de l'étreindre.

Septembre me dépose sur les rivages de mes quinze ans. L'automne enflamme le feuillage ; dans mon cœur, le printemps incendie tout le bestiaire.

> *L'arbre tète la terre et la pierre*
> *et, pourtant, ses cheveux brillent au soleil.*
> *Le lièvre ronge l'écorce inerte*
> *et, pourtant, il vogue comme neige au vent.*
>
> *La pluie retient ses dernières larmes.*
> *Un arc-en-ciel se voûte entre les nuages.*
> *Le soleil le crève sur la butte*
> *qui s'inonde de couleurs.*
> *Nous trottons vers le sommet.*
>
> *Le ciel allaite la terre de lumière.*
> *De peur de s'évanouir sous le don,*
> *tout le sol monte dans l'érable*
> *et jette son sang.*
>
> *Tenue entre l'amour du ciel pour la terre*
> *et de la terre pour le ciel,*
> *je sens la source I me passer à travers le corps.*
> *Je suis transpercée par sa lame de feu.*

Hugo galope maintenant. Le vent s'élève. Je suis couverte du feu des arbres. Mon cœur déborde. Mes cheveux, comme une torche, allument les bouleaux et les cerisiers, les trembles et les merisiers. Une lionne rugit, se frôle aux arbres. Une force nouvelle monte en moi.

Du haut de la colline, on voit très loin dans la mer. Si le fleuve pouvait me prendre dans ses bras, j'y fondrais comme le sel. I m'emporte dans l'espace : j'y suis pulvérisée.

Qui peut me contenir, de peur que ma peau n'éclate et que le feu de mon être ne soit expulsé, puis dispersé avec les feuilles d'automne ?

44

Je désire des bras forts sur mon corps, car il n'y a plus suffisamment de force en moi pour comprimer mon cœur incontenable.

6

La polyvalente est à vingt kilomètres de Rivière-au-Mouton. C'est un vaste bâtiment modulaire étendu comme un jeu de dominos sur un plateau qui tombe à pic dans la mer. Le midi, je lance des croûtons par-dessus le remblai. Les mouettes viennent se nourrir en criant. La petite ville de Sainte-Anne s'étire en bas de la côte, longe la baie et se perd derrière une pointe. Le matin, la ville grouille et piaille ; l'autobus, qui doit la traverser d'un bout à l'autre, met du temps à nous amener. Il faut faire vite pour déposer manteau et bottes, vérifier l'horaire et se frayer un chemin vers le bon local.

Tête la première dans mon casier, à la recherche de mon horaire, à travers bottes, cahiers, souliers de course, vêtements de sport, j'inspecte des dizaines de papiers chiffonnés : pas moyen de mettre la main sur ce maudit horaire.

— Salut, Angelle ! Je t'ai vue hier sur ton cheval : t'es une bonne cavalière !

C'est un jeune garçon que je ne connais pas. Pourtant, ses yeux me rappellent quelque chose. Sa peau est lisse, pareille à celle d'un enfant. Ses cheveux sombres légèrement ondulés lui cachent à demi les oreilles. C'est un assez grand bonhomme : il me dépasse de quelques centimètres. Par contre, il n'est pas très costaud. Un peu serré dans son débardeur marron, tête droite au long cou bien dégagé de son large col, c'est sans doute un de ces premiers de classe qui se cherchent une grande blonde pour épater ses copains.

— Comment se fait-il que tu saches mon nom, et d'où sors-tu ?

— Je t'ai aperçue chez Jérôme Gamache, hier ; alors, je me suis renseigné.

— Chez les Gamache, au deuxième rang de Rivière-au-Mouton ? Tu t'étais perdu, ou bien tu visitais ton grand-père ?...

— Non. Mes parents ont acheté la ferme voisine, celle qui est en haut de la côte, un peu plus loin.

— Oui ? Bon, j'ai toujours pas mon horaire. Katie, ouf, te voici enfin ! On commence par quoi ce matin ?

— Français, au B109.

— Zut ! du français...

— Je te vois à la cafétéria ce midi ? demande le nouveau.

— Si tu veux.

Tout l'avant-midi, je reste préoccupée : où ai-je déjà vu ce garçon ? Je suis convaincue de l'avoir rencontré quelque part. Katie me jure qu'il est nouveau. Il est dans le même groupe que son ami, en secondaire quatre. Il arrive de Rimouski. Ses parents ont perdu leur travail et ils tentent leur chance en élevant des martres pour la fourrure.

— Yach ! de la mayonnaise dans mon sandwich, c'est dégueulasse ! Je déteste la mayonnaise et ma mère en met toujours.

— Veux-tu m'expliquer, Angelle, comment il se fait que ce soit encore ta mère qui prépare ton lunch ? demande Katie assise en face de moi, de l'autre côté de la table.

— Elle ne veut pas me laisser faire : elle a peur que je crève de faim. Je mets du yogourt et une banane dans mon sac et il faut qu'elle rajoute un maudit sandwich.

— Elle a raison : il te manque des rondeurs, si tu vois ce que je veux dire...

— Bonjour, Angelle. Je peux m'asseoir ?

Je n'ai rien entendu : je suis entièrement absorbée par la délicate tâche de nettoyer mon sandwich, sans compter que le bruit de la cafétéria est exaspérant.

— Oui, mon beau, répond Katie en enlevant ses affaires de la chaise voisine. Tu t'appelles comment ?

J'entends la voix aiguë de Katie. Je lève la tête : il plonge son regard directement dans le mien. Maintenant, c'est très clair : il a les yeux de l'ange, de l'ange sur le cheval blanc.

— Dominique.

— Dominique qui ? continue Katie.

— Dominique Sallafranque.

— C'est super drôle, un nom pareil ! Je te présente Angelle Lemieux, ma meilleure amie. Bon, mon *chum* m'attend dans le *hall* : on écoute de la musique. C'est Saga qu'on fait jouer, ce midi.

C'est comme si un rideau se fermait autour de nous. Un étrange silence fait mur au bruit. Un instant, j'ai l'impression

46

d'être au pied du Manchot avec Norbert, le cheval et l'ange. Un autre moment, je revois Gérald sur moi après qu'il m'eût retirée de l'étang. Puis je me rends compte que je suis avec quelqu'un que je ne connais pas.

— Pourquoi voulais-tu dîner avec moi ?

— Pour te regarder.

Il me fixe, puis baisse les yeux.

— Non, ne baisse pas les yeux. Il ne faut pas baisser les yeux ; j'ai horreur des yeux baissés.

Je ne sais pas vraiment pourquoi je dis cela avec tant d'insistance. Il fait un effort pour me regarder.

— Viens, lui dis-je, j'étouffe. On sort d'ici. Va chercher tes affaires, je t'attends dehors.

Une neige toute fraîche recouvre le terrain de stationnement. Je l'amène sur un promontoir, de l'autre côté. C'est là que je vais m'asseoir quand c'est tout brouillé en moi. Un vent glacé nous frappe au visage. Je lui montre le fleuve dont les vagues viennent se briser sur la falaise.

— C'est un temps à geler les canards, se plaint-il. Pourquoi rester ici ?

— J'aime le froid, le vent et la mer qui vient se fracasser sur la pierre.

— Rentrons, on reviendra un autre jour.

Il a l'air tout gelé, chétif, presque affolé comme si on était dans un cimetière. Il ne ressemble plus à l'ange. En revenant, il cherche à me prendre la main. Mais je ne peux supporter la sensation de cette main tremblante et froide sur la mienne. En croisant Gérald dans le hall, je lui lance :

— Gérald, attends-moi, j'ai quelque chose à te dire. Salut, Dominique ! Excuse-moi.

Je n'ai pas revu Dominique du reste de la semaine. Il m'est arrivé de le croiser dans un corridor, mais il baisse toujours les yeux. Il est si différent lorsqu'il me regarde bien en face avec ses yeux presque noirs : on dirait qu'il ne s'agit plus du même garçon.

Le samedi suivant, dès 8 h 00, je me rends chez Micheline avec Hugo, comme à chaque semaine. J'aide Jérôme à faire le train. Il faut brosser les juments, les hongres, les poulains et l'étalon, réparer les selles, les brides et bien d'autres bricoles.

Nous sommes sur le point de terminer lorsqu'on frappe à l'écurie. Étant certaine qu'il s'agit d'un habitué du centre d'équitation, je laisse Jérôme répondre.

— Je voudrais louer un cheval.

Je reconnais la voix de Dominique. Je me glisse derrière une poutre pour qu'il ne me voie pas.

— Tu connais les chevaux ? demande Jérôme.

— Non, c'est la première fois.

— Angelle, un débutant pour toi.

Je bondis près de lui en éclatant de rire.

— Tu ne savais pas que j'étais ici : je t'ai bien surpris !

— Je le savais. Si tu penses, je n'ai pas dix dollars à gaspiller... sauf avec toi.

Et il ne baisse pas les yeux.

— Tu vas prendre Burn, c'est le plus tranquille, propose Jérôme.

Je lui montre à seller et lui explique les rudiments. Le vieux Burn écoute distraitement : il a si souvent entendu le boniment qu'il dort presque lorsque je lui passe le mors. Dominique monte gauchement. Je bride Hugo, l'agrippe par la crinière et saute sur son dos.

— Tu ne mets pas de selle ? s'étonne mon compagnon.

— Hugo ne supporte pas de se sentir prisonnière. Elle est un peu sauvage.

Il a neigé presque toute la nuit : la piste est entièrement recouverte. Je laisse la jument trouver son chemin ; dans la neige, elle sait encore mieux que moi où mettre le pied.

Le sentier creuse un tunnel à travers les arbres chargés de neige. Des traces de lièvres et de coyotes se croisent entre les aulnes, les viornes et les sureaux. On n'entend plus que la respiration des chevaux qui travaillent fort à battre le chemin. Plusieurs fois on s'arrête pour les laisser reprendre leur souffle. Le sentier grimpe à pic. Nous arrivons finalement en haut de la colline d'où l'on peut voir la mer.

Au milieu, on a empilé les roches arrachées du sol par les labours. Nous laissons reposer les chevaux et montons sur le tas de pierres. Hugo se roule dans la neige. Burn la regarde, un peu indifférent. Puis, en face l'un de l'autre, ils se mordillent de la racine de la crinière à la base du garrot.

Dominique est tout près de moi et ne dit rien. Il me prend la main. Elle ne tremble pas. Nous restons un moment à contempler la mer.

— Katie me jure que tu as quinze ans. Comment se fait-il que tu ne sois qu'en secondaire deux ? demande-t-il.

— Je ne suis pas bolée, c'est tout.

— Je n'en crois rien... Angelle, je... ressens tant de choses pour toi...

— Oui ? Quoi, par exemple ?

— Comment te dire ?

Et il plonge ses beaux yeux dans les miens. Je tourne le visage vers la mer.

— Tu vois, là-bas, l'aiguille presque noire qui relève sa crête de l'eau avec son minuscule béret blanc ?

— Oui.

— C'est **I**.

— Ah !

— Tu vois l'arbre là-bas, ce frêne bien droit, debout dans le champ ? C'est **I**.

— Ah ! bon...

— Nos chevaux, c'est quoi ?

— Des animaux.

— Guimauve, que t'es bête ! C'est **I**.

— **I**... **I**... C'est quoi, **I** ?

— **I**, c'est l'énergie qui monte dans tout ce qui est vivant. Mais c'est aussi la lumière du soleil qui nous réchauffe et nous indique l'action juste.

— Je ne comprends rien de ce que tu dis, mais tu es si belle quand tu parles comme ça !

— **I**, c'est ce qui me rend belle.

Il m'entoure de ses bras.

— Serre-moi encore plus : je ne suis jamais assez forte pour retenir tout ce qu'il y a en moi.

Il m'étreint de toutes ses forces. Il met sa bouche sur mon front. Il y a comme un courant électrique qui me traverse.

Un instant, j'ai très peur car je me demande si mon corps va se déchirer. Mais il me tient avec toute sa puissance. Sa bouche sur mon front apaise quelque peu la force qui monte en moi.

— Est-ce que tu ressens **I** ? que je lui demande.

— Je pense que oui.

Il descend les mains sur mes hanches et baisse les yeux.

— Non, il ne faut pas que tu baisses les yeux, car alors je ne te connais pas.

Il me regarde, descend sa bouche sur mes lèvres, ferme les yeux.

— Ne ferme pas les yeux, car, s'il fait noir, la lumière qui vient d'en haut ne pourra se joindre à la force qui monte en nous.

Il se détourne. Son regard scrute très loin à l'horizon.

— Tu es trop compliquée, Angelle. Je ne te comprends pas, et je ne suis pas capable de supporter l'intensité que tu me demandes.

— Je ne veux pas qu'on ressemble à ces gens qui s'embrassent dans la noirceur. Je ne veux pas me cacher pour faire ce qui est bon. Je ne veux pas être seule quand je suis avec toi.

— Qu'est-ce que tu veux dire ?

— Tu vois les arbres, la neige ? Tu entends peut-être la marmotte qui dort dans son trou ? Tu vois le soleil, la mer ? C'est avec tout cela et dans tout cela que je veux que l'on s'aime.

— Je n'ai pas ta force, Angelle. Tu ressembles à un flambeau avec tes cheveux blond-roux dans le vent. Je veux te prendre dans mes bras, et autre chose aussi, mais laisse-moi baisser les yeux devant ton regard, sinon je n'y arriverai pas.

— Tu fais naître en moi de très grandes émotions, Dominique. Si l'on baisse la tête, ferme les yeux ou laisse la peur nous habiter, comment toute cette énergie pourra-t-elle se joindre à la lumière du ciel ?

— J'ai le sentiment de te connaître depuis toujours.

— Moi aussi, Dominique, sauf lorsque tu baisses les yeux.

Il me comprime contre son cœur ! Je me sens comme un bébé venant tout juste de sortir du ventre de sa mère.

Le samedi, Dominique faisait le train avec moi chez les Gamache, puis on montait sur la colline. Souvent, il me serrait fort dans ses bras. Une fois, il a réussi à m'embrasser, mais il n'était capable de rien d'autre. Dès que ses mains glissaient sous mes vêtements, il baissait les yeux et j'étais intraitable : il fallait qu'il me regarde, qu'il ne devienne pas un étranger.

III

AMITIÉ

1 Il a neigé toute la semaine. De chaque côté du rang, les rebords de neige sont si hauts que, du cheval, je dois dresser le cou si je veux voir les dunes dans les champs et l'orée des bois. Le centre d'équitation est fermé depuis la fin de décembre. Je vais tout de même faire le train chez les Gamache. Dominique ne vient plus très souvent : il aide son père à soigner les martres et puis ses études le prennent beaucoup.

Depuis que je fréquente Dominique, j'ai l'impression que le soleil pénètre de plus en plus profondément dans mon cœur. Je vois et ressens chaque jour de nouveaux espaces. Il y a tant de dimensions à l'intérieur de moi que j'en ai le vertige.

Micheline attend son premier bébé et rayonne de bonheur. Elle et Jérôme désiraient un enfant depuis longtemps déjà. Ils avaient presque accepté leur situation, et voilà que, maintenant, le bébé s'annonce et moi je l'aime déjà de tout mon cœur. Parfois, il me semble que je le porte dans mon propre ventre.

Le train terminé, j'entre souvent partager leur dîner. Depuis que Micheline est enceinte, nous sommes devenues très intimes. À certains moments, elle agit comme ma mère et veut tout m'apprendre de la vie. À d'autres moments, elle agit comme ma petite fille et veut que je la frotte, la peigne, la gâte de toutes sortes de manières.

Aujourd'hui, Jérôme a dû s'absenter pour la journée ; nous sommes seules.

— Est-ce que tu te sens plusieurs ? que je demande à brûle-pourpoint tout en desservant la table.

Comme souvent après le repas, Micheline se berce.

— Qu'est-ce que tu veux dire, Angelle ? Tu parles de moi et du bébé probablement ?...

Et, parce qu'elle sait à quel point son ventre grossi me fascine, elle défait tendrement sa blouse pour me le montrer. Cela me bouleverse à chaque fois.

— Oui, bien sûr, mais à l'intérieur aussi...

— À l'intérieur !

— Tu attends un bébé. Moi aussi. Un bébé extraordinaire, plus grand que moi.

Je vois soudain une petite bosse se former sur son ventre et se déplacer. Elle me prend la main et la pose dessus. Après un moment, je sens un petit mouvement et je lui souris d'un air complice en ajoutant :

— Moi, je suis comme un utérus.

Je mets l'oreille contre son ventre. Elle me déplace la tête légèrement sur la gauche. J'écoute un long moment. J'entends toutes sortes de bruits, comme si j'avais la tête plongée dans une piscine : le cœur de Micheline fait le bruit d'un tambour. Par moments, j'entends un tout petit tam-tam rapide, très loin sous l'eau. Il me semble voir un petit bébé, le pouce dans la bouche, complètement recueilli autour de la vie qui lui entre par le ventre. J'ai le goût de le prendre dans mes bras...

Après un long moment, je continue la conversation :

— Il y a tellement d'émotions nouvelles et fortes en moi.

Me relevant la tête de son ventre, je suis impressionnée par ses seins bien ronds aux mamelons brun foncé, appuyés confortablement sur son abdomen.

Je lui demande à brûle-pourpoint :

— Comment ça s'est passé la première fois que tu as fait l'amour ?

— J'avais bien hâte. Mais je n'ai pas été en mesure ni de goûter, ni de comprendre. Nous étions trop pressés, inconfortables dans le foin qui piquait. Maintenant, je comprends bien mieux. Le plaisir n'est pas une chose si simple. S'il n'y a qu'un pénis qui entre en toi, tu as du plaisir pour un pénis ; mais si c'est une forêt, un océan, toute une planète, alors tu ressens presque le plaisir de l'espace dans lequel un univers immense grouille en profondeur et sans fin. On existe pour partager un peu du plaisir de Dieu, car son plaisir est si grand qu'il n'est pas capable de le contenir.

— J'apprends beaucoup avec toi ; j'ai besoin de réfléchir à tout cela : je vais aller donner du foin aux animaux et je reviens.

— Moi, je vais ranger un peu, réplique Micheline.

À l'écurie, les animaux sont tranquilles. Je leur donne à manger et nettoie les abreuvoirs. Il y a une telle paix dans mon cœur ! Micheline est vraiment une grande amie pour moi, et elle connaît tant de choses ! Je l'aime plus que tout au monde.

Je reviens dans la cuisine. Micheline est songeuse et regarde au loin par la fenêtre. Une nouvelle question jaillit, presque malgré moi :

— Tu crois en Dieu, toi, Micheline ?

— La croyance ressemble à un homme qui, au lieu de chercher à connaître sa femme, se dit à lui-même qu'elle doit être comme ceci ou bien comme cela. S'il est heureux, il dit que sa femme est bien bonne, s'il est malheureux, il dit qu'elle est mauvaise. Il est si difficile pour l'être humain de soutenir le regard effronté de l'inconnu qu'il emprisonne sa pensée dans des croyances.

— C'est comme cela qu'on emballe la réalité dans des mots ou bien qu'on la remplace par des nombres.

— Très exactement. J'évite de croire en quoi que ce soit, pas même en l'absence de Dieu. L'âme n'a pas besoin de croire. Elle a plutôt tendance à écouter tout doucement...

Elle parle maintenant comme si elle était seule. Je ne comprends plus ce qu'elle dit. Mais c'est comme une musique agréable. Elle explique encore un long moment, puis je la sens fatiguée ; alors, je l'embrasse et m'en vais.

Sur le chemin de retour, il y a une telle différence ! Il me semble que mon âme a plus d'air, plus d'espace. Il faut qu'elle soit grande mon âme, large et souple, car les forces qui se croisent en elle grandissent rapidement.

* * *

La lune se lève, immense sur la butte. La neige s'illumine. Un vent léger fait onduler les jeunes trembles. Leurs ombres bleues serpentent entre les dunes. Micheline et moi, nous montons la côte. Elle me fait signe d'arrêter ; elle va plus loin, se place devant la lune et, se tournant de côté, me demande :

— Comment trouves-tu ma nouvelle silhouette ?

— Oh ! tu es si belle, Micheline !...

Dans le ciel, les nuages se défont et se dispersent en vêtements roses et violets. Micheline a maintenant la tête dans la lune.

— J'ai tellement hâte de tenir le bébé dans mes bras. Tu me laisseras le prendre ?

— Bien sûr. Mais toi aussi tu portes un bébé, ne l'oublie pas.

— Tu veux parler de l'âme ?

— Oui, ton âme, ton âme qui vibre en prenant conscience de ce qui l'entoure.

— Parle-moi de l'âme.

— Je n'en sais trop rien. Tu vis cette expérience autant que moi.

— Oui, mais toi tu as le don des mots. Tu arrives à mettre un vêtement à l'invisible.

— Tu sais, ce n'est qu'un vêtement ; l'invisible, ce n'est jamais ce que l'on pense, imagine ou dit.

— Je le sais. Mais, en mettant des mots sur l'invisible, c'est plus facile de faire confiance. Alors, parle-moi de ton expérience de l'âme.

— Je pense que l'âme voit la signification de ce qui nous entoure, de notre vie et tout ça. C'est comme si elle connaissait la direction de l'univers.

Elle me prend la main et nous rentrons à petits pas tranquilles. Elle s'étend sur le divan pour se reposer un peu après cette longue marche. Je lui frotte les reins. Ces doux moments que nous partageons depuis le début de sa grossesse me comblent de joie.

Elle s'endort profondément. Je dépose délicatement une couverture sur elle. Je reste un long moment à me bercer.

En regardant cette femme, cet espace dans lequel se vit un nouveau miracle de la nature, je pense que j'ai bien hâte de porter un bébé. Et si j'écoutais mon âme comme une femme écoute le bébé qu'elle porte !

Lorsque je monte sur Hugo, la lune est bien haute dans le ciel. Je me sens très grande, il me semble que je contiens le cheval et sa cavalière. Je les entoure afin que leurs cœurs restent chauds et tranquilles.

* * *

Le soleil de mars plombe sur la neige qui s'alourdit, sue et s'affaisse sur les talus et les falaises. De Rivière-au-Mouton à Sainte-Anne, le bord de la mer ressemble à un gâteau dont le crémage, trop mou, s'écoule sur les rebords. Les champs éblouissent d'une telle blancheur qu'il nous est impossible de les regarder sans reposer de temps à autre nos yeux dans les teintes violettes de la mer. Pourtant, les matins sont si froids qu'ils figent les eaux de fonte sur les contre-pentes les plus abruptes. Sur cette glace bosselée, la lumière matinale fait miroiter des arcs-en-ciel dans lesquels éclatent de petites étoiles scintillantes.

Micheline réussit à me faire aimer la lecture. Je passe beaucoup de temps à lire. Mais, comme je lis encore très lentement, je cherche dans les volumes de courts paragraphes bien solides que je peux mûrir tranquillement de façon à me reposer entre chaque passage.

Je me souviens encore d'une petite prière d'Akounaton qui vécut à l'époque de l'Égypte ancienne :

Je respire la douce haleine de ta bouche,
J'admire ta beauté chaque jour,
Mon désir est que je puisse entendre ta douce voix
Même dans le vent du nord,
Et que tu rajeunisses mon corps par ton amour.
Donne-moi ta main pour qu'elle me communique ton esprit,
Et que je puisse vivre par lui.
Appelle-moi à l'éternité pour que je vive toujours.

Je médite cette prière en m'imaginant ce Fils du Soleil un peu bossu se promenant avec son épouse-sœur dans une cité de lumière. Dominique lance de petits glaçons sur les récifs en bas de la falaise. Il m'écoute citer le pharaon.

Il me prend la main, me regarde de ses yeux aussi sombres et profonds que des gouffres et répète lentement : « Donne-moi ta main pour qu'elle me communique ton esprit, et que je puisse vivre par lui. Appelle-moi à l'éternité pour que je vive toujours. » Ses yeux sont humides. Mes cheveux dans le vent lui caressent le visage.

Lorsque la récréation est terminée, je flotte littéralement dans les corridors et il m'est impossible de porter mon attention sur les choses froides et insipides dont on veut tant me gaver.

Quand l'autobus m'arrache finalement aux tortures scolaires, je peux m'appuyer sur l'épaule de Dominique.

Insouciante et grisée de bonheur, j'entre chez moi. Maman est très énervée.

— Jérôme a téléphoné : il veut que tu le rappelles.

Je ne sais trop que penser. Je n'ai aucune idée de ce que je vais apprendre par cet appel et cela m'effraie. Tout fonctionne au ralenti dans ma tête. Le changement de situation a été trop rapide entre les deux côtés de la porte !

— Jérôme, tu as téléphoné ?

— Micheline... Micheline... le bébé... Il est mort.

Et il s'effondre en larmes à l'autre bout du fil. Je répète à ma mère ces paroles qui ont emporté ma joie et mon insouciance. Devinant bien mon besoin de savoir et de comprendre, elle me conduit immédiatement à l'hôpital de Sainte-Anne.

Dans son grand lit blanc, Micheline a les yeux fermés. Elle semble complètement absorbée dans une conversation intérieure. Son visage si attentif ne porte pourtant aucune trace d'effort. Jérôme lui caresse les cheveux trop sombres, trop raides et trop courts pour la douceur des traits de son visage et la grâce de son caractère.

Je lui prends la main et la lui serre très fort. Elle ouvre les yeux :

— Angelle, ma bonne amie...

Elle sourit légèrement et me presse la main à son tour. Tout cela est arrivé si brutalement que je n'y crois pas encore. Je ne sais pas trop ce que je fais là, dans cette chambre anonyme. Je ferme les yeux plusieurs fois de suite, espérant qu'au moment de les ouvrir Micheline sera comme hier, les mains posées sur son gros ventre rond. Je veux l'entendre me redire une fois de plus à quel point elle a hâte de me présenter le bébé.

Mais quand elle ouvre enfin la bouche, c'est pour me dire :

— Je n'aurai pas d'enfant, Angelle. J'y ai cru pourtant. Je me suis trompée. Je l'ai tant désiré. Tu te souviens, je t'avais dit : « Ce qui n'existe que dans notre imagination, crois-tu qu'on puisse le choisir ? » Moi non plus, je ne peux choisir ce qui n'est plus.

De grosses larmes coulent de ses yeux.

Nous restons longtemps, très longtemps main dans la main, sans rien dire. Micheline travaille fort dans le laboratoire de son âme. Mais je ne sais pas ce qu'elle y fait... J'essaie, quant à moi, de me faire à cette nouvelle réalité, tellement imprévisible hier encore...

Et il a fallu revenir. La sommeil a fini par couvrir ma souffrance. Dans un rêve, Micheline m'apparaît. Elle allaite son bébé en le berçant. Elle brille comme la lumière, ses cheveux étincellent.

« Ton bébé n'est donc pas mort ? lui dis-je.

— Les bébés qui peuvent mourir ne sont pas de vrais bébés.

— Mais alors, de quel point de vue est-il mort ?

— Un aveugle ne peut voir, ni un sourd entendre. Si l'âme n'a pas développé d'yeux, ni d'oreilles, comment peut-elle percevoir ?

— Tu veux dire que l'âme peut voir le bébé ?

— Plus encore ; tu vois, elle le nourrit.

— Mais, Micheline, ce qui n'existe que dans l'imagination, comment peux-tu le choisir ?

— En le créant sous une autre forme. »

Dès le matin, je retourne à la maternité. Dominique m'accompagne dans la camionnette de son père. Micheline est assise sur son lit et déjeune.

— Bonjour, Angelle. Bonjour, Dominique. Je vais mieux ce matin.

Je m'empresse de lui raconter mon rêve. Elle semble sûre d'elle-même et je devine tout à coup qu'elle a pris une grande décision.

— Jérôme et moi, nous partirons pour le Pérou. Ma jeune sœur est infirmière là-bas. Moi aussi, je serai infirmière. Jérôme va terminer ses études d'agronomie ; il sera très utile.

Je suis atterrée. L'annonce brutale de son départ me fait réaliser plus concrètement toute l'importance que Micheline a prise dans ma vie. Dominique me serre la main, mais je reste inconsolable. Micheline s'empresse de rajouter :

— Ce n'est pas pour maintenant, Angelle. Il faut vendre le centre d'équitation et puis tout organiser. Cela prendra un certain temps...

— Non, je ne veux pas. C'est trop m'enlever...

— Angelle ! me dit-elle avec un sourire que seules elle et moi pouvons comprendre.

— Bon, bon, tu sais sans doute mieux que moi, lui dis-je en fondant en larmes sur ses genoux.

J'y pleure longuement tant les événements de ces deux jours m'ont ébranlée. Puis, de mon cœur apaisé, j'entends finalement monter le murmure de cette prière :

Plongée dans l'espace de ton cœur,
*Toi **IOA**, j'explore ton mystère.*
Il arrive que je croise de grands amas de souffrances,
mais je ne peux te consoler.
C'est pourquoi je pompe, dans mon petit cœur,
un peu de ta tristesse.

Dans cette communion du sentiment,
il arrive que la douleur que je ressens
soit comme une nappe d'énergie et de puissance
qui me pousse encore plus loin dans tes entrailles.

Se peut-il que ta souffrance vienne
de ce que nous te privions de nous ?
Je ne sais. La mienne vient de ce que je me prive de toi.

Mais il me semble que, dans la mesure où je te laisse
m'étreindre,
de grandes joies fleurissent à même notre douleur.
Le grimpeur sait que la joie est la difficulté surmontée
et que la pire épreuve est de ne pas être éprouvé.

2 C'est déjà le milieu de mai. Le soleil s'est levé à pic : il liquéfie les dernières neiges d'un coup et tire si rapidement la verdure du sol que les moutons qui s'évadent pour la manger ont la gueule pleine de terre.

Dominique est sur Burn et moi sur Hugo ; la semaine est terminée, enfin la vie ! Il est tôt, nous avons la journée devant nous. Nous suivons un sentier à flanc de montagne qui longe un canyon au fond duquel rage une rivière ivre de toute la fonte du printemps. La falaise s'enfonce si profondément dans la crevasse que les rares moments où nous pouvons entrevoir le torrent, il nous semble aussi noir que l'encre. Pourtant, le soleil plombe à travers les arbres encore à demi nus. À droite, la montagne nous frôle, nous égratigne de ses branchages et nous imprègne de son humidité. Les herbes tendres nous parfument et nous en sommes grisés.

Dominique ne résout plus d'équations dans sa tête : il donne l'impression de flotter quelque part au-dessus de lui-même.

Nous traversons à pas prudents une gorge si étroite qu'on dirait que la montagne veut nous pousser en bas. Soudain, sans avertissement, le goulot s'ouvre largement sur une vallée inondée de lumière. Au milieu, comme une émeraude parfaitement polie, un lac minuscule bâille dans la verdure.

— C'est ici que nous dînons, Dominique.

Nous attachons les chevaux au tronc d'un sorbier qui, les bras levés, converse avec le ciel. La rivière contourne la clairière, ouvre sa gueule toute noire et s'abreuve à même une chute qui dégringole cinquante pieds en criant.

Autour d'une large pierre plate et carrée, la savoyane agite, à travers la mousse, ses minuscules fleurs blanches. Nous disposons nos petits pots de salade d'épinards, de radis, de laitue... Au fond du sac, maman a glissé deux sandwichs-mayonnaise pour Dominique. Nous donnons autant aux chevaux que nous mangeons.

Après le repas, je m'étends sur la pierre. Le soleil est au plus fort, j'ouvre ma veste rose. Dominique regarde la chute gicler à travers les arbustes.

— Que c'est beau ici ! dit-il en se retournant. Et comme tu es belle sur cette pierre...

Je riposte vivement :

— Tu n'en sais rien, tu ne vois que le dixième de moi.

Il ne me quitte pas de ses yeux de charbon.

— Ce sont ces yeux-là que j'aime. Es-tu capable de les garder comme ça ?

Il fait signe que oui. Alors, je me place droit devant lui, je défais tranquillement ma blouse et la laisse glisser par terre ; j'enlève ensuite mon pantalon, puis tous mes vêtements. Dominique ne se trouble pas.

— Tu t'es beaucoup amélioré, lui dis-je avec une pointe d'humour. Et maintenant à toi...

Il se déshabille calmement, sans me quitter des yeux.

Je le contemple en souriant, puis je cours me jeter dans l'étang glacé.

— Viens, l'eau est merveilleuse...

Je prends une grande inspiration et plonge. Le froid me saisit, mais la lumière qui danse sur l'onde m'attire. Je fends l'eau avec de lents mouvements de serpent. J'entends le murmure de mon âme :

La chaleur se donne au froid, la lumière se donne à l'obs-
curité.
I, comme tu as les pieds froids et ténébreux
et comme tu as la tête chaude et lumineuse ;
aussi ton énergie descend-elle à vive allure
à travers l'espace qui te reçoit.
Moi aussi, je serai un espace dans lequel tu te révéleras.

Et puis, j'émerge de l'eau, ravie. Dominique couché sur la pierre se réchauffe.

Je m'étends près de lui. Je n'ai pas de serviette : le soleil va me sécher.

— Dominique, comment se fait-il que la lumière passe à travers l'air et l'eau, mais ne traverse pas le sol, ni la peau ?

— Merde ! c'est toute une question. Je n'ai pas encore appris ça, mais je pense que c'est probablement parce que les choses opaques font dévier tous les rayons de lumière, alors que l'air et l'eau n'en font dévier que très peu.

— Ça doit être pour cela que l'âme est invisible : elle ne fait pas dévier la lumière. C'est étrange que ce qui est parfaitement transparent ne se voit pas. Un jour, je veux devenir invisible.

— Non, Angelle, je veux te voir toujours, sinon il n'y a pas de paradis.

Et il se retourne sur moi. Je suis troublée.

— Regarde-moi, Dominique, regarde-moi avec tes yeux d'ange.

Son regard est encore tout brillant.

— Je t'aime, Angelle. Je désire vivre avec toi pour toujours.

— Tu ne sais pas ce que tu dis.

Pendant une fraction de seconde, toute ma vie future se déroule devant moi, et j'en garde une impression d'intensité si extrême que je me demande s'il est bon d'offrir une vie pareille à Dominique.

— Je désire vivre avec toi, répète-t-il sans que ses yeux ne perdent un grain de leur lumière noire.

Je sens un « oui » entier et sans réserve se prononcer au plus profond de moi, mais je ne veux pas l'entendre complètement. Dominique met délicatement sa main sur mon sein et un trouble passe sur son visage.

— Non. Pas encore, Dominique.

Je me relève brusquement, dans un rire. Et, tout en le regardant de haut en bas :

— 2x + 3y = 5x, combien ça fait ?

— Pourquoi me demandes-tu cela ?

— Pour que tu puisses entrer dans ton pantalon, dis-je en riant de nouveau.

Tout ahuri, il me regarde enfourcher Hugo et m'éloigner en trottant. Je me retourne et lui lance, taquine :

— Attrape-moi, si tu en es capable...

Immobile dans le soleil, il réplique avec fougue :

— Je t'aime, Angelle, et tu n'iras jamais assez vite pour que je ne sois plus derrière toi.

....

Cette phrase qu'il a criée à tue-tête, pour que je l'entende toujours, reste gravée à jamais dans mon cœur.

Réellement, c'est là une des plus belles journées de ma vie. Souvent, je le revois remettre son pantalon : qu'il est beau, ce garçon ! Et, dans mon cœur, je sais que le « oui » que j'ai entendu en moi sera toujours vrai.

....

Il pleut ; le ciel gris est couché à plat ventre sur le terrain de stationnement. La polyvalente avale des troupeaux entiers d'êtres sans résistance ; nous sommes emportés par un fleuve humain. Dans un chaos d'odeurs et de bruits, nous arrivons tout étourdis au vestiaire. De là, par grandes coulées de lave, nous sommes poussés dans de longs corridors. Finalement, nous atterrissons, en rangées, devant un large tableau vert. Et puis quelqu'un dicte et écrit des choses qu'il ne comprend pas toujours et que nous devons faire entrer, tant bien que mal, dans notre mémoire.

Lorsque Dominique me quitte pour rejoindre sa classe, je me sens injustement arrachée à la vie. Pourquoi, pourquoi est-ce que personne n'arrête ce grand jeu insensé, froid et sans intérêt ?

Dehors, il y a la vie et le ciel qui s'ouvre sans limite. Il y a le bonheur de cette communion intime avec la nature. Il y a ce mystère de toute la réalité qui frémit dans l'espace infini. Dehors, on est comme le poisson se faufilant à toute vitesse dans l'eau qui l'enserre, mais ne le retient jamais. On est comme le martinet qui se nourrit dans l'espace et ne remet jamais les pieds par terre.

Sans doute les humains ont-ils eu peur, très peur de toute cette grandeur indiscernable et mystérieuse, extrême et imprévisible. Sans doute ont-ils eu trop peur pour pouvoir goûter sa bonté sans réserve. Toujours est-il qu'ils ont construit un bateau pour s'en protéger.

Ils ont extrait du réel un certain nombre de choses qu'ils ont solidement emballées dans des mots et des concepts. Ils ont attaché ensemble toutes ces petites boîtes noires par des théories ou des religions. Ils ont érigé la coque si haut que nul n'arrive à jeter un œil par-dessus bord, sauf l'aigle aux yeux sans limite. C'est le bateau sans hublot.

Et là, il faut s'acharner à faire entrer assez de boîtes noires dans nos crânes pour qu'il ne soit plus jamais possible de s'échapper au-dessus du pont. Il faut débarrasser les choses de leur qualité et de toute leur chaleur afin de pouvoir les compter. Et puis, une fois que le boulet est solidement soudé au pied et que le cœur n'est plus qu'une pierre, on nous envoie ramer dans les usines, les industries ou les bureaux. C'est à coups de cerveaux sacrifiés que nous devons ramer, ramer toute notre vie sur cette galère, ancre descendue, et dont personne ne semble s'inquiéter d'où elle va.

....

C'est ainsi que je voyais les choses en ce printemps de 1980, au milieu de mes quinze ans. Je ne comprenais pas par quel mécanisme un jeu aussi insensé peut se prolonger si longtemps dans l'histoire et j'aurais bien aimé être celle qui réveille tout d'un coup les milliards d'hypnotisés s'amusant au jeu le plus insipide qui soit, sans même se demander pourquoi. Oui, cette idée ne cessait de me hanter.

....

Je brûle d'impatience. La réunion régulière du Club des réveillés n'est qu'à la fin du mois : c'est bien trop loin. Je ne peux attendre tout ce temps. Je vais convoquer une rencontre spéciale pour ce soir.

Gérald et son amie Francine, Katie et son énorme Benoît, Michel et sa gentille Caroline : tous sont là. Dominique n'a jamais voulu entrer dans le Club : il trouve cela enfantin.

Je m'empresse de démarrer la discussion :

— En avez-vous assez de jouer à l'école, tout l'temps ?

— Tu parles, répond le grand Benoît, bien enfoncé dans la paille, sa veste de cuir entrouverte et un brin de foin entre les dents. Ce midi, j'étais avec Katie. On s'embrassait en écoutant de la musique et on nous a avertis que ça ne se faisait pas. Alors je lui ai dit à la petite prof : « Toi, tu fais l'amour à ton mec sans même l'embrasser ? Alors, t'es dégueulasse. Moi, j'embrasse toujours une fille avant de la tripoter. » Pas vrai, Katie ?

— Pour moi, c'est pas si mal : on a des ateliers de mécanique et de bois presque à tous les après-midi et on peut dormir au cours de français sans se faire déranger.

— Oui, toi, Gérald, t'es au professionnel, c'est pas pareil, riposte Francine. Nous, au régulier...

— Taisez-vous, vous ne comprenez rien ! On va passer à l'action. On a découvert bien des choses ensemble. On a commencé par les moutons, on a vieilli. Mais nous n'avons jamais déballé une personne. Nous ne savons rien des autres.

Je leur raconte à propos de la galère sans hublot et conclus :

— Il faut libérer les galériens.

— Chouette ! s'écrie Benoît en se tapant le poing dans la main.

— Qu'est-ce que tu veux dire au juste ? demande Michel. On va les réveiller.

— Et comment ?

— On va d'abord interviewer nos profs.

— Explique, demande Caroline.

Je leur expose mon plan... Tout le monde est d'accord et, dès le lendemain, chacun est à son poste.

Dans le corridor, j'accoste le premier professeur qui passe : un homme barbu plein de livres sous les bras. Michel, responsable de la recherche, me chuchote que c'est Gérard Lagacé, un professeur de mathématiques.

— Gérard, dis-moi très sincèrement comment tu te sens ici, dans cette école sans fenêtres ?

— Qu'est-ce que vous manigancez ensemble, vous autres ? Vous feriez mieux de préparer vos examens.

— Qu'est-ce qu'il dit ? demande Michel, à voix haute. Je n'ai rien entendu.

— Il dit de fermer nos gueules et de ramer : classe-le dans les bornés, que je lui réponds à mi-voix.

Gérard continue son chemin et fait mine de ne rien entendre.

Derrière nous, en plein milieu du corridor, un grincement. C'est un chariot rempli à craquer. Sous un enchevêtrement de fils électriques, on peut deviner : vidéo, projecteur, télévision, enregistreuse, etc. Il s'agit sans doute d'un prof de catéchèse.

—C'est Sauterelle, dis-je à Michel en entrevoyant, derrière le monticule bringuebalant, une touffe de cheveux blonds et frisés.

— Sauterelle, chère Sauterelle, toi, comment te sens-tu dans cette école toute grise et sans fenêtres ?

Je lui demande cela sur un air chantonnant, tout en tournoyant autour d'elle.

— Je ne la vois pas l'école, dit-elle, je ne vois que ton joli petit visage toujours plein de vie.

— Oui, mais quand je ne suis pas là ?

— Partout où l'on va, il y a toujours quelqu'un à qui sourire.

— Sérieusement, Sauterelle, tu dois bien te sentir seule de temps à autre, tu dois avoir tes temps d'angoisse, tu dois bien te sentir quelquefois limitée, prisonnière ?

— Non, j'ai toujours plein de projets à mettre sur pied. Je n'ai pas le temps de m'apitoyer sur moi-même. Tu devrais entrer dans le groupe du salon étudiant.

— Oui, j'y penserai.

Me retournant vers Katie et Michel, on compare nos votes ; Katie pense que c'est une réveillée ; Michel et moi sommes convaincus que c'est une simple tripeuse.

Le suivant, c'est François Mignault, professeur de biologie.

— François, dis-moi franchement : comment tu te sens ici, dans cette école ?

— Bien.

— Qu'est-ce qui peut donc t'intéresser dans ton travail ?

— Je pense que c'est le contact avec les jeunes.

— Alors, tu dois être terriblement heureux que je cherche ainsi à te connaître ?

— Heu... Oui, bien sûr.

— Est-ce qu'il t'arrive de te sentir anxieux devant toute l'immensité de l'univers ?

— Ça m'arrive, oui.

— Et dans l'école, tu te sens prisonnier ?

— De temps en temps, mais j'évite d'y penser.

— Moi, j'y pense tout le temps.

— Je t'ai souvent observée dans le corridor avec tes amis et Dominique me parle régulièrement de toi. Je crois que tu as beaucoup de potentiel encore non exprimé.

Cette dernière phrase me heurte. Je me sens humiliée et, sans réfléchir, je riposte :

— Pourquoi, vous autres, les professeurs, désirez-vous tant qu'on s'exprime, qu'on se développe... Lorsqu'on vous parle, vous n'avez pas l'air de comprendre qu'on s'adresse à vous. Toujours, vous nous répondez avec un souci d'éducation.

— Qu'est-ce que tu veux dire ?

— Je te demande comment tu te sens ici : à peine m'as-tu répondu que tu t'occupes de mon potentiel. Le tien, ton potentiel, il se développe bien ?

— Oui. Du moins je... je pense... En fait, je crois que... que, non, il ne se développe pas très bien.

— Peut-être qu'ensemble on peut faire quelque chose ?

— Oui, peut-être... Maintenant, je dois donner un cours. J'ai peu de temps, tu sais. Mais... j'aimerais bien te revoir un de ces jours et... dis à celle qui prend des notes là-bas qu'elle pourra participer à la conversation.

Je suis démontée par cette rencontre... Il y a beaucoup de sincérité dans cet homme d'une trentaine d'années, déjà grisonnant et dont les yeux bleu pâle me rappellent certains ciels d'automne.

— Katie, écris : « En période de réveil » à côté de son nom.

Nous interrogeons la suivante, une prof d'histoire et géographie.

— Solange, dis-moi comment tu te sens ici, dans cette école ?

— Bien. Excuse-moi, j'ai du travail, lâche-t-elle d'un ton très sec.

Elle s'éloigne déjà, sans même avoir réalisé que quelqu'un vient de lui parler. Je crie dans le corridor :

— Michel, Michel, je pense que j'ai une momifiée !

— Je viens !

Michel court après la pauvre dame qui se faufile rapidement à travers les étudiants et il finit par l'accoster :

— Vous avez peur de nous parler ? demande Michel à la dame.

— Absolument pas, laisse-moi passer.

Ses yeux sont pourtant terrifiés.

— Mais vous êtes toute tremblante... Puis-je vous prendre la main, vous rassurer ?

— Insolent, écarte-toi de mon chemin.

— Bon, c'est confirmé, Katie. Tu peux écrire : « Momifiée ». Elle ne se rend même pas compte de ce qu'elle vit, je te jure.

Elle, sans même se retourner, est déjà entrée dans sa classe. Elle a refermé la porte.

La journée passe. Entre chaque cours et le midi, on continue les entrevues. À la fin, Katie et Francine font leur rapport.

— Dans notre équipe, raconte Francine, on a répertorié deux momifiées, cinq bornés, trois tripeux et peut-être un réveillé. Mais, en fait, on arrive mal à différencier les tripeux des réveillés.

— Nous autres, continue Katie, on a deux momifiés, quatre bornés, au moins deux tripeux : un prof d'arts plastiques et un de catéchèse, et on a un gars bizarre qui est possiblement sur le point de se réveiller.

J'avoue que, moi non plus, je ne sais pas très bien distinguer les tripeux des réveillés. Je risque une explication :

— Un tripeux, je pense que c'est quelqu'un qui n'a pas mal, qui ne sent pas qu'il est prisonnier parce qu'il a quelque chose qui le passionne et le distrait. Un réveillé sait qu'il est en cage parce qu'il a percé un petit trou dans la galère et regarde dehors. Mais, en pratique, ils se ressemblent beaucoup.

J'ai la tête ailleurs : je pense à cette pauvre femme qui a eu si peur de Michel et qui s'est réfugiée dans une classe. Peut-être pleurait-elle de l'autre côté de la porte ? Peut-être avait-elle mal ? Je veux m'excuser, lui parler.

En sortant de la polyvalente, je la vois qui ouvre la portière de sa voiture. Je cours vers elle.

— Madame, madame, attendez, je veux...

Trop tard, elle est partie...

Lorsque l'autobus monte de l'autre côté de Sainte-Anne, je suis assise à l'arrière. Je regarde au loin la polyvalente toute grise dans la lumière qui s'attendrit derrière de légers nuages ; une larme coule de mes yeux. Peut-il y avoir de plus grande misère que celle d'être privé de vie au point de ne même plus ressentir la souffrance d'être hors de l'eau ?

Pour se sentir prisonnier, il faut avoir au moins une partie de soi hors de prison. C'est peut-être cela l'âme ! Et celui qui n'a plus rien hors de la galère rame avec cœur, car il ne sait pas qu'il n'est qu'un simple esclave.

Je ne peux laisser faire cela, je veux libérer les humains pour qu'ils chantent à nouveau le bonheur d'être libres dans l'immensité de l'espace. Je ressens au fond de moi que c'est cela ma mission.

Le lendemain, n'ayant pas faim pour le dîner, je ne vais pas à la cafétéria. Grimpée sur le monticule derrière le stationnement, j'observe les oiseaux. Très haut dans le ciel, un petit groupe de fous de Bassan virevoltent. Ils ralentissent quelque peu, font un cercle et, soudain, l'un d'eux pique du nez, atteint une vitesse invraisemblable et plonge à l'eau. Il attrape un poisson encore tout frétillant dans son bec, court sur l'eau, prend son envol et remonte. Ces plongeurs font se rejoindre le ciel et la mer. Je veux être plongeuse... Mais il y a tant de confusion en moi...

N'ayant personne à qui parler, je m'adresse à la mer :

— Je suis comme toi aujourd'hui, toute en vagues. Je ne me comprends plus. Je sais bien qu'il y a la petite fille de la polyvalente, un peu idiote et qui n'apprend pas grand-chose, qui refuse d'être mise en conserve dans une construction de ciment ou d'idées. Mais il y a aussi des moments où j'ai l'impression de tout embrasser comme l'oiseau ou d'être tout étreinte comme le poisson. Qu'est-ce qui, en moi, est constamment hors de l'école, hors de la maison ? Combien de temps vais-je tenir ? Vont-ils finir par m'abattre ? Vont-ils réussir à tuer l'oiseau qui vole dans le ciel et le poisson qui nage dans la mer ? Vais-je devenir matelot d'un navire sans hublot ?

— Non, ce serait terrible...

Surprise qu'on me réponde, je me retourne. Je reconnais le seul prof qui, la veille, semblait intéressé par mon enquête.

Mais, pour l'instant, je n'éprouve que le désir d'être seule...

— Qu'est-ce que tu fais ici, à m'épier ?

— Tu ne désires pas continuer la conversation d'hier ?

— Présentement, je veux qu'on me laisse tranquille.

Il s'appuie sur un arbre et se laisse absorber par la mer qui semble le prendre et l'emporter. Après un long silence, je lui demande :

— Pourquoi est-ce que l'on veut nous mettre tous en boîte ?

— Je pensais que tu voulais me faire sortir de ma boîte à moi : c'est pour cela que je suis venu te parler. Il me semble que tu vois quelque chose que je me souviens avoir entrevu, mais c'est trop loin... Alors, explique-moi comment on fait pour avoir une partie de soi suffisamment haute pour voir plus grand et suffisamment basse pour nager comme un poisson.

— L'être humain est bien le seul animal qui se prend dans ses propres pièges. Il fabrique des mots, des idées, un tas de trucs compliqués pour pincer un petit bout de réalité. Il ne se rend pas compte que la seule chose qu'il attrape, c'est bien souvent lui-même.

— Sois plus claire : je ne comprends pas.

— Tu veux rire ? Tu as plus de trente ans et tu ne te rends pas compte ?

— Compte de quoi ?

— Tiens, par exemple, tu enseignes la bio. C'est la science de la vie, n'est-ce pas ?

— Oui.

— Alors, pourquoi tous tes étudiants sont-ils dans ce bidon de ciment où les seuls animaux qui entrent sont morts ?

— Tu exagères, on élève des rats !

— Ça, c'est le plus étrange. Dominique m'a expliqué : vous étudiez ce que fait un rat dans une cage ou un labyrinthe dans le but de comprendre son comportement. Ce ne sont pas leurs comportements que vous devriez observer, mais bien les vôtres. C'est vous qui les confinez dans des endroits pareils. Dominique s'intéresse beaucoup à la biologie : pourtant il a toujours le nez dans un livre. Il s'intéresse plus à ce qu'on dit de la vie qu'à la vie elle-même. Qu'êtes-vous en train de faire de lui... Ça me fait peur !

— Peur ?

— Depuis que je suis petite, je dois lutter contre vous tous, les grands, pour ne pas me faire ligoter par vos toiles d'araignée. J'ai peur de me laisser enfermer dans tout ce que l'on dit des choses au point de n'être plus capable de les voir de mes propres yeux.

— Tu as observé le fou de Bassan tantôt, comment il volait haut et plongeait à une vitesse incroyable, exactement sur le poisson qu'il avait aperçu de si loin ? Comment peut-on faire une telle chose ?

— Je n'en sais rien.

— Si tu le savais, peut-être serais-tu capable de faire comme lui... Moi non plus, je ne connais pas la réponse, mais cela m'intéresse beaucoup. Je sais que, pour voler si haut et bien se diriger, l'oiseau doit sentir les moindres mouvements de l'air. Il le fait grâce à la sensibilité extraordinaire de tout un système nerveux autour des muscles qui orientent ses plumes. Alors, moi, je pense que si j'arrive à cette sensibilité, je pourrai suivre les courants ascendants et m'élever aussi haut que lui. Et c'est cela que je veux apprendre.

— Tu as raison : ce que l'on sait n'est pas inutile, si on en trouve le sens.

— Et toi, tu n'enseignes à personne ?

— Moi ?

— Oui, toi.

— Je ne suis pas prof.

— Qui t'a dit que tu n'es pas une enseignante ? Un pauvre gars qui voulait te mettre en boîte ? Ne te laisse pas prendre par ces gens, répond-il en montrant du doigt un groupe de profs qui se promènent dans le stationnement.

— Enseigner quoi ? je lui demande.

— Ce que tu vois, évidemment.

— Et comment ?

— Peut-être par le théâtre ?

— Le théâtre ?

— Pourquoi pas ? Je peux te donner un coup de main.

— Je n'aime pas le théâtre...

— La danse peut-être ? Moi, j'adore la danse ; j'ai enseigné le ballet-jazz plus de dix ans, tu sais...

— La danse...la danse...la danse...

En répétant ces mots, je m'envole très haut : une mélodie m'emporte.

— Oui, la danse...

J'ai grand-peine à convaincre Gérald et surtout Benoît. C'est en nous voyant danser et à condition de garder leur veste de cuir qu'ils acceptent de nous accompagner. Gérald s'occupe du décor avec Caroline. François, Francine et moi, on élabore la chorégraphie. Benoît et Michel ont en main toute l'organisation technique, François leur est d'un grand secours.

L'été brûle nos corps presque nus sur la plage. François, Caroline, Francine et moi, on ne cesse de répéter. Nous devenons peu à peu souples comme des élastiques. Je m'offre tout entière à la musique et, sous le soleil, je valse avec l'espace qui sait se taire et aimer. Une sorte de magnétisme se développe autour de mon corps, je ne le commande plus directement, j'injecte une émotion dans ce magnétisme et c'est lui qui le plie, le moule et le lance comme algue brune dans le ciel.

Lorsque c'est le temps de partir pour les Gamache, je suis si passionnée par le spectacle que je ne ressens pas trop l'arrachement de ce départ. Micheline me dit tout simplement :

— Au revoir, ma grande. Prends ton envol. Peut-être ferons-nous un autre bout de chemin ensemble...

Ce à quoi je réponds :

— Je ne t'oublierai jamais. Fais-moi un grand bébé, un bébé qui améliore le monde.

* * *

L'été bat son plein et peu à peu je me rends compte : maman ne cesse de dépérir depuis le printemps.

Elle ne sort plus de la maison. Son visage pâlit de jour en jour. Son sourire porte une tristesse profonde. Elle se berce de longues heures sans rien faire, le regard perdu dans la fenêtre, les yeux fixés sur le chemin qui monte sinueusement la colline. Elle s'endort profondément sur la chaise et ronfle si fort que le chien demande la porte.

L'atmosphère de la maisonnée n'est plus celle que j'ai toujours connue. Mon père ne crie plus. Jacques lui-même donne l'impression de réfléchir.

Un soir d'août, un soir de pleine lune, en revenant d'une journée exténuante, j'aperçois mon père penché sur son bol de soupe refroidie. Sans enlever son visage d'entre ses deux grosses mains rugueuses, sans bouger même une de ses énormes épaules rondes, il laisse filtrer ces mots :

— Ta mère a le cancer, ils ne peuvent rien faire.

Je m'approche ; avec beaucoup d'émotion, je prends brusquement conscience que mon père et ma mère existent, qu'ils vivent. Je mets la main sur la tête presque chauve de mon père. Lentement, il glisse sa main et la pose sur la mienne. Il se jette le visage contre mon ventre, éclate d'une souffrance indescriptible. Je le caresse doucement en me répétant intérieurement : « Il a un cœur de chair, il a un cœur de chair. » D'un coup, je revois toute ma vie. Bien des événements interprétés comme des marques de haine et de froideur sont maintenant vus comme des signes de peur et d'amour gauchement exprimés.

* * *

Dominique vient parfois à la plage ou bien au sous-sol chez Katie. Il nous applaudit, mais ses projets d'études le préoccupent beaucoup. En septembre, il sera au collège à Montréal.

Sur le quai de gare, au moment de son départ, je l'embrasse simplement. Il monte dans le train ; à travers une fenêtre, il me souffle un baiser. Cela se passe comme dans un film, je me vois grignoter du maïs soufflé au moment où la fille sur l'écran verse une larme pour saluer son fiancé.

Au début novembre, toute la troupe se retrouve à Montréal pour le Festival Création Jeunesse. On nous a donné le meilleur moment dans l'horaire : 22 h 00. La salle est pleine à craquer. Dominique est évidemment présent, mais je n'ai pas de temps pour lui. En moins de vingt minutes, le décor est monté. C'est un véritable exploit. Trois étages sont superposés. La scène elle-même représente l'Océan, habité de poissons ; Caroline a su marier les teintes turquoise, mauve et lilas. C'est elle l'âme de la mer et une petite troupe de jeunes enfants figurent des poissons multicolores. À petits pas, ils mélangent des couleurs de flamme aux pastels les plus doux.

Caroline porte un paréo et un cache-cœur blanc de neige. De sa nuque s'échappe un grand voile jaune comme le soleil qu'elle fait onduler merveilleusement de ses mains. Au deuxième niveau : une coque de galère romaine est ouverte mât de flèche devant. Au centre, un poteau sans voile, de chaque côté des galériens. François, torse nu, faisant dos à la foule, pousse les rames à grands efforts. Moi, de l'autre côté, j'y mets tout mon cœur. Assis bien droit devant le mât de beaupré, Gérald bat la mesure. Benoît, muni d'un long fouet de nylon, discipline l'équipage. François et moi représentons la jeunesse qui tente de garder contact avec son âme. Francine, sur le plancher supérieur, semble flotter au-dessus de nos têtes. Son corsage culotte, son collant, tout son corps et même ses cheveux sont si blancs que, par moments, on croirait voir un éclair lézarder le ciel noir d'encre. Francine, Caroline, François et moi sommes réunis par des liens de nylon rouge phosphorescent.

Le *Boléro* de Ravel commence. Les rameurs suivent la cadence.

Benoît flagelle François qui tente de se défaire de ses chaînes. À chaque fois que le fouet claque sur son dos couvert de sueur et de sang, Caroline, dans la mer, se tord de souffrance ; Francine, dans le ciel, s'élève très haut comme pour attraper des étoiles. Un instant, François semble abandonner la lutte au point où Francine et Caroline ont peine à bouger. Alors je hurle de toutes mes forces :

— Non, François, abandonne-leur ton corps, mais ne laisse pas se briser les liens qui nous relient à nos âmes.

Je saute sur le capitaine de galère qui lâche son fouet. Il me secoue dans tous les sens et me jette par-dessus bord. Je sombre dans l'eau. Caroline s'approche de moi. Nous nous enlaçons : j'en ressors métamorphosée.

Maintenant vêtue d'une très légère tunique rose, je reviens dans le navire et je fusionne avec François. Nous sommes reliés par un cerceau. Formant un seul être, en synchronisme parfait avec l'âme du ciel et de la mer, nous combattons le terrible Benoît. Gérald descend lui prêter main forte. Le rythme accélère, les rameurs sont en épouvante. Mais les geôliers sont trop forts. Nous sommes ligotés au poteau central. Nos tortionnaires frappent sans relâche. Francine plonge du ciel littéralement dans les bras de Caroline au fond de la mer. Après de grands efforts, elles s'unissent et, lorsque nous agonisons, elles s'élèvent toutes deux dans le ciel parce que nous n'avons pas flanché. François et moi, couverts de sang, nous restons suspendus comme des fleurs mortes au poteau.

La foule est ravie. Les gens se lèvent pour applaudir. Ils sont emballés, mais je réalise soudainement qu'ils n'ont rien compris du tout. Je ne peux supporter leurs applaudissements et leurs sourires extasiés. Alors, presque malgré moi, sans réfléchir, je descends dans la salle et je me mets à hurler à pleins poumons, complètement hors de moi :

— Comment ! c'est de toute notre âme que nous hurlons notre douleur et cela vous fait applaudir ! Un noyé crie :« Au secours ! » et vous dites : « Voyez, comme il s'exprime bien ! » On assassine la force créatrice de la jeunesse et vous vous levez debout, heureux du spectacle !

Rien à faire ! Mon emportement suscite le délire de la foule, qui applaudit de plus belle, croyant que cela fait partie du spectacle. Dégoûtée, je quitte la salle et je me sauve en courant dans les rues de la ville. Je ne peux plus les entendre. Tant d'inconscience me fait vomir.

François, inquiet de ma réaction, se lance à ma poursuite :

— Angelle, où est-ce que tu vas ? T'es folle ou quoi ?

Il réussit finalement à m'immobiliser à l'angle de deux rues. Je baisse la tête, complètement vidée.

— On n'arrive à rien, François. On a perdu notre temps. Ils ont trop d'armes : le diplôme, la richesse, le succès, tout.

— Mais non, Angelle, je suis certain que plusieurs ont pris conscience, ont vibré. Ils n'en reviennent pas que quelqu'un ait pu rendre cela aussi bien...

Je me jette dans ses bras, je suis trop confuse ; je veux croire en ce qu'il me dit, mais intérieurement j'hésite. Je me sens si petite et si seule ce soir... Je désire tant libérer les hommes et les femmes de leur prison de croyances, de rites et d'habitudes. François me caresse doucement les cheveux. Nous sommes là sur le trottoir, quelque part dans Montréal. Les gens se pressent autour de nous et ne nous voient pas. À travers mes larmes, j'aperçois soudain Dominique tourner précipitamment le coin de la rue, presque à nous heurter, puis faire brusquement demi-tour et disparaître derrière un pâté de maisons.

IV

LE PUITS

Au début de ma jeunesse, je ne savais pas encore combien grand devait être le trou de mon cœur pour que le silence qu'on y verse puisse entonner sa mélodie.

Découvrir mon but ; quitter mon chemin puis le retrouver ; entrer dans la douleur puis en sortir ; ressentir de la compassion, apprendre à refuser ; c'est ainsi que mon adolescence s'est déplacée vers la maturité.

....

1 Mon père possède un vieux camp de chasse dans les montagnes. À chaque automne, il y monte avec Jacques. Décembre frappe à la porte et déjà les vacances se font sentir. Un matin, papa m'annonce qu'il aimerait m'emmener étendre des collets avec lui au début des Fêtes. Cette décision m'étonne et me ravit à la fois. J'accepte avec joie, anticipant une merveilleuse rencontre avec la forêt. Jacques et Michel garderont maman qui s'affaiblit de plus en plus.

Les bagages ayant été préparés la veille, nous pouvons partir dès 6 h 00. La motoneige glisse rapidement sur la neige folle. Le traîneau que nous remorquons nous poursuit dans un nuage blanc.

Nous traversons des champs, des bois, des clairières ; nous croisons des hameaux, des maisons, des masures abandonnées et puis, plus un seul abri. Nous pénétrons dans la forêt, montons, descendons, tricotons entre les arbres, accélérons dans les clairières, filons sur les lacs. La neige est si épaisse qu'on a la sensation de tanguer en équilibre précaire dans une pirogue étroite. Vers 11 h 00 nous entreprenons l'escalade du mont Albert. La motoneige gémit : la piste est difficile. Mon père fait contrepoids pour maintenir l'appareil horizontal. Par moments, nous devons exécuter des virages très serrés. Je m'agrippe fortement. Dans les tournants, le traîneau percute les arbres en continuant sa courbe, mais nous grimpons toujours. Les épinettes, de plus en plus trapues et tordues, rasent le sol de leurs mains de fantômes.

Lorsque, enfin, la vue se libère de l'emprise de la végétation, quel spectacle ! Le regard embrasse à l'infini les montagnes tapies, silencieuses, dans la neige. Le vent nous croque les joues. Derrière un rocher, nous nous arrêtons. Mon père, attentif, interroge le paysage, le soleil, le vent...

Très loin, en bas, à peine visible, un minuscule village se chauffe dans une vallée. Dans de microscopiques maisonnettes, des femmes, des hommes, des enfants lavent la vaisselle, lisent ou guettent par la fenêtre une visite, un événement inhabituel. Pourtant, que peut-il y avoir de plus beau, de plus puissant, de plus mystérieux, de plus étrange que ce qu'ils voient dès qu'ils tirent un rideau ?

Nous dînons, avalons un thé brûlant et repartons. Pourquoi papa est-il venu humer l'air glacé à la cime du mont Albert ? Je ne sais pas. Mais il n'est plus tout à fait le même en redescendant.

Nous dégringolons presque entre les arbres. Les mains crispées, j'empoigne son parka et m'y tiens fort. Je suis électrisée par l'impression de puissance qui émane de ses mouvements fermes, rapides et précis.

Une vallée profonde glisse dans un grand lac. Nous la dévalons sans retenue, atterrissons dans un fatras de neige et filons à toute épouvante jusque de l'autre côté.

Puis la motoneige ralentit, s'arrête et repart. Mon père inspecte attentivement les pistes : tout à l'heure, un lièvre a dû bondir par-dessus cette branche, un autre vient tout juste de s'éclipser sous je ne sais quelle menace, s'est arrêté ici pour grignoter quelques bourgeons quand, soudain, il a bondi derrière une souche, poursuivi par un renard...

Mon père s'arrête, coupe un bout de fil de laiton, le frotte dans un mouvement de va-et-vient autour d'un sapin. Il fait un nœud coulant, suspend précautionneusement le collet, quatre doigts au-dessus d'un petit sentier de lièvre. Il arrache une branche de sapin et balaie nos traces. Nous repartons, arrêtons un peu plus loin où il recommence la même opération. Au bout d'une dizaine de collets, il me tend un fil ; j'essaie à mon tour. Il ajuste, puis nous repartons.

Le soleil couchant attise un mamelon enneigé qui s'enflamme et allume tout l'horizon. Là-bas, à gauche du vallon, une cabane de bois rond se profile. Nous nous y arrêtons. Mes oreilles bourdonnent et tout mon corps est secoué de vibrations. Mon père allume le feu dans la « truie » et fait réchauffer un gigot déjà cuit que nous avons apporté.

Le vent gronde dans le silence pour le faire plus total. Mon père ouvre la porte du poêle : la lueur du feu lui gifle le visage.

Sans me regarder, il dit :

— Tu sais, ma grand-mère, ton arrière-grand-mère, a dormi dans cette cabane, sur le lit même où t'es assise. C'était une Amérindienne. Tu le savais ?... Non, bien sûr. Mon grand-père l'avait rencontrée lors d'une chasse...

Il parle en laissant de grands silences entre chaque phrase, comme s'il les puisait loin dans les profondeurs, à travers de grandes douleurs.

— C'était une femme qui savait tout de la forêt ; elle s'assoyait ici, au milieu de la cabane, et nous racontait des histoires d'animaux et de plantes... Mon grand-père riait d'elle, il disait qu'elle était folle... Un jour, j'étais là, il l'a frappée si fort qu'elle est tombée par terre... Pourtant, la vieille n'était pas folle.

Je veux qu'il me raconte. Il détecte sans doute mon désir, car il continue.

— Elle n'était pas folle... C'était probablement au début du printemps, j'attrape une grosse fièvre. Ma mère me force à rester sous un tas de couvertures. Je suffoque. Ce n'est pas assez : elle me met une compresse de moutarde dans le dos. Je cuis comme dans un four. J'ai des visions, je crois mourir... La grand-mère arrive pour sa visite habituelle. Quand elle me voit dans cet état, elle supplie ma mère de me découvrir et d'ouvrir un peu les fenêtres. « Tu n'es qu'une vieille ignorante », lui répond ma mère sèchement. Et mon père la laisse faire, comme d'habitude. La vieille met sa main sur mon front et, quand elle comprend que je suis vraiment en danger, elle fait une colère terrible et chasse tout le monde dehors. Elle prend cérémonieusement de la farine qu'elle étend, en forme de cercle, au milieu de la cuisine. Elle m'allonge doucement au centre, presque tout nu, s'assied à ma tête, dépose très délicatement ses grosses mains sur mon front et reste sans bouger je ne sais combien de temps. Et puis, enfin, je m'endors. Le lendemain, je me retrouve dans mon lit avec une simple couverture ; je vais déjà mieux. Non, elle n'était pas folle, la vieille Amérindienne...

Un souffle de colère et de mépris traverse le visage de papa. Il fixe le feu et semble peu à peu s'apaiser. Comme hypnotisée par la flamme, je pense à cette femme dont je ne connaissais même pas l'existence il y a quelques heures. Les souvenirs que papa vient de partager m'impressionnent énormément et je les retourne de tous côtés dans mon esprit. Je finis par m'endormir profondément en savourant la joie de connaître cette extraordinaire arrière-grand-mère.

En rêve, je vois un tout petit feu entre quatre pierres, un pilier sculpté de visages d'animaux au milieu d'un wigwam ; à travers une épaisse fumée de graisse, apparaît le visage de terre cuite de l'Amérindienne. Fissurée par une vie qui s'est enfoncée toute vers l'intérieur, sa figure offre néanmoins des yeux d'une grande douceur. Parcheminées par l'habitude d'attendre les mots justes, ses lèvres libèrent un sourire dont la sincérité est infiniment plus grande que l'expression. Elle s'approche, s'assoit tout près de moi comme si j'étais son amie depuis longtemps :

« Tu as bien dormi ?
— Oui, très bien, madame.
— Marguerite, je m'appelle Marguerite.
Je me pince pour me réveiller : rien à faire. Je me rends bien compte que je rêve mais, en même temps, je garde une impression de si grande réalité que l'« autre vie » m'apparaît lointaine et purement symbolique. Marguerite me sert un breuvage au goût de réglisse. Je me sens déjà très à l'aise avec elle ; aussi, je lui demande :
— Qu'est-ce que je suis venue faire sur cette minuscule planète ?
Je n'ai dit cela ni de moi-même, ni avec des mots, je l'ai senti simplement.

— Crois-tu qu'il y ait vraiment des choses minuscules ?

— Je ne sais pas.

Dans un coin du wigwam elle va chercher un petit œuf de caille et me le présente dans le creux de sa main.

— Chacun pense dans une écaille ; un jour vient où la pensée veut s'envoler ; il faut bien que l'écaille se brise.

— Je ne comprends pas.

— Eh bien ! je pense que tu es venue pour libérer ta propre pensée, puis celle des autres de ce dans quoi ils pensent.

— Ce n'est pas une écaille, c'est une noix et il faut un marteau pour la casser.

— Les marteaux, ça ne casse rien. Mets la noix dans la terre, garde-la humide et le germe passera à travers l'écorce.

— Et comment libérer ceux que j'aime ?

— Les aimes-tu vraiment ?

— Oui..., oui..., je crois que oui !

Elle met la main sur mon épaule, un frisson me traverse.

— Moi aussi, je t'aime.

— Comment vais-je faire ? Réponds-moi, Marguerite.

— L'action est comme l'oiseau. Lorsque l'oisillon se jette en bas de son nid, il n'y a jamais de questions qui le précèdent. L'aigle a ses propres armes. Tu les connais ?

— Non.

— Il est beau et ce qui est beau attire. Il est bon, car ce qui trottine dans le champ, par lui se meut dans le ciel. Mais sa bonté et sa beauté n'ont d'autre but que la vérité, c'est pourquoi il traverse le temps.

— Mais alors, pourquoi tout cela n'est-il pas vrai quand je suis réveillée ?

— Réveillé, il est rare qu'on le soit complètement.

— Mais enfin, vous autres, les Amérindiens, vous avez été bons et vous avez perdu ; plus on est bon, plus on est perdant.

— Oui, tu as bien raison pour maintenant. Mais le temps vient tout juste de commencer. Si tu sens la direction du temps, sa loi, son principe, tu pourras glisser ta vie dans son approbation et tu seras certaine de gagner, même si tu perds.

— C'est comme le pêcheur dans une tempête ; il ne doit pas être attentif aux vagues elles-mêmes, mais simplement à leur direction. S'il suit le mouvement, il triomphe même si, devant lui, une énorme lame semble l'engloutir pour un moment. C'est cela gagner ?

— C'est cela.

Elle me tend un court totem. Je reconnais une tête de chien surmontée de celle d'un cheval sur laquelle s'agrippe solidement un aigle aux ailes entrouvertes.

— Je te souhaite de parvenir à l'aigle, dit-elle en disparaissant. »

Je me réveille, tout imprégnée de ce qu'elle a voulu dire. Je comprends qu'il ne s'agit pas d'une apparition. Non, plutôt, je portais l'Amérindienne en moi. Cette nuit, elle s'est révélée et nous avons commencé à nous reconnaître.

Bien qu'il soit très tôt, mon père est déjà parti pour sa tournée. Il ne reviendra que tard le soir.

Toute la journée, je reste dans la cabane, complètement absorbée par l'effort de dessiner dans ma pensée ce que je ressens dans tout mon être.

Dans un creux de montagne, je vois une grande clairière toute verte, étincelante sous le soleil. Au milieu, un wigwam ivoire se dresse vers le ciel. Dans le wigwam, moi Angelle, je regarde la flamme. La fumée s'élève, droite, vers l'ouverture au sommet du cône ; elle rend palpables les rayons qui descendent sur mes cheveux dorés.

Le sol, dans le wigwam, est bleu comme le ciel.

Revoyant certains moments de ma vie, je réalise qu'à chaque fois que j'occupe le cercle bleu, je suis dans la clarté. Ma pensée défait avec une facilité étonnante les nœuds les plus difficiles de la vie. Je deviens un espace presque sans ombre.

Lorsque je suis hors du cercle bleu, je ne dispose que de l'intelligence de mon cerveau. Je ne parviens qu'à découper puis à recoudre.

80

Quand mon père revient, il trouve la cabane noire et froide, car je n'ai ni chauffé, ni éclairé. Pourtant il est tard. Papa fait rôtir un lièvre ; j'ai très faim, n'ayant rien mangé de la journée. Sa présence silencieuse me réchauffe autant que la flambée qui ronronne dans la truie.

C'est ici que j'ai reçu son héritage.

2 Mon père et M. Labrit disposent d'un lot commun pour le bois de chauffage. En avril, la croûte de neige est encore solide et ils en profitent pour couper. Les deux hommes et la grosse jument Melle partent tôt le matin. Ils sont de retour au coucher du soleil lorsque le froid saisit la neige mouillée.

C'est toute une affaire de descendre la côte derrière la maison des Labrit. Un câble d'acier et des poulies solidement arrimées en haut de la pente retiennent le traîneau. Avec grande prudence, mon père donne lentement du mou tandis que M. Labrit dirige la jument. On a jeté des chaînes sous les lisses pour freiner le traîneau afin de faciliter le travail du cabestan. La jument navigue du derrière pour garder les menoires en ligne avec le traîneau, car le côté gauche du chemin tombe à pic dans un ravin.

En regardant le spectacle par la fenêtre, maman, qui s'est assise péniblement sur la berceuse, nous raconte comment Armand, l'aîné d'Hector Labrit, fut écrasé contre un rocher. Une menoire s'étant cassée, le traîneau avait pivoté du devant vers la montagne. Le pauvre garçon, coincé entre le roc et la schlitte respirait encore : de ses yeux atterrés, il suppliait son père. Mais lorsqu'on réussit à déplacer la charge, il s'effondra et mourut.

C'est samedi. Benoît et Katie, Gérald et Francine m'accompagnent ; nous décidons d'aller aider les hommes à charger le traîneau. Il y a une crête pas très loin d'où l'on peut voir jusqu'à Sainte-Anne. Nous y grimpons pour la première fois cette année.

Quelle n'est pas mon horreur en constatant qu'on a complètement rasé le mont de la Loutre, lui qui était si beau dans sa fourrure verte ! Il ressemble maintenant à un moignon bandé de coton blanc à travers lequel transpercent de grandes taches brunes.

Nous rejoignons le chantier. Mon père et M. Labrit, assis sur un tronc fraîchement abattu, boivent un thé brûlant.

— Qui a bien pu raser le crâne de la Loutre ? que je leur demande.

— C'est pas croyable les progrès de la machinerie. Ils ont installé un court pylône en haut de la montagne et une grue attend en bas. Des poulies et un câble d'acier font la navette entre le sommet et le treuil, répond mon père.

— La machine descend les billots, ajoute M. Labrit. Quand la grue a fait le tour de la montagne, il ne reste plus rien.

— Et vous laissez faire cela ? que je m'exclame.

— Il faut bien fournir le moulin à papier ! réplique mon père.

— Ce sont des gros, ces gars-là. On n'y peut rien, continue M. Labrit.

— Ben, nous, les réveillés, on va faire quelque chose !

Derrière moi, toute la bande approuve. Les deux hommes reprennent l'ouvrage, convaincus que je ne donnerai pas suite à mes paroles.

Dans la soirée, nous mettons sur pied un plan d'action. Le lendemain, je rencontre Sauterelle : une réunion est organisée pour la semaine suivante. François m'appuie à cent pour cent.

Je réussis à convaincre M. Labrit de se joindre à notre groupe. Étant du syndicat, il m'apporte certaines informations très précieuses qui donneront du poids à mon discours. Mais, surtout, je le sens s'animer du seul fait d'entreprendre à nouveau quelque chose avec « les jeunes ».

Le Club fait bien les choses et, grâce à la participation de Sauterelle et de François, le salon étudiant est comble au jour prévu.

Les réveillés ont manigancé avec leurs amis. Aux moments fixés, ils applaudissent, se lèvent et crient. M. Labrit, debout près de la porte, est de la partie. On l'entend braire de sa voix rauque : « Hourra ! Hourra ! » aux moments, hélas ! les plus inappropriés. Les étudiants se retournent, interloqués, vers ce vieil homme enflammé. Gérald lui tape du talon sur le pied. Tout finit par rentrer dans l'ordre.

Sous le coup de l'enthousiasme, plus de vingt-cinq étudiants décident de nous appuyer ; une manifestation monstre est prévue pour le mois prochain devant la compagnie de papier de Sainte-Anne.

Entre-temps, M. Labrit, avec l'aide de François, va tenter de convaincre le syndicat. Bûcherons et étudiants afflueront par centaines devant l'édifice de la compagnie.

La direction de la polyvalente se rend bien compte que l'action prend des proportions inattendues. M. Gendron, le directeur, menace François d'expulsion. Mais lui, convaincu que le directeur ne peut s'exécuter, ne bronche pas.

C'est bientôt à mon tour d'être convoquée. Le directeur se tient derrière son fauteuil, les deux mains appuyées sur le dossier.

— Ma petite fille, tu dois annuler la manifestation prévue.

— Et pourquoi ?

— Je suis responsable de cette école et je n'accepterai pas que tu entraînes mes étudiants dans d'inutiles manifestations.

— Ça ne te fait donc rien qu'on saccage la forêt autour de toi ?

— Tâche d'être polie, veux-tu !

Il laisse rouler la chaise sur la gauche, s'approche, s'appuie des doigts sur son bureau et me regarde en fronçant les sourcils. Alors je lui retourne :

— Est-ce que cela ne vous émeut pas que les arbres soient coupés inconsidérément sur les plus belles montagnes ?

Il s'assoit.

— Personnellement, je suis entièrement de ton avis. J'ai même publié un article pour dénoncer les abus de la compagnie.

— Avez-vous réussi à les convaincre ?

— Non, pas vraiment.

— C'est pour ça qu'il faut passer à l'action. Accompagnez-nous, soyez fidèle à vos convictions....

— Les moyens que tu emploies ne sont pas acceptables.

— Les moyens qui sont acceptables ne sont pas efficaces.

Il se lève à nouveau.

— Écoute, ma fille, tu vas tout simplement renoncer à cette manifestation. Écris quelque chose, fais-en une chorégraphie, et je t'appuierai.

— La danse, ça ne donne rien, j'ai déjà essayé.

— Bon, assez discuté ; tu laisses tomber, un point c'est tout.

— Non, je ne peux pas.

Il s'assoit sur le coin du bureau.

— Je suis patient parce que je partage ton opinion, mais je n'accepte pas tes moyens. À ton âge, on s'imagine pouvoir changer le monde. Dans ma jeunesse, j'ai eu mes heures de gloire. C'était le bon temps de la « jeunesse catholique ». L'expérience m'a appris qu'on n'arrive à rien avec des pancartes et des slogans.

— Et vous avez renoncé...

— J'ai changé de moyens.

— Est-ce qu'ils sont meilleurs vos moyens ? Non ! Les moyens qui sont admissibles le sont parce que tout le monde sait qu'ils ne donnent rien. Prendre cette route équivaut à renoncer. Les compagnies ont du pouvoir simplement parce qu'on finit toujours par renoncer. Pas moi.

Il se relève, s'approche et rétorque en me martelant l'épaule du doigt :

— J'ai voulu te convaincre, tu refuses de comprendre. Alors, je t'interdis de continuer tes activités, un point c'est tout.

— Vous n'avez aucun pouvoir sur moi.

Il retourne s'asseoir.

— Dieu ! que tu es naïve ! Enfin, je t'aurai avertie.

Je me retire, et je l'entends décrocher le téléphone.

Le soir, en m'approchant de la maison, j'aperçois à la fenêtre mon père qui marche de long en large. Cela n'augure rien de bon. Je suis inquiète pour ma mère. J'entre. D'une voix presque inaudible, il me dit :

— Le directeur a téléphoné, il est très sérieux. Tu vas cesser tes folies et tout de suite.

— Papa, tu sais bien que je ne renoncerai pas.

— Parle moins fort : ta mère ne sait rien ; si elle apprenait ce que tu manigances, ça la tuerait.

Contournant mon père, je monte directement voir maman. Elle se berce, le regard abêti par les médicaments. Je la regarde dans les yeux comme pour implorer sa sincérité. Doucement, une flamme de vie vient illuminer son visage.

— Maman, est-ce que tu as confiance en moi ?

— T'es une bonne fille, Angelle...

Une larme roule sur sa joue parcheminée.

— Tu n'aimerais sûrement pas que je sois infidèle ?

— Non, j'aime beaucoup Dominique ; c'est un bon garçon.

— Je ne pense pas à Dominique, mais à la fidélité à soi-même.

— Je te regarde foncer dans la vie, Angelle, avec tout ton cœur. Tu sais, lorsque la mort s'assoit tranquillement au pied de notre lit et nous guette, on regarde l'existence d'un autre œil. Je ne regrette pas ce que j'ai fait, mais je regrette ce que je n'ai pas fait. Tu es jeune ; ne laisse personne t'empêcher de faire ce qui te semble bon.

Elle me prend solidement la main et la presse fort. J'en suis galvanisée. Je deviens une noble guerrière. Mon dos se redresse. Je sens une étonnante force m'envahir. Je revois des séquences de films, et d'illustres héroïnes entrent en moi. Je pense surtout à Jeanne d'Arc, inébranlable sous les tortures. Rien ne peut m'arrêter.

— Non, maman, je ne te décevrai pas.

Les préparatifs vont bon train. François et M. Labrit ont maintenant le syndicat derrière eux. Un groupe de bûcherons décide de ne plus laisser les machines voler leurs emplois. Benoît et Katie ramassent autour d'eux un nombre imposant de durs et de *rockers* tout heureux d'avoir une cause à défendre. Sauterelle mobilise les habitués de la pastorale. Caroline et Francine persuadent plusieurs groupes culturels.

Mais voilà que je suis à nouveau convoquée au bureau de M. Gendron.

— Ma fille, tu arrêtes tout le processus ou je me vois dans l'obligation de t'expulser de l'école.

Complètement dans la peau d'une Jeanne d'Arc en *jeans* et blouson de daim, je lui réponds fièrement :

— Faites, monsieur ; j'aurai plus de temps pour organiser la manifestation.

Il décroche le téléphone et compose un numéro :

— M. Lemieux, j'ai le regret de vous apprendre que votre fille est renvoyée pour les raisons que vous savez. Je désire que vous veniez la chercher immédiatement.

Lorque mon père arrive, je suis assise dans le corridor. Il me jette un regard plein de menaces et entre dans le bureau du directeur... pour y rester une bonne demi-heure.

En sortant, il me prend par le bras et m'entraîne dans l'auto. Sans mot dire, il m'amène à ma chambre et referme la porte sur moi...

J'attends l'heure du train, sors silencieusement, décroche le téléphone et contacte chaque responsable des équipes de travail. François me rassure : il reste avec moi. La manifestation aura lieu à la date prévue.

Je ne peux sortir de la maison jusqu'au jour même de la manifestation.

* * *

La journée s'annonce superbe. Le matin s'étire le bras jusque dans ma chambre. Je me sens heureuse.

Je me regarde dans le miroir. Ma poitrine prend enfin les proportions de celle d'une femme. Et mes hanches commencent doucement à s'élargir. Je suis belle dans la lumière. J'hésite à m'habiller, j'aurais l'impression de recouvrir un peu de la splendeur d'**IOA**.

Je pense à François quand il me prend fort dans ses bras pour me rassurer. C'est dommage que Dominique ne puisse pas comprendre mon amitié pour lui. François m'appuie si fidèlement dans toutes mes actions !

Papa s'affaire à la bergerie : c'est le bon temps. Je me glisse hors de la maison, coupe à travers les champs boueux. À mesure que je marche, je me sens plus forte.

Je m'imagine sur Hugo, bien droite dans mes armures, tenant mon épée à pleine main et fonçant sur les Anglais au risque de ma vie. Une suprême chaleur inonde mon corps. Par moments, la sensation de la selle me fait serrer les jambes. Un désir soudain d'être pénétrée m'étreint des cuisses à la poitrine. Ce désir s'unit à d'autres forces, entre dans mes bras, s'élève dans ma tête. J'ai l'impression d'être marquée au fer rouge au milieu du front, à la racine du nez. J'accélère, poussée par une énergie qui me soulève de terre.

Pourtant, je suis à pied sur un sentier boueux qui coupe à travers bois jusqu'à Rivière-au-Mouton.

Au village, M. Labrit et trois grands bûcherons attendent le départ.

— Où sont donc les autres ?

— Ils ont peur du syndicat, annonce M. Labrit.

— Comment ! Le syndicat est avec nous depuis le début !

— Plus maintenant, ma fille.

Les trois bûcherons me dévisagent étrangement. L'un d'eux surtout, aux dents brunes et cassées, ne me regarde pas du tout à la hauteur de la figure. Un frisson de peur me traverse, mais l'image de Jeanne d'Arc me revient :

— Allons-y.

Dans un grondement assourdissant entrecoupé d'explosions fracassantes, le vieux camion tente de se retenir un peu pour ne pas dévaler la pente qui mène à la compagnie. Une brume épaisse emmaillote le moulin dans le fond du fjord. Je scrute le brouillard, espérant découvrir la foule. Quelques badauds seulement accompagnent les réveillés.

— Angelle ! Angelle !

— François, où sont les autres ?

— Il ne faut plus attendre personne.

— Mais comment se fait-il ?

— Pauvre petite bonne femme !

Il me prend dans ses bras. Je voudrais m'évanouir, mais je reste éveillée.

— Les pancartes, ça donne rien, s'écrie le grand bûcheron aux dents cassées. Suivez-moi, les gars, j'ai un plan du tonnerre.

On rembarque dans les autos et on suit à l'oreille l'épouvantable camion qui remonte le flanc de la falaise. Je suis compressée sur François, car sa voiture est comble. Nous retournons en caravane au village ; de là, nous empruntons une route presque impraticable. Finalement, il faut abandonner nos voitures. On s'empile dans l'affreux camion qui chevauche les sillons du chemin de coupe. La route est bourbeuse. De nombreuses fois, nous devons descendre et pousser le camion. Enfin, nous parvenons au chantier.

Le plan du bûcheron est simple : les hommes n'étant pas encore sur les lieux, on va saboter les machines. Impuissants, François et moi, on les regarde briser des courroies de ventilateur et d'alternateur, court-circuiter les accumulateurs avec des barres de fer, fendre à coups de hache les énormes pneus des débusqueuses, déboulonner les réservoirs d'huile, briser radiateurs, filtres et tout ce que l'on peut démolir à coups de pierre, de barre, de clés et de hache.

Horrifiée, je secoue la main de François qui reste bouche bée. Nous décampons vers la voiture. La course dans la boue est harassante. À plusieurs reprises, nous tombons en pleine figure dans des mares et des flaques. Complètement trempés et épuisés, nous arrivons finalement à l'auto et filons à vive allure chez François...

Le salon s'abreuve à même le fleuve par une immense vitrine. De ses draperies rouge vif, elle étreint ciel et mer dans un même azur. Un chalutier, suspendu au milieu de l'infini, traîne ses filets. François tire le rideau de mousseline et le bateau disparaît presque entièrement derrière.

Je n'ose m'avancer dans la luxueuse pièce nappée crème. Sofa et canapé, capitonnés et aussi rouges que les rideaux, m'ouvrent leurs bras. Debout sur la moquette comme sur une île, jamais je n'oserai faire un pas sur l'épais tapis nacré.

— Entre, voyons, tu ne vas pas rester coincée là !

J'enlève mes bottes, épaisses de boue. Je lève les yeux. Suspendue au-dessus d'une causeuse, une jeune femme presque toute nue est allongée sur le sable. Je tiens serré le col de mon manteau trempé et dégouttant.

— Déshabille-toi, il faut nous sécher.

Je cherche des yeux la salle de bains.

— Enlève ton manteau et va dans la chambre, là. Je t'apporte quelque chose.

J'hésite, mais je n'ai guère le choix. La pièce est vaste. Au milieu, sous un édredon de satin, un vaste lit circulaire occupe presque toute la place. Deux énormes commodes de noyer se détachent de la pâleur des murs. Un large miroir me renvoie l'image de mon corps nu et frissonnant. Adossée à la porte, je serre les jambes et croise les bras, comme si je craignais d'être aperçue.

François frappe. J'ouvre à peine et il me tend une longue chemise de coton indien. Une odeur de café s'infiltre dans la chambre. Je réalise que je n'ai rien avalé depuis mon départ de la maison. Un breuvage chaud serait le bienvenu !

Je me détends un peu, m'observe dans le miroir. Je suis plutôt jolie dans cette large chemise, les cheveux décoiffés. J'attends quelques instants, me concentre, prends une grande respiration, ouvre et rejoins François dans la cuisine.

— Tu veux du café ? demande-t-il d'un air qui se veut le plus naturel possible.

— Oui, j'aimerais bien.

Sans que je l'aie voulu, le ton de ma voix est très habituel, comme si je vivais avec lui depuis longtemps. Après tout ce qui vient de se passer au chantier, je suis soulagée de me retrouver avec un ami. J'ajoute dans un sourire :

— Tu me fais cuire une rôtie ? Je meurs de faim !

— Bien sûr.

— Tu enseignes cet après-midi ?

— Non, je suis en congé de maladie.

— Et que va-t-on faire de cette journée ?

— Je ne sais pas, le temps n'est pas très beau... Si on composait une chorégraphie ?

— Ça c'est une bonne idée, mais il faudra que tu me prêtes quelque chose.

Je ris un peu en louchant sur ma chemise qui me cache à peine les cuisses.

— Je n'ai rien qui puisse t'aller, mais c'est sans importance. On fermera les rideaux : personne ne pourra nous voir. On va travailler sur *Love must be the reason* de James Last.

— On présentera la chorégraphie au gala régional ?

— Tiens, pourquoi pas !

Après avoir tiré stores et rideaux puis dégagé le salon, il place le disque et commence ses exercices de réchauffement. Les sauts d'ange, les entrechats et les cabrioles se succèdent rapidement. Torse nu, avec son collant noir, ceinturé d'un foulard pourpre, qu'il est beau cet homme ! Comme un oiseau dans le ciel, trois chassés-croisés et il bondit, plus léger qu'un flocon de neige.

La musique m'entraîne. Je tourne autour de lui doucement, pour ne pas faire voler ma chemise déjà trop courte. Mais je ne peux résister à la musique. Je me laisse emporter, mon accoutrement n'a plus aucune importance. Notre danse est gracieuse. Par moments nous nous rapprochons presqu'à nous toucher mais, plus souple que le jaguar, je bondis plus loin.

Il m'effleure la main. Jamais il ne me quitte des yeux. Je m'avance et il m'enlace ; je fuis et me rapproche, fascinée. Tout mon corps est électrisé. Je n'ai jamais connu une telle énergie. Nous nous touchons de plus en plus. Quand, par hasard, sa poitrine frôle la mienne, un frisson me traverse. Un désir intense d'être tenue dans ses bras m'enivre. Mon cœur bat si fort. Je maîtrise mal mes pas. Je n'ai plus de force dans les jambes.

Il me prend contre lui, me serre, me regarde longuement, et m'embrasse en fermant les yeux. Je ferme les miens. Ses mains sur mon corps sont si douces qu'elles concentrent toute mon attention sur elles. J'ai peine à rester debout.

Je m'échappe, je tourne, je tourne et tourne sans arrêt ; à chaque tour, je le vois : il enlève le foulard d'autour de sa taille ; je continue à tourner : il n'a plus de collant ; je tourne plus vite et plus vite encore. Complètement étourdie, je m'effondre sur le tapis.

Il est sur moi ; il effleure mon sein, il m'embrasse comme jamais je n'ai été embrassée, ses mains sur mon corps dansent au rythme de la musique. Elles descendent entre mes cuisses, je n'ai plus de résistance.

Le plaisir m'emporte, inondant une légère sensation de brûlure dans l'intensité de la jouissance, une jouissance qui m'était inconnue.

* * *

Quand je pense qu'il m'a dit que je devais rentrer chez moi à pied : qu'il ne pouvait venir me reconduire de peur d'attirer les soupçons sur notre nouvelle « amitié », selon son expression. Je ne comprends rien à son attitude.

À chaque pas, je me répète : « Ce n'est qu'un tripeux, ce n'est qu'un tripeux, et moi je suis tombée en bas du cercle bleu. »

Il est tard et mon père doit être au courant de la manifestation ; j'hésite longuement avant d'entrer. Jacques fait les cent pas dans la cuisine.

— Tu parles d'une heure pour rentrer. Viens, on monte à Sainte-Anne voir maman. C'est grave.

Tandis que nous filons à vive allure, une prière pénètre mon âme :

*Plongée dans l'espace de ton cœur, toi **IOA**,*
j'explore ton mystère.

Il arrive que je croise de grandes nappes de brume et je
tombe.

J'ai quitté le cercle bleu, mais voilà, je reviens.
Il se peut que ta souffrance vienne de ce que je t'aie privé
de moi.
Je ne sais, mais la mienne vient de ce que je me suis isolée
de toi.

J'ai quitté le centre du wigwam, mais voilà, je reviens.

3   Papa et Michel s'écartent du lit. Maman tente de lever la tête pour voir qui vient.

— C'est toi, Angelle ?

— Oui, maman, je suis là.

Sa main, comme celle d'une aveugle, cherche mon visage. Sa figure est terriblement déformée : jaune, enflée, tordue par des souffrances visiblement atroces. Malgré tout, elle parvient à extraire un mince sourire du fond de ses douleurs.

Je m'approche, lui prends la main et la place contre ma joue. Me caressant le visage, humant l'odeur de ma main, elle tente de reconstruire un souvenir, le plus juste possible, de sa petite fille.

— Angelle, tu es là.

Je me rends compte combien j'ai été absente durant toutes ces années. Combien nous avons été des étrangères. Et c'est maintenant que nous tentons un dernier effort pour nous rapprocher !

— Oui, maman, je suis là.

— J'ai eu tellement peur de partir avant de te revoir...

Ses paroles sont entrecoupées par l'effort de contenir ses souffrances.

— Je voulais te dire... continuer... notre conversation... J'ai bien pensé à la fidélité. Moi, je n'ai pas été fidèle à moi-même... C'est aujourd'hui que je le réalise.

Ses yeux sont remplis de larmes ; elle me serre fort la main, au point de me faire mal. Elle rassemble ses forces et continue.

— Je n'ai jamais su à quel moi-même être fidèle. Il y avait tant de contradictions que, bien souvent, j'ai préféré me soumettre à d'autres plutôt qu'à quelque chose de moi-même dont j'ignorais si je devais lui faire confiance... Tu comprends cela ?

Elle tremble de tout son corps. Son visage est effrayé. Glissant sa main derrière ma tête, elle me rapproche d'elle, si proche que je la touche presque. Une affreuse odeur de bile se dégage de sa bouche. J'ai peur : il y a tant d'ardeur, d'angoisse, de déception dans son regard, une sorte de colère dans ce qu'elle dit. Me serrant les cheveux, elle répète presque en criant :

— Tu comprends cela ? Je n'ai pas réussi. J'ai échoué ma vie...

Elle éclate en sanglots. Mon père veut s'approcher. Impatiente, d'un geste brusque, elle lui fait signe de s'éloigner.

C'est à moi de jouer. Rassemblant toutes mes forces, je ferme les yeux. Je revois l'Amérindienne et réentends ses paroles : « Tu es là pour délivrer les humains de ce dans quoi ils pensent. »

— Maman, si tu savais comme je comprends ce soir. Je saisis jusqu'à quel point il n'est pas simple de s'unifier suffisamment pour être fidèle à soi-même. Moi aussi j'ai échoué... jusqu'à maintenant.

Je suis sur le point de fondre en larmes, mais je ne dois pas, je n'ai plus le temps.

— Mais, maman, nous pouvons réussir maintenant.

— Il est trop tard.

— Maman, tu es sur le point de mourir. Si nous mourions ensemble, si nous mourions toutes les deux unies, notre mort serait un acte de fidélité ; je veux dire : si nous savons mourir.

— Je ne veux pas que tu meures.

— Je ne mourrai pas de la même façon que toi, mais je pense que, ce soir, j'ai terriblement besoin de mourir.

— Non, Angelle, ne meurs pas.

— Nous vivrons, maman, nous vivrons toutes les deux.

— Je vais mourir, ma petite fille.

— Oui, maman, tu vas mourir. Tu peux te rassembler dans un seul morceau et mourir unifiée, tu le peux. Il y a des moments où on est plus total qu'à d'autres. Ensemble, on peut y parvenir.

— Mets ta main sur mon ventre, ma petite fille, mon bébé.

Un grand silence emplit maintenant toute la chambre. Elle se calme : je le sens sous mes mains. Elle ferme un moment les yeux. Papa et mes deux frères s'approchent. Son visage s'illumine. Elle ouvre les yeux et me sourit ; elle referme les yeux ; une souffrance, comme un navire, passe derrière ses paupières. Elle les ouvre à nouveau, met sa main sur mon ventre.

— Quand tu auras un petit bébé, tâche de le connaître avant de le quitter.

Elle dit cela en souriant, comme si elle trouvait une certaine espérance dans mon petit ventre d'adolescente encore tout serré dans ses hanches. Et, sans attendre de réponse, elle continue :

— Tu prendras bien soin de Dominique. Dis-lui que je l'aime beaucoup.

Comprenant qu'elle a fini de me parler, mon père s'approche. Elle me regarde encore une fois, me sourit. Puis elle tourne son visage vers papa. Son regard devient plein d'amer-

tume. Elle lui prend la main, la secoue comme pour dire :
« Mon pauvre vieux, nous avons presque réussi à nous aimer,
dommage que ça n'ait pas marché. » Elle se ressaisit, esquisse
son sourire habituel, un peu forcé. Elle entrouvre la bouche,
comme pour parler, mais finalement reste muette.

Il y a un long, un très long silence. Elle ouvre les yeux.
J'entre dans son regard. Une horrible douleur la transperce.
Je la ressens dans tout mon corps. Elle se soulève, presque
assise. Un éclair passe dans son regard. Je sens que c'est la
fin. Je prends une dernière respiration.

Je me jette sur son ventre. Elle s'affaisse sur son lit. Toute
pensée m'abandonne. Une sensation de brûlure me traverse.
Mon corps est comme un vagin qui se contracte une dernière
fois sur la vie. Un dernier spasme nous agite puis tout notre
corps se détend, laissant la vie s'en aller plus loin. En se reti-
rant, la vie qui glisse sur les parois du corps laisse un plaisir
inconcevablement doux et paisible.

Nous sommes mortes ensemble. Je reste très longtemps
sur son ventre et, quand je redresse la tête, tout a changé.
C'est une autre Angelle qui se relève.

*Plongée dans l'espace de ton cœur, toi **IOA**,*
j'explore ton mystère.
Il arrive que je croise de grands tunnels si obscurs et si
profonds.
Il me semble que je n'en sortirai plus jamais.

Je suis morte avec elle.
Morte à je ne sais quoi, je suis morte.
Plus rien ne me pousse dans le dos.
Un grand sentiment de liberté m'habite.

L'Amérindienne a raison : les marteaux, ça ne brise rien.
Placez la graine dans l'humidité de la terre,
et le germe fera son chemin.

J'ai quitté le cercle bleu, mais voilà, je reviens.
*Il n'y a pas de plus grande douleur que d'être privé d'**IOA**.*
*Car, se priver d'**IOA**,*
c'est se priver de soi et de toute possibilité de fidélité à soi.

4   Il pleut à boire debout. Mal retenue, la tombe glisse à l'envers dans la fosse pleine d'eau brune. Munis de grandes perches, deux hommes calent le cercueil, tandis que d'autres remplissent le trou.

Plusieurs bûcherons ont été inculpés à la suite du saccage de la machinerie sur le chantier. M. Gendron, qui connaissait mon deuil, est intervenu pour que je sois tenue à l'écart de cette affaire. Quant à François, on m'a dit qu'il s'était trouvé une place d'enseignant à Montréal.

Depuis l'enterrement, mon père s'enferme dans sa chambre. De temps à autre, je l'entends étouffer ses sanglots dans son oreiller. Jacques et Michel, comme des ombres, vont et viennent sans faire de bruit. Ils accomplissent mécaniquement les travaux de la ferme.

De même qu'à tous les midis, je fais une soupe que je monte jusqu'à la chambre de papa. Comme d'habitude, je reste figée sur le bord de la porte, les yeux fixés sur le bol fumant. Incapable d'entrer, je m'assois par terre, adossée à la porte.

Fermant les yeux, il me semble entendre battre le cœur de mon père et voir sa pensée allongée, comme la brume, sur son lit. Désemparée, elle désire prendre maman dans ses bras, mais elle ne la trouve pas. Désorientée, elle s'en va dans toutes les directions, mais revient irrésistiblement autour du désir d'étreindre maman comme une amibe enveloppe sa proie. Puis elle repart vers quelques visages de femmes. Se découvrant soudain dans les bras d'une Vénus sans visage, elle revient toute confuse auprès de la femme qui n'est plus. Prisonnière de ce va-et-vient continuel, elle ne trouve jamais le motif qui lui rendrait acceptable une évasion définitive.

Ce pauvre homme désorganisé m'émeut profondément. Pourtant, je reste moi-même immobilisée entre le désir de le consoler et la peur d'être rejetée.

Si je pouvais entrer, communier, peut-être que nos pensées se mettraient à vibrer ensemble, à se délivrer mutuellement, à reprendre vie.

Je revois Norbert se jeter dans le feu, Gérald plonger dans l'eau. Je rassemble mes énergies, j'ouvre la porte. L'espace, comme un pan d'eau glacée, reste si dense qu'il m'est impossible d'entrer. Mon père est étendu sur son lit, sans bouger, comme pétrifié, mais son angoisse remplit toute la pièce. Il sent ma présence, la désire, en a peur.

94

Je prends une douce respiration, mon cœur se dégonfle un peu, je réussis à faire un pas. J'apaise ma nervosité, je fais un deuxième pas. Je le regarde, ma respiration s'adoucit encore. Puis, par petits jets, de grandes bouffées d'amour pénètrent en moi.

Je l'aime cet homme taillé dur et pourtant si fragile. L'air, soudain, est plus léger que la fumée qui monte dans le wigwam et se dissipe haut dans le ciel.

Je pose doucement la main sur sa tête. Il éclate en sanglots dans son oreiller. Je caresse ses cheveux. Il m'entoure de son gros bras et pleure un instant dans ma jupe, puis retourne à son oreiller.

— Oui, papa, tu peux pleurer sur moi et me serrer fort.

Il m'entoure à nouveau et gémit si violemment que la couche de pierre, sur mon cœur, se fendille et s'écroule. Il reste là, tout nu comme une blessure ouverte, plus fragile que la peau du bébé qui vient de naître.

De grands torrents de souffrances et d'angoisses nous submergent et, pourtant, une étrange joie pointe comme un jour nouveau, une joie que même les émotions les plus violentes laissent indemne.

L'ange, sur le cheval, passe sur mes paupières qui se ferment ; je crois les entendre dire :

Un cœur de chair,
un cœur de chair pour que rien ne reste inaperçu.

Je tire sur le store qui se lève : un fleuve de lumière se jette sur nous.

— Il fait si beau dehors, papa. Penses-tu qu'on devrait laisser brouter les moutons ?

Il se lève et, après qu'il se fût lavé le visage, nous marchons tous les deux vers la bergerie.

5   Le soleil monte de plus en plus haut dans le ciel et il se couche tard de l'autre côté du fleuve. Plusieurs fois par semaine, nous descendons à Sainte-Anne. Mon père et Jacques vont prendre un pot au Pub-du-Fleuve. Avec Michel, je rejoins Caroline, Gérald et Francine, Katie et Benoît à la Traversée.

La Traversée, c'est l'auberge de jeunesse transformée, de septembre à juin, en maison d'hébergement pour les jeunes qui n'ont ni travail, ni lieu pour se rencontrer. Le soir, tout le monde se retrouve au sous-sol pour faire de la musique, fumer ou bavarder autour d'une bière.

Coco, un des habitués, s'assoit presque toujours avec nous.

C'est un drôle de garçon. Ses cheveux noirs, toujours en broussaille, caressent ses épaules mal couvertes par son éternelle chemise, truffée de trous. Ses sourcils sombres et épais se joignent au milieu du front, faisant une sorte de balcon au-dessus de ses yeux noirs. Éclairé d'une pâle lumière rouge, son visage ressemble aux falaises pleines de cavernes qui s'interrogent et s'inquiètent tout le temps de l'humeur de la mer et de celle du ciel.

Il s'installe toujours en face de moi et me fixe constamment. Il me fascine beaucoup. Quelquefois, je pense qu'il est un peu fou ; d'autres fois, je me dis qu'il est trop intelligent.

Francine regarde dans le vague en retenant le plus longtemps possible la précieuse *puff* de *hasch*. Gérald fume le reste de son joint en fermant les yeux pour mieux savourer. Michel et Caroline, n'ayant d'autre endroit pour exercer leur intimité, se dévorent des yeux, de la bouche et des mains. Benoît et Katie sont l'un sur l'autre, presque couchés sur trois misérables chaises qui peinent beaucoup à les supporter.

Entre la famille qui les rejette, l'école qu'ils ont abandonnée et le travail qui leur ferme la porte, les jeunes ne savent ni où aller, ni où rester. Alors ils se rassemblent ici dans l'espoir de découvrir une solution.

— J'ai des nouvelles du projet, commence Benoît, en continuant d'agiter sa main sous la blouse de Katie.

— Tu veux parler de la coopérative de logement ? demande Gérald, en jetant un regard de veau sur la portion de mur sombre et rougeâtre au-dessus de la tête de Benoît.

— Le fonctionnaire dit qu'il faut d'abord trouver un immeuble. Si la bâtisse est bonne, on devra leur montrer des papiers prouvant que l'argent des logements peut tout payer.

— C'est drôlement compliqué ! s'étonne Gérald.

— Oui, mais imagine, mon Chico : un bel immeuble sur le bord de la mer, intervient Francine en se levant. Notre logement à nous deux. Un immense jardin...

Francine chancelle entre les mains de Gérald qui s'efforce de l'empêcher de basculer sur la table.

— En tout cas, dès demain, je commence à chercher pour un trois ou un quatre logements, annonce Katie.

— Vous rêvez tous en couleurs. C'est impossible, ce projet-là ! tranche soudain Gérald.

— Impossible, c'est un drôle de mot, remarque Coco. Tu veux dire que le projet nage encore dans de la graisse de porc frais. Il flotte quelque part dans la brume. Si vous voulez le sortir de là votre projet, j'ai un conseil.

— Bon, le philosophe vient de parler, ironise Benoît.

Caroline intervient :

— Laisse-le faire ; il sait parler, lui. C'est quoi ton conseil ?

— Primo, il faut mettre le projet dans du révélateur au moins une dizaine de jours.

— Bon, les énigmes, persifle Gérald.

— Ok, je décode. Tu prends le temps de tenir le projet dans ta caisse à penser et tu le précises, de jour comme de nuit. Secundo, pour le rendre encore plus concret, tu l'écris et tu en analyses toutes les implications. Tertio, tu passes à l'action..., poursuit Coco. Mais ça ne marchera pas.

— Vous voyez, je vous l'avais dit, reprend Gérald.

— Et pourquoi ça ne marchera pas ? s'informe Benoît.

— Parce que vous ne le ferez pas, répond Coco.

J'ai écouté la conversation comme on écoute la radio, en pensant à autre chose. Mais Coco m'intéresse vivement. Alors, j'interviens.

— Pourquoi ils ne le feront pas ?

— Parce qu'ils ne le veulent pas ; plutôt, ils le veulent avec trop d'autres choses qu'ils désirent aussi. Alors ils iront dans trop de directions et le projet restera dans de la graisse d'impossible... Mais pas le tien, Angelle. Ton projet, tu le tiens solide.

— Mais je n'ai pas de projet !...

— Alors, qu'est ce que tu tiens serré dans le fond de ta tête, dans le fond de ton cœur ?... Tu me fais triper terrible. En fait, et pour être plus précis, je suis ensorcelé. Je t'emmène avec moi, Angelle. Tu viens ?

Ses yeux plongent dans les miens avec un aplomb presque insoutenable. À mon insu, je m'entends dire :

— Ok, laisse-moi finir mon verre.

Il m'emmène chez lui, au sous-sol d'un multiplex délabré. L'air est humide et sent la moisissure. Un lit très étroit, une petite table grossière, deux chaises fendillées en plein milieu, tout tient dans une pièce exiguë. Sous la faible lumière, à travers tout un tas de vaisselle sale, il finit par dénicher un petit pot de café.

Dans une minuscule casserole cernée qui se dandine sur un rond, l'eau bout ; la vapeur détache des odeurs de nourriture qu'il aurait mieux valu laisser intactes.

— Depuis que je t'ai vue pour la première fois, je ne cesse pas de sculpter ton visage dans ma tête. Mais je n'y suis pas arrivé parfaitement : je le vois bien en te regardant comme ça de si près.

— C'est mieux ou pire ?

— C'est trop beau.

Pour refroidir son ardeur, je l'interroge :

— Toi, comment tu fais pour trouver l'action juste ?

— Qu'est-ce que tu veux dire ?

— Tu sais tenir un désir en toi jusqu'à ce qu'il devienne aussi précis qu'une statue. Mais qui te dit que c'est la bonne construction que t'es en train de faire ?

— Je plonge dans mes rêves, j'en sors un morceau, je le place sur ma table de travail et je le façonne.

— Mais, si l'univers n'en veut pas, le vent l'usera et, dans quelques années, dans quelques siècles, il n'en restera plus rien.

— C'est aujourd'hui qui est important. Je te désire, Angelle, je te veux.

— Toi aussi, tu me plais. Tu exerces un sortilège sur moi. Je me sens remplie d'une sorte d'électricité, je me demande si je pourrai résister.

Il me frôle doucement la main, je réagis immédiatement.

— Non ! Si tu me touches, je serai emportée, et je ne sais pas si je pourrai me tenir droite.

— Alors, viens sur le lit.

— Comment peut-on faire pour s'en aller dans une direction et la tenir, si on n'arrive pas à être droit ?

— Mais quelle direction ?

— Où vas-tu dans ta vie, Coco ?

— Ici, sur le lit.

— Écoute-moi : si je vais te rejoindre, il me semble que je ne saurai pas me tenir au milieu du wigwam. La fumée ne montera pas droit, le plaisir laissera un goût amer.

— Je ne te suis plus, tout est si simple pourtant !

— As-tu déjà aimé, toi, Coco ?

— Jamais comme maintenant.

— Alors, que veux-tu pour moi ?

— Ton plaisir.

— Et mon bonheur ?

— Oui, oui, bien sûr.

— J'ai peur pour toi. Tu sais ce que tu veux, mais tu ne sais pas ce qui est voulu, tu ne connais pas la satisfaction de vivre ce qui est voulu. Penses-tu pouvoir décider seul de ta vie ? Ne vois-tu pas un peu plus grand que toi-même ?

Il s'approche de moi. Je me lève, faisant mine de sortir. Il me serre fort dans ses bras. Un instant, j'hésite. Sa main commence à descendre dans mon dos. Elle est douce et forte. Sa caresse se fait plus insistante ; je sens mes yeux qui veulent se fermer. Malgré le raz-de-marée qui m'entraîne, ma voix parvient à surgir :

— Non, Coco, non.

Mais il continue, avec un acharnement que je ne comprends pas. Il tente de défaire les boutons de ma blouse. Je me sens tout à coup prisonnière. Les vagues du plaisir se transforment en coups de griffes. Je me retrouve, appuyée contre un ours, sur le bord d'une falaise, près de tomber dans la mer. Une peur terrible m'envahit, presque de la panique. Je hurle de toutes mes forces :

— Non ! J'ai dit non !

Le « non » résonne jusqu'au fond de mon être, un « non » total comme je n'en ai jamais ressenti...

Surpris, il me lâche. Il me regarde, prenant brutalement conscience que je m'oppose vraiment à lui.

— Excuse-moi, Angelle. Je ne sais pas ce qui m'a pris. J'étais certain que tu voulais, tu m'as dit que...

— Ce qui est terrible, Coco, c'est que tu ne vois pas l'étincelle. Il faudra sans doute que tu te plonges toi-même dans des ténèbres épouvantables pour apercevoir enfin la petite étoile, le trou par lequel on peut entrer dans une lumière sans ombre.

Lorsque je sors, de bonnes odeurs de varech remplissent la nuit. La Voie lactée fend le ciel en diagonale.

Mon père est encore à la brasserie. En remontant la côte, je me demande ce que je deviendrais si toutes les étoiles s'éteignaient.

6 En mai, tout le sous-bois se met à pétiller de couleurs. Les trilles roses, les sanguinaires au cœur jaune, le pimbina boule-de-neige, le chou puant qui émerge tout rouge entre les feuilles pourries nous bondissent dans les yeux.

Dominique revient pour les vacances. Il brille de lumière. Je me suis éloignée de lui, comme une comète s'éloigne du Soleil. Mais l'obscurité m'a ouvert les yeux, et maintenant je fonce vers lui dans l'espoir de retrouver ma place dans l'ordre des choses.

Il a loué un cheval et nous allons au petit lac d'émeraude.

L'écho est fort ce matin et, quand j'éclate de rire, les montagnes s'amusent. Dominique lance de formidables cris de joie qui se promènent en cascades jusque dans la petite vallée du lac. J'ai retrouvé le chemin du cercle bleu. J'arrive, j'arrive au milieu de moi-même.

À mesure que nous avançons, notre amour sort de la rivière où il s'était réfugié ; il se faufile des orteils jusqu'à la pointe des cheveux, laissant dans tout notre corps de petites piqûres d'étincelles.

— Dominique, te souviens-tu ?

— Tu penses, Angelle ! je n'ai jamais oublié.

— La vie me prend ; je pense que je vais éclater. I, I, I.

Et la montagne de répéter mon cri : « I, I, I, I... »

— O, O, crie Dominique.

Et l'écho de répondre : « O, O, O, O ». Et puis on éclate de rire, et puis la montagne éclate de rire.

— L'amour, ça doit être l'écho qu'on fait quand c'est la montagne qui nous parle.

— Non, répond Dominique, c'est plutôt quand la rivière se met à rire.

Nous dînons sur la pierre, à la suite de quoi je me mets toute nue.

— J'avais tellement hâte de faire l'amour avec toi.

— Tu veux vraiment ? Quel jour inoubliable ce sera !

— Commence, on verra.

Ses mains sont douces sur ma peau... mais, à travers le déluge de sensations, je constate un relent amer.

— Arrête un peu, Dominique.

Je m'assois, la tête sur les genoux ; je scrute mon cœur. La première phrase ne sort pas facilement.

— Je ne suis pas tout à fait libre, tu sais.

— N'aie pas peur ; j'ai des condoms.

100

— Non, ce n'est pas ça.

— Qu'est-ce qu'il y a ? Tu n'es pas certaine de m'aimer ?

— Oui, maintenant, j'en suis certaine ; mais j'ai refusé d'être certaine avant. J'aurais pu éviter le détour. Mais là, je suis revenue avec une plus grande certitude. Tu comprends ?

— Non pas très bien !

Je perçois un léger tremblement dans sa voix et de la crainte dans ses yeux qui me fixent.

— Bien j'ai glissé hors du wigwam, j'ai...

— Tu as quoi ?...

— J'ai baissé les yeux...

— Qu'est-ce que tu veux dire ?

Je le sens se raidir et son cœur s'éloigner de moi à une vitesse folle. Pourtant je décide de continuer courageusement mes aveux.

— J'ai fermé les yeux.

— Tu ne veux pas dire que... avec François ?...

Je m'étonne un peu que le nom de François franchisse si vite ses lèvres. Je ne peux qu'acquiescer d'un signe de tête affirmatif. Je l'entends prendre une grande respiration.

— Salope, crie-t-il comme s'il crachait par terre.

Il se rhabille en quelques secondes et s'enfuit en cravachant son cheval. Son départ est si précipité que je n'ai pas le temps de réagir. Je reste littéralement assommée.

Je suis là, toute nue sur la pierre. Je commence à mesurer la responsabilité des actes humains. Je commence à percevoir la gravité de la situation de l'humain.

J'explore tes entrailles, IOA,
tes entrailles mystérieuses.
J'en retire des pierres, des fleurs, des ruisseaux,
des fleuves, des montagnes et parfois du limon.

Savoir ce qui doit rester dans ton mystère
et ce qui doit en être retiré,
savoir là où doit s'écouler la source,
là où doit se répandre le fleuve,
je ne le sais pas encore.

Il fait presque nuit lorsque je me décide à rentrer. Je ne revois plus Dominique de l'été. Mais dans mon cœur sa place est ouverte comme un grand trou que même le fleuve ne peut remplir.

Il me semble avoir semé une graine de sagesse à coups de hache dans mon cœur.

* * *

Un soir, à la Traversée, Francine et moi sommes seules à la table du coin. C'est la fin du mois, elle n'a rien fumé.

Ses yeux bruns brillent comme des petites lumières. Son nez long, fin et bien droit entre ses yeux toujours un peu tristes, ses joues impossibles à pincer, ses lèvres minces et roses soulignent la douceur muette de son teint naturel. On la sent frémir, plus sensible qu'une corde de guitare tendue à se rompre, aux émotions les plus secrètes du cœur. Si l'on veut connaître le dosage exact d'un caillot d'angoisse, il faut le lui raconter. On voit alors combien de tristesse, combien de peur, combien de mélancolie, combien d'espoir, apparaissent au baromètre.

— Qu'est-ce que tu as, Angelle ?
— Je ne sais pas, ça ne va pas bien.
— Allons, allons, raconte.
— Je suis en retard de beaucoup...
— Et tu as mal au cœur, le matin ?
— Un peu.
— Et tu ne veux pas passer un test ?
— Ça donnerait quoi ?
— Alors, tu le sens ?
— Je pense que oui.
— Tu le gardes ?
— Je veux voir, le ressentir vraiment. Si je l'aime, je le porterai.
— Alors, tu le garderas.
— Je n'arrive pas à réaliser. Je n'ai pas cru un seul instant...
— Dominique, qu'est-ce qu'il en pense ?
— Il ne sait pas.
— C'est de lui ?
— Non.
— Pas de Coco toujours ?
— Oh ! non !
— Je donne ma langue au chat.
— Je ne peux pas te le dire.
— François ! Il le sait ?
— Non, je ne le lui dirai pas.
Il y a un grand silence. Nous finissons nos verres.
— C'est pour quand ?
— En décembre.
— Moi, ce sera en novembre.

— Quoi ! tu es enceinte ?

— Tu es la première à le savoir. J'ai un rendez-vous pour la semaine prochaine. Je voulais me faire avorter mais, maintenant, je décide de le garder. On portera ensemble, on nourrira ensemble.

— Et Gérald ?

— Qu'il le prenne ou qu'il ne le prenne pas, je le garde.

— Il le prendra.

V

CONSCIENCE

Cet été-là, je vais très souvent me faire bronzer sur la grosse pierre de l'étang émeraude. Le matin glisse doucement vers le soir tout en laissant traîner sur mon corps ses cheveux de lumière.

Je fréquente de moins en moins la Traversée. Gérald a tendance à s'enivrer et Francine supporte mal sa grossesse. Ses parents l'ont mise à la porte. Il lui arrive de plus en plus souvent de prendre de la drogue.

Michel et Caroline vivent à Québec. Mon père s'est fait une amie, une veuve du village. À la maison, j'ai l'impression de l'embarrasser. Aussi, je sors tôt et rentre tard. Hugo demeure ma meilleure amie. Mais, un soir de septembre, lorsque je reviens d'une trop longue promenade à cheval, je m'aperçois que j'ai des saignements. Je ne peux plus courir les montagnes.

Je dépends de l'assistance sociale. Mes finances sont à sec, et je refuse que mon père nourrisse le cheval. Aider Michel à ses études, c'est le plus important. Je suis donc forcée de vendre ma grande fille au commerçant. Quand c'est possible, je vais tout de même la voir. Elle se contente de frotter son museau contre mon cou. Cette distance qui nous sépare me fait réaliser qu'une étape de ma vie se termine.

Depuis qu'il a appris ma grossesse, mon père ne sait plus comment se comporter avec moi et cela crée un état de tension très pénible. Je pense qu'il se sent coupable de sa liaison avec une femme et qu'à cause de cela, il ne peut ni me reprocher mes comportements, ni me féliciter de ma maternité. Son ambivalence me force à quitter la maison. J'accepte immédiatement la propositon de Louise, l'animatrice de la Traversée, de prendre une chambre à l'auberge.

Francine occupe la pièce voisine. N'ayant pas reçu sa subvention, la Traversée reste fermée aux chambreurs. C'est par amitié et parce qu'on n'a pas de place ailleurs que Louise nous a invitées.

J'entends parfois pleurer Francine, ou bien elle tourne en rond dans sa chambre. Mais, chaque fois que je veux lui parler, elle referme la porte ou descend rejoindre les autres au sous-sol. J'ai pourtant cru que notre situation commune nous rapprocherait. Mais non, elle s'isole. Je souffre profondément de mon impuissance à l'aider.

L'automne commence ses tours de magie. En peu de temps, les montagnes en feu se jettent dans la mer qui cherche à leur tirer le toupet de ses mains d'écume. Quand la nuit tombe, il me semble que la planète grelotte, toute petite dans un coin de l'espace infini. Mes yeux libérés des éclaboussures du jour vont très loin, brassant des nuages d'étoiles dans l'espoir de briser une solitude trop grande. Mais c'est dans l'obscurité elle-même que je ressens le plus la présence d'**O**, la femme en laquelle j'ai ma croissance.

Il est tard lorsque je rentre de promenade. Tout est silencieux. Étendue sur mon lit, je guette la respiration de Francine. Mais je n'arrive pas à me détendre suffisamment pour discerner son ronflement nocturne.

Brusquement, et à plusieurs reprises, je l'entends frapper très fort sur le mur.

Instantanément, je traverse chez elle. La tapisserie est couverte de sang, son visage aussi. Elle s'est ouvert un poignet. Rapidement, je lui fais un tourniquet. J'examine de plus près : heureusement, l'artère n'est pas atteinte. Je suis soulagée.

Tout en soignant sa blessure :

— Francine, pourquoi n'es-tu pas venue me voir avant ?

Elle regarde fixement le plafond. Une angoisse terrible lui coule le visage dans la cire. Malgré tout, elle me serre fort la main, comme si elle voulait que je l'arrache à d'horribles visions.

— Dis, Francine, te souviens-tu du *Boléro* de Ravel ? Il y avait de l'électricité dans l'air. Tu étais si belle en haut. Comme un fou de Bassan, légère, tu volais presque au plafond.

— Je suis tombée dans la mer.

— Tu t'es fusionnée avec Caroline et tu es venue nous raviver l'âme à François et à moi.

— Non, je suis restée dans la mer, à une profondeur inimaginable.

— Si tu étais entièrement tombée dans la mer, comment saurais-tu que tu y es ?

— Je ne suis plus capable... Je n'ai plus de force, je suis à bout. Je ne dors plus. Je suis angoissée, je ne mange plus. J'ai volé la caisse de la Traversée pour m'acheter de la drogue. J'ai trahi la confiance de Louise. J'ai couché avec Coco : il voulait se consoler de son échec avec toi ; alors, j'ai perdu Gérald. Je suis une pourrie, une maudite pourrie...

— Que j'aime... Tu es comme une petite feuille de tremble. Un simple frisson et tout ton être vibre. Tu ressembles à ces capteurs de lumière qu'on met sur la coque d'un satellite. Très loin dans l'espace, le capteur est si sensible qu'il peut agripper de ses mains pygmées des rayons qui restent invisibles à l'œil nu. Tu es comme le pêcheur dont le filet, maillé pour l'éperlan, arrache tant de poissons et de débris à la mer que son treuil n'arrive plus à remonter ses prises.

— Tu dis toujours de belles choses, Angelle, mais elles arrivent de trop loin, je ne les entends pas.

Je cherche alors une autre porte pour la rejoindre. Je voudrais retrouver cette Francine que j'ai vue au café et qui a dit « oui » avec courage et tant d'amour.

— Dis-moi, à quoi sert la sensibilité ?

— À souffrir.

— Oui, mais quelle est sa fonction ?

— Faire mal, ça sert juste à faire mal.

— Si tu soufflais de toutes tes forces dans une trompette, ici, dans cette chambre, ce serait trop fort : ça ferait mal. Le même son sur une montagne te ferait pourtant frémir de joie, Francine. Tu ne souffres pas parce que tu es particulièrement sensible ; tu souffres parce que tu refermes cette sensibilité sur toi. Elle est confinée dans trop petit : c'est pourquoi elle t'est insupportable.

— Je ne peux pas partager ; je ne suis pas assez méchante pour partager quelque chose qui fait si mal. J'ai des visions effrayantes que je ne comprends pas.

— Si tu partages ta sensibilité, ce sera comme un chant qui fait pleurer de joie et bondir d'amour. Et les affreux animaux des profondeurs qui nourrissent le cœur de l'énergie de la peur, je les connais aussi. As-tu vu ce qu'ils regardent ?

— Ils veulent me dévorer ; ils fixent le ciel d'un air horrifié.

— Porte tes yeux sur ce qu'ils voient. Qu'aperçois-tu ?

— Un ciel noir, trop grand, trop vide.

— Qu'entends-tu ?

— Je n'entends rien.

— Que ressens-tu ?

— Je ne sais pas...

— Où sont les monstres, Francine ?

— Je ne sais pas, je ne les vois plus...

— Ils sont très loin en bas. Ils t'ont poussée vers le haut. Tant que tu regardes en haut, ils te nourriront de la peur qui sert à voler dans le ciel.

Une sorte d'espoir soulève soudainement un coin de sa bouche. Ses yeux se faufilent entre la vie et la mort. Francine marche sur une corde à deux mille mètres au-dessus d'une fosse. À chaque pas, elle peut tomber ; à chaque pas, elle dit « oui ». Personne ne peut se hasarder sur la corde, la rejoindre pour la prendre par la main et la ramener à la rive. Elle est seule à pouvoir faire un pas de plus. Je l'attends, patiente, ne disant rien, de peur de troubler son attention. Elle vient, doucement, doucement...

— Parle-moi, Angelle ; parle-moi, j'arrive. Je veux entendre ta voix. Parle-moi, comme on crie pour qu'un enfant perdu se retrouve.

J'ouvre grand le rideau. La nuit est couverte d'étoiles.

— Tu vois le noir, l'encre du ciel... Il arrive parfois qu'un être immense vienne habiter un million d'années de lumière cubes d'espace pur. Et puis, doucement, juste en faisant la paix dans sa grande pensée et dans son grand cœur, il fait frémir l'espace qui se transforme peu à peu en nébuleuse, puis en nuage d'étoiles. Tu ne trouves pas que c'est une grande histoire d'amour que de plonger comme ça dans la nuit profonde, de l'effleurer de la pensée et du cœur pour que, soudainement, elle exprime de la lumière, de la vie et toutes sortes de choses insaisissables ? Nous sommes toutes les deux dans cet être immense, et voilà que nous sortons peu à peu de l'obscurité. Par la pensée et le cœur, nous transformons les ténèbres en émotion, en idée, en action, en histoire de vie. Il arrive que nous croisions de vastes nuages de brume noire. On n'y voit rien. Tout notre ventre se contracte d'anxiété, mais c'est tout le grand être qui ressent cette anxiété. Quand nos émotions suivent les courants de sa pensée à lui, elles deviennent de grands sentiments. Et toi, tu es un des organes les plus sensibles de cet être ; aussi faut-il que tu partages ce que tu ressens.

— Partager avec qui, Angelle ? Gérald ne vient plus me voir, mes parents ne veulent plus de moi. D'ailleurs, personne ne me comprend.

— Moi, j'ai besoin que tu me montres.

— Tu veux rire ? Tu es toujours souriante et pleine de vie. Te montrer quoi ?

— Tu frémis comme l'avoine au champ. Tu es comme un grand lac sombre qu'une brise peut chiffonner d'une simple expiration. Lorsque ton visage est tendu comme ça vers le ciel, on peut voir la main d'**I** peindre ses plus délicats espoirs.

— Tu parles de moi et, pourtant, je ne me reconnais pas. Je ne comprends rien à mes propres sentiments.

— Nos yeux ne peuvent se voir eux-mêmes ; ce qui se dessine dans notre âme ne peut se voir que si nous le partageons. C'est pour cela que nous sommes toutes les deux ici, dans cette chambre.

Elle réalise subitement que je suis là. Elle me prend par les cheveux ; on dirait un pêcheur agrippé à ses agrès et qui vient de basculer dans sa barque après avoir été jeté par-dessus bord par une tempête.

— Tu as une belle bedaine, Angelle. Reste, on va dormir ensemble.

Je lui frotte longuement le dos et lui masse le visage. Elle finit par s'endormir.

Nous ne nous quittons pratiquement pas de tout le mois. Elle fume encore certains jours, mais n'en ressent plus constamment le besoin. Elle sort sa flûte qui dormait depuis très longtemps au fond d'un tiroir. Après quelques jours, elle peut à nouveau jouer Mozart et Debussy. Elle s'efforce beaucoup de m'apprendre mais, décidément, je n'ai d'autre talent musical que celui d'écouter et de m'émouvoir.

* * *

Je commence à être vraiment lourde. Je dois raccourcir mes promenades. Il m'arrive cependant de me rendre jusqu'à la polyvalente.

Aujourd'hui, je suis si lente que, lorsque j'y parviens, les étudiants sont rentrés. Je monte sur la butte. Mais la pierre est déjà occupée par un garçon assis, la tête dans les mains. Je m'approche : il jette un regard. C'est Gérald. D'abord surpris, il reprend rapidement sa position de départ. Je m'assois près de lui. J'attends, mais il se garde bien de prononcer un seul mot ; il se retient même de tousser. Alors, je commence :

— C'était rudement haut !...

— Qu'est-ce que tu veux dire ? finit-il par demander.

— Je parle de la falaise d'où tu as plongé pour me sauver.

— Maudit Jacques ! C'était un beau salaud ! Te faire si peur !...

— N'empêche qu'il avait raison : t'es vraiment pissou.

— Si c'est pour me dire ça que t'es ici, retourne donc dans ton trou de bordel avec cette cochonne de Francine.

— Non, t'es pas pissou, t'es complètement vache !

— Vous êtes deux maudites cochonnes : toi avec ton François, et Francine avec son Coco.

— Et puis, toi, tu rumines comme une vache. Pleure, mon gros bébé, pleure. Une vache, c'est bien plus dangereux qu'une cochonne. Les cochonnes, ça nourrit leurs petits. Une vache, ça s'écrase sur un rond d'herbe et, si l'eau est trop loin, ça préfère pâtir de soif plutôt que de se lever pour aller boire. Tu te montes un drame, tu t'enfermes toi-même dedans ; tu te prives d'eau et tu te plains d'avoir soif. La cochonne, c'est la fille qui est dans ton imagination. Elle ne s'appelle pas Francine : elle s'appelle la peur.

— Fiche-moi la paix.

— Elle s'appelle la peur de prendre ses responsabilités. Tu la déguises en Francine, et voilà ! tu peux lui flanquer au visage toutes les tomates qu'en fait tu te lances à toi-même. N'empêche que la vraie Francine va accoucher d'ici deux semaines. Elle va le nourrir, ton bébé, elle va l'entendre pleurer, ton bébé. S'il te ressemble, il va en pleurer un coup... Allons ! plonge, Gérald, plonge.

— Je suis enragé. Je veux le tuer, ce sale dégoûtant. Je veux le tuer !

— Bon ! un tigre dans la cuisine ! C'est tout de même mieux qu'une vache... Vas-y, frappe dessus.

— J'peux pas : il s'est sauvé à Montréal, le peureux !
Je lui tends une grosse branche qui traîne par terre.

— Frappe quand même, que je lui dis. Allons, frappe !

Il hésite. Mais, lorsqu'il saisit la branche, ses mains se crispent dessus. Il se lève et frappe, frappe, frappe encore sur une grosse pierre, jusqu'à ce qu'il s'effondre en pleurant.

— Francine, Francine, je t'aime... Pardonne-moi.

Je le serre dans mes bras, ce grand corps d'homme fragile. Mais, bientôt, je me sens seule, tellement seule ! Je pense à Dominique... Je n'arrive pas à croire que c'est fini entre nous deux. Pourtant, il me semble que personne ne peut partager les sentiments de mon cœur ou les visions étranges de mon âme. Personne ne peut me comprendre, sauf **O**, la grande dame dans laquelle je vis.

Voyant ma tristesse, Gérald cherche quelque chose à dire.

— Viens, on va rentrer. Faut pas pleurer. Tu ne seras plus toute seule. Je vous prends toutes les deux. Mon grand-père me laisse la maison et la terre. On aura plein d'enfants.

— T'es fou, Gérald. Je t'aime bien ; on sera toujours amis.

Francine est donc déménagée dans le rang. Je demeure seule à l'auberge, mais, le soir, il y a beaucoup de gens. Je descends bavarder. J'aime voir tout ce beau monde se raconter des histoires, partir dans des rêves, essayer leurs ailes avant de s'envoler.

* * *

Par chance, je suis en visite chez M. Labrit quand arrive pour Francine le moment d'accoucher. Nous décidons d'un commun accord de vivre la plus grande partie de son travail, tous ensemble, dans la grande chambre. Mais tout se précipite et la naissance est bientôt imminente.

On s'entasse rapidement dans la vieille Datsun de M. Labrit. Au volant, Hector est tout énervé. Sur la banquette arrière, j'accompagne Francine. Gérald, en avant, ne cesse de répéter : « On arrive, ma petite puce, on arrive. »

Tant bien que mal, elle se retient. Ses contractions progressent très vite, trop vite ; elle en est aux trois minutes et nous ne sommes qu'à Rivière-au-Mouton.

Enfin l'hôpital ! C'est dans le corridor, sous les soins d'une infirmière, qu'elle accouche d'un maigre garçon, tout bleu, tout sale. Elle ne parvient pas à réaliser que tout est déjà terminé.

M. Labrit, confiant, fume joyeusement son cigare tout en donnant des conseils d'usage à Gérald. Francine est encore toute surprise que le bébé soit là, sur son ventre. La pauvre ne s'attendait absolument pas à un dénouement si précipité. Elle ne sait trop comment prendre son bébé. Je le place contre son sein qu'il malmène à poings fermés. Puis, doucement, il retourne à la quiétude parfaite d'avant sa naissance. Je les regarde tous deux avec ravissement. Je sais qu'ils s'en sortiront.

— J'espère que ce sera pareil pour toi, me dit-elle au moment où je m'apprête à repartir.

Francine est vraiment une femme formidable. Je l'aime beaucoup.

* * *

À la Traversée, le café-rencontres est fermé pour les Fêtes. Dès le coucher du soleil, je monte dans ma chambre. J'écoute de la musique et je lis quelques paragraphes d'un livre d'astronomie prêté par Serge, un copain de Dominique.

J'ouvre la page du milieu. Il y a une grande photo de la nébuleuse de la Tête de Cheval. Je la place, grande ouverte devant moi, et laisse ma pensée s'élever d'elle-même.

De même que la fumée suit invariablement le chemin le plus court vers les zones de basse pression, ma pensée monte doucement, longeant les lézardes les plus tranquilles de mon cœur.

Il m'arrive quelquefois d'être si bien, si profondément ancrée dans la présence de l'espace que la membrane autour de ma pensée se déchire. Je suis alors en communion avec **O**. Je ressens ce qu'elle ressent, et mon amour étreint toutes choses qui bourgeonnent dans la grande nuit d'encre.

Je sais que ce sera cette nuit et que, de mon ventre, un être vivant sortira à la conquête d'un futur infini. Je dois donc me séparer de lui. Mais je ne le veux pas vraiment. Je me suis tellement habituée à sa présence en moi qu'il me semble que c'est là sa place. Notre communion est telle que je ne peux me résigner à un changement d'état.

Je sais que la plus grande violence est inévitable pour déchirer notre union, déchirure nécessaire pour entreprendre le très long chemin qui mène à une autre sorte d'unité.

Je ne veux pas de cette violence. Je refuse qu'elle soit indispensable.

Mais tel est le paradoxe de l'univers : être suffisamment séparés pour former des êtres conscients d'eux-mêmes et libres ; être suffisamment unifiés pour vivre et s'épanouir par le pouvoir de l'amour.

Je ne suis pas surprise lorsque mes premières contractions se mettent à me compresser le ventre. Je n'ai nullement l'intention d'aller me soumettre à l'énervement d'un hôpital. Non, je veux accoucher toute seule, comme une Amérindienne, en plein milieu de mon wigwam.

Le soleil glisse un dernier regard dans la chambre ; quand il voit que je suis prête, il me laisse seule avec la dame de la nuit.

Nous sommes les unes dans les autres, la dame, la mère et le bébé, synchronisant nos respirations, nos efforts, nos douleurs. Mon arrière-grand-mère se tient derrière moi, je le sens. Elle me chuchote à l'oreille : « Va, ma petite fille, va. »

Vers 22 h 00 cependant, j'ai de fortes crampes aux reins, comme des coups de poignard dans le dos. La douleur est si vive que ma pensée et mon cœur n'ont plus de liberté. Je réussis tout de même à me calmer un peu. Mais d'autres crampes plus fortes encore me brisent les reins, éclaboussant la douleur tout le long de mes hanches et de mon ventre. Le mal de dos prend toute la place, si bien que je n'arrive plus à reconnaître les contractions. Je suis inquiète : est-ce normal ? Malgré tout, je réussis à me rassurer un peu.

Dans l'incertitude, j'ai complètement perdu contact. Je suis épouvantablement seule dans ma chambre qui me paraît soudainement délabrée et incroyablement sale. Je ne veux plus.

Bon ! j'ai compris, je ne suis pas encore prête : on reprendra plus tard. Pour l'instant, je ne joue plus.

Rien à faire, on me frappe dans le dos à coups de masse. La douleur est si forte que je ne peux ni me lever, ni rester en place. Je gesticule de gauche à droite en criant.

— Francine, Francine, j'ai mal !... J'ai mal !

Il n'y a personne. Je regarde constamment l'heure : on dirait qu'elle s'est arrêtée.

Tant bien que mal, après m'avoir broyé tout le bas du dos, la petite aiguille pivote enfin vers la droite du cadran.

— Si le jour peut se lever, quelqu'un m'entendra.

113

Vers 2 h 00, les contractions sont si fortes qu'elles redeviennent reconnaissables à travers les élancements épouvantables qui partent des reins et m'entourent le ventre. C'est tout mon corps qui se distord comme un citron entier qu'on écrase sans même l'avoir entaillé.

Tout à coup, un liquide chaud et visqueux se répand partout sur le lit. Un autre mal s'ajoute au reste. Comme une brûlure au fond du vagin. J'ai l'impression que tout mon corps va se déchirer. Et l'heure qui n'avance pas ! Je ne reconnais rien de ce qui m'arrive. Comment Francine pouvait-elle continuer à sourire tranquillement à Gérald entre les douleurs ? Moi, ça n'arrête pas...

Les contractions sont maintenant plus régulières : aux cinq minutes. Le mal augmente constamment. Je suis à bout, je n'en peux plus. Pourquoi est-ce que ça n'avance pas ? Qu'est-ce que je pourrais faire pour accélérer les choses ? Je me sens pitoyable avec ces entrailles déchaînées qui me mènent Dieu sait où. J'ai peur de mon corps qui s'affole.

J'ai un moment de lucidité : je revois mon arrière-grand-mère. Son regard m'apaise, comme si elle me disait : « Ça va, ne t'inquiète pas, tout est normal. »

La torture reprend de plus belle. Cette fois, c'est comme si toutes les entrailles voulaient me sortir d'entre les jambes. J'ai l'impression de fendre. Je vais certainement mourir, bêtement mourir, parce que j'ai cru que je m'en tirerais seule, sans l'aide de personne. Pourquoi n'ai-je pas téléphoné à Francine ? Ah ! oui, je m'en souviens : je ne voulais pas risquer de me laisser influencer dans un moment de faiblesse. Elle n'aurait pas compris que je refuse d'aller à l'hôpital.

Tout mon corps se gonfle, se contracte et s'étire au point de se rompre. Entre les contractions, je cherche la tête du bébé. Je ne sens rien ; mes mains sont d'ailleurs trop engourdies. Mon Dieu, est-ce qu'il y aura réellement un bébé au bout de cet enfer ?

Le jour commence à se lever. J'entends quelqu'un entrer. Je crie de toutes mes forces :

— Francine ! Francine ! Enfin !

— Angelle !

Ma vue est brouillée, mais je reconnais la voix : c'est celle de Louise. Elle m'examine en retenant son souffle.

— Tout va bien, Angelle. Ça ne sera plus long. T'es complète. Le pire est fait ; maintenant, la voie est libre. Fais-moi confiance : j'ai fait obstétrique plus de trois ans.

114

Ses paroles sont comme de l'eau sur un feu. Elle met sa main, solide et confiante, sur mon ventre et, lorsque la contraction arrive :

— Pousse, pousse, il ne manque plus grand-chose.

— Je n'en peux plus.

— Vas-y, il va sortir.

Je reprends courage. J'y mets toutes mes forces. J'ai l'impression d'éclater, mais j'accepte. Tant pis si j'en meurs. Et puis, avant même que j'aie le temps de reprendre mon souffle, une autre contraction. Je me concentre sur la voix de Louise : « Tout va bien aller. » Je n'ai plus peur.

— Ça y est, il sort la tête. Encore un peu, ça va y être... Non, n'arrête pas de pousser ; encore, encore, encore...

D'abord, la douleur est épouvantable ; par la suite, la sensation dans le vagin laisse un plaisir étrange, indescriptible. Jamais je ne l'oublierai, tout ce corps à la fois mou et dur qui sort de moi, grouillant de vie.

— Voilà, elle est sortie. C'est une belle grosse fille. Ça paraît que t'as jamais pris de drogue, toi !

C'est comme ça que tu es née, Loée. C'est comme ça que nous sommes devenues deux.

Mais tu n'as pas l'air d'apprécier la séparation. Dès que Louise t'a débroussaillé la figure, tu cherches déjà, de la bouche, à reprendre contact.

La souffrance, c'est de se séparer ; le plaisir, c'est de s'unir : voilà l'essentiel de ce que j'ai appris de cette longue nuit de décembre.

Louise s'occupe de tout : changer le lit, me laver... Toi, tu ne t'occupes de rien, sauf de téter.

Nous sommes ensemble. Tu tentes d'ouvrir un œil, mais la lumière du matin te pique et tu retournes dans ta nuit.

Un médecin, ami de Louise, vient me désinfecter et me recoudre. Et puis tous deux descendent dans la cuisine. Tu dors sur mon ventre et tout mon être s'apaise enfin.

J'ai découvert en cette femme une force, une générosité que je n'avais pas soupçonnée. Et j'ai complètement oublié de la remercier ce jour-là.

Toute la journée, je me sens comme en dehors de moi. Je me vois là, dans mon lit, avec toi, ma petite Loée.

Comme si j'occupais toute la pièce, j'enveloppe nos deux corps chauds épiant l'un l'autre leur vie frémissante. Je tiens en moi ces deux moitiés encore surprises d'être ainsi reliées par la peau. J'entoure délicatement, sans la déranger, cette vie qui recompose de nouvelles façons de se compénétrer. Je contemple la mère et la fille qui reconstituent le premier instant de la création. Je suis émue jusqu'aux larmes de la tendresse et de la profondeur de cette relation extraite à vif d'un même corps.

Quelle sérénité sur ces visages renouant par la peau un lien charnel rupturé !

J'ai vu la mère dormir et veiller, nourrir et bercer. Je l'ai vue longtemps s'émerveiller, les yeux fixés sur son bébé. J'ai participé à l'effort du bébé qui cherche dans la brume à discerner les deux petites billes qui le regardent.

Quand la mère s'impatiente, je lui souris ; quand le bébé crie, je lui souris. Je suis l'utérus qui les contemple toutes deux. Je les nourris de l'amour qui m'emplit. Je les enrobe de sérénité. Je les abrite de sécurité.

Lorsque la mère s'attriste, je connais sa tristesse jusqu'aux racines et je borde cette tristesse de joie et de tranquillité. Lorsque le bébé crie, je connais cette angoisse jusqu'à l'extrémité de ses ramifications et j'absorbe cette angoisse dans ma propre quête d'infini.

....

C'est à ce moment de mon histoire que j'ai compris ma vie passée. C'est là que j'ai vu ce que j'avais entrevu ; c'est là que j'ai compris ce que j'avais aperçu ; c'est là que j'ai aimé ce que j'avais voulu aimer ; c'est là que j'ai compati avec ceux que j'avais détestés ; c'est là que j'ai intégré des moments que je n'avais que vécus. C'est à ce moment-là que j'ai cru être devenue une âme.

Mais ce n'était que prétention ; je m'étais séparée par prétention et je n'étais pas en mesure de la réaliser. L'âme, je le sais mieux aujourd'hui, c'est ce qui bourgeonne constamment, c'est le plus loin de l'être. À l'époque, j'ignorais que cette sensation de dédoublement n'était sans doute qu'un détour.

....

La Traversée est au cœur de Sainte-Anne, là où la rivière torrentueuse se précipite dans le fleuve. Malgré l'hiver, il m'arrive de t'amener, ma petite Loée, sur le pont de fer. On regarde la mer presque noire lutter entre les glaces, se frayer un chemin et prendre son souffle avant de replonger. Le vent, toujours pressé, nous pince le nez avant d'aller moucher les grandes falaises qui entourent la petite ville.

La Traversée se tient droite et ferme au bout d'une main de pierre qui la présente avec témérité aux gueules de la mer. Trop grande pour être une maison de pêcheur, elle a dû appartenir à un commerçant anglais. Blanche et tranquille, entre deux cheminées de briques qui tiennent solidement le toit noir à quatre versants, elle est toujours prête à réchauffer l'étranger comme l'habitué.

Je ne sais quel curieux acheteur de poisson l'a construite si près du court talus sur lequel vient cogner le fleuve. S'il voulait se tenir quelque peu à l'écart de l'agitation de la ville, il a réussi car nulle maison ne s'est risquée à moins de trois cents mètres.

J'ai choisi la chambre du coin, celle qui boude la ville, convoite la mer et tend l'oreille à la chute.

Au moment de m'endormir, j'ai souvent l'impression de surnager sur le rebord d'une galaxie qui soudain pivote dans l'infini.

Depuis que Gérald travaille en ville, Francine est avec moi toutes les journées de la semaine. Je m'émerveille devant cette fleur des champs à l'arôme subtil qui me révèle pudiquement son cœur.

....

Francine est toujours restée ma sœur, et c'est elle qui m'accompagne aujourd'hui dans mes derniers moments. Maintenant, je n'ai plus de force. Le soir est venu et, lorsque le soir vient, des douleurs atroces me prennent dans leurs mains de fer et enfoncent leurs ongles d'acier jusqu'au fond de mes entrailles. Demain sera un autre jour et je pourrai continuer de te dire le sens, la direction et le fruit de ma vie.

....

DEUXIÈME PARTIE

Le jour

VI

RENCONTRES

L'année qui suivit les deux premiers mois de ta naissance fut très éprouvante pour moi. Certains affirmèrent que j'étais malade et dépressive, mais ce ne sont là que des mots...

....

1   En fait, je suis comme le ciel noir au-dessus de ma pensée et de mon cœur. Images, idées, concepts, émotions circulent à la façon des débris dans un nuage de poussière constamment bousculé par le vent. Et moi, au-dessus, je n'ai rien sur quoi poser le pied. Toute la philosophie que j'ai tissée se défait avec la facilité d'un tricot inachevé. Ma conception d'**IOA** m'apparaît comme un château de cartes, éphémère, dérisoire. L'amour que j'ai éprouvé pour Dominique se dissout dans mon cœur devenu acide.

Laver, changer de couche, bercer, promener..., toute action se déroule automatiquement, comme une sorte de danse incompréhensible mais nécessaire. Les yeux livides, absents, je déboule mon quotidien sans pouvoir émerger un seul instant, sans jamais prendre le dessus sur le travail ; je suis une sorte de robot actionné par un impératif obscur.

Parfois, je m'enferme dans la garde-robe et, comme une chienne tapie dans sa niche, j'attends dans le noir que tu te réveilles. À d'autres moments, je me laisse couler dans un bain tiède et j'écoute le bruit que fait la réalité lorsqu'on n'a plus rien à penser à son propos.

Je suis trop épuisée pour pleurer ; d'ailleurs, je ne suis pas vraiment triste ; je laisse simplement ma vie s'en aller de moi à toi.

Tout ce que la pensée produit me fait sourire. Si mon cœur ressent quelque chose, j'attends simplement qu'il ressente autre chose. Ce qui se passe dans ma pensée et mon cœur m'apparaît aussi futile que le vent : une sorte de brume parfois douce, parfois grise, avec laquelle on habille la réalité de peur de la voir telle qu'elle est.

Mais lorsque, sous la lumière ou dans la nuit, le temps tape dans ses mains l'heure du boire, le tunnel du labeur se fractionne d'un coup. Je m'arrête telle une tempête qui soudain s'interroge avant d'aller claquer dans les montagnes. Je te prends sur ma peau nue et, tandis que ta bouche m'aspire le cœur, tes yeux sans artifice, comme des pointes de fer, viennent déchirer les tôles épaisses qui nous cachent le sentiment de l'être.

Du lundi au vendredi, Francine est là. Nous ne nous parlons plus beaucoup. Nos gestes s'entremêlent au point où il nous arrive de nourrir ou de consoler le bébé de l'autre. Lorsque nous sommes ensemble, la vie est toujours un peu plus légère, même si nous savons que nos enfants vont tout prendre.

Parfois on vous assoit l'un en face de l'autre, toi et Nicolas, et on parle à vos places en disant :

— Ça va bien aujourd'hui ?

— Non, j'ai très mal à ma dent.

— Tiens, moi aussi. Ça passera, tout finit par passer...

Sauf le sentiment de certitude et de vérité traversant les yeux d'un bébé qui te regarde sans le moindre doute sur la valeur et la réalité de ton existence.

Le soir, à l'aide d'une couverture, je t'attache à ma hanche et descends au sous-sol servir le café et la bière. J'aime entendre rire et parler. Le bruit humain enserre mon cœur comme une ceinture. Alors, je me sens moins perdue. Je n'aurais jamais cru que la présence des hommes et des femmes puisse devenir plus importante pour moi que ce qui se passe dans ma propre tête et mon propre cœur.

Si je me préoccupais de l'opinion d'autrui, je craindrais certainement la folie. Mais je ne suis pas très inquiète de ce qui passe dans le cœur et la pensée. Non, peu à peu, je prends contact avec l'étrange quiétude qu'éprouve naturellement l'âme pour la réalité.

Louise me laisse de plus en plus de responsabilités. Je m'occupe de presque tout ; Francine m'aide pour l'administration et la comptabilité.

À l'été, nous devons refaire le toit. Gérald et Benoît travaillent dur. Francine et moi étendons la colle de goudron sur les tuiles de bardeau ; nous les disposons sur une petite plate-forme que nous faisons remonter à l'aide d'un palan. Le toit terminé, nous repeignons les murs et les fenêtres. L'auberge est belle et de jeunes touristes y viennent tout l'été.

Sans ce mouvement du quotidien à travers la présence humaine, je pense que je ne survivrais pas à l'effondrement de tout ce qui, dans ma pensée, m'a si longtemps soutenue. J'ai l'impression d'avoir quitté un monde imaginaire couleur pastel. Maintenant, je vis dans le bruit des choses et des êtres tels qu'ils sont.

L'hiver ramène, barbe et cheveux givrés, les habitués du café et les pensionnaires réguliers. On rit et chante avec le vent du nord, comme pour couvrir de guirlandes le murmure subtil de la vie qui passe. Arrive ensuite le soleil printanier pour trancher la brume du matin, frapper et casser la glace qui s'en va se dissoudre dans la mer.

Par une matinée particulièrement ensoleillée, je te mets une paire de bottines bien solide donnée par ton grand-papa. Tu trépignes d'abord sur place, comme pour enfoncer une première décision qui cherche à se frayer un chemin entre la peur et le désir. Puis, agrippée au dossier de la grosse chaise, tu me regardes ; je te tends la main et tu te risques. Trois pas et tu te jettes dans mes bras.

Il me semble que tu tombes dans mon cœur comme dans un étang depuis longtemps sans vie. De grands ronds viennent jusqu'à la rive réveiller de leurs petits clapotis les lièvres et les écureuils endormis.

Mon cœur vibre à nouveau, mais différemment, et je m'entends dire intérieurement :

Qu'importe ce qui passe, il est si bon que la vie se promène ainsi dans l'éternité profonde et muette de l'espace.

Qu'importe que cette petite vague soit temporaire ou dérisoire, qu'importe la façon dont je la regarde ou la comprends, la réalité qui me passe à travers le cœur résonne comme un chant d'amour.

La danse passe, mais ce qui est dansé reste.

Les notes de musique passent, mais la mélodie reste.

La mélodie elle-même est sans cesse modifiée, mais ce qu'elle chante demeure.

....

Je réalise aujourd'hui que cette étape de ma vie, qui me parut si difficile, fut la plus merveilleuse, car c'est à ce moment que toutes mes idées et mes organisations d'idées crevèrent comme des nuages et s'étendirent comme la pluie sur la réalité, ne la cachant plus, mais au contraire la révélant.

Cet effondrement de mon univers intérieur sur le fleuve et les montagnes de Gaspésie laissa une pellicule indélébile par laquelle tout m'apparut incroyablement beau et lumineux, mais surtout intensément réel.

Tu vois, Loée, tu n'avais pas deux ans que déjà tu avais grandement participé à ma naissance.

Mais, des naissances, il y en a eu beaucoup, et celle-là n'en fut qu'une parmi les autres. Pourtant, à chacune d'elles j'ai cru être finalement arrivée, avoir enfin tout compris, que c'en était fini des doutes et des remises en question.

....

2 À Sainte-Anne, il y a un grand et luxueux motel en plein centre de l'anse. Du moins, il me paraît tel car, à ce moment, je n'ai pas encore voyagé.

Il forme un accordéon de chambres enroulé comme un chat sur une grande table de pierre en haut de la grève. Cette

124

demi-lune respire constamment la fraîcheur de la mer. Une piscine toute bleue y dort en plein milieu. On l'entoure de bière et de bruit, mais rarement quelqu'un ose s'y baigner car, sur les côtes de Gaspésie, le vent est presque toujours frais.

Tout est aménagé pour retenir les touristes le plus longtemps possible, mais l'appât est vraisemblablement défectueux : on ne peut jamais y remarquer deux jours de suite le même visage.

Où donc vont ces hommes et ces femmes au regard toujours fixé plus loin ? À peine ont-ils marché quelques pas symboliques sur la grève que déjà ils repartent. Pourquoi sont-ils si pressés d'aller plus loin ?

Souriant, l'animal de pierres roses et grises les prend chaque soir avec tendresse, les nourrit et les abrite pour la nuit. Si je dispose d'un peu de temps, je traverse le pont de fer et je marche sur la grève. Toi, Loée, tu t'endors dans ton landau. Je m'assois sur une souche près du motel et j'observe la vie fébrile de ces hommes et de ces femmes de passage.

Il arrive parfois qu'un jeune couple étendu sur l'herbe autour de la piscine s'enlace comme une huître se referme sur ses chairs palpitantes. Rien ne m'apparaît plus beau et je me dis alors : « Tiens, l'amour qui se prend lui-même, à deux mains. Que ce serait bon de se trouver au milieu ! »

Depuis quatre jours, une Mercedes décapotable gris acier reste stationnée devant le motel 23, la suite la plus luxeuse de la maison. Ma curiosité est piquée. Qui est donc le propriétaire de cette magnifique voiture immatriculée du Massachusetts ?

Je surveille le véhicule. Un homme grisonnant d'une bonne cinquantaine d'années en ouvre le coffre, prend une mallette de cuir noir et entre dans son motel. Il est vêtu d'un pantalon crème et d'un veston blanc si parfaitement propres qu'on dirait qu'il sort tout droit d'un film avec James Bond.

Il me semble l'avoir vu marcher la veille sur la grève, s'arrêtant parfois pour observer à la jumelle les bateaux de pêche. Il ne tarde pas à ressortir du motel vêtu d'un grand peignoir de satin bleu. Il avance lentement et va s'asseoir sur un tronc de bois de mer d'où il regarde fixement le fleuve.

Il me fait penser à ces ânes chargés de sel dont un voyageur m'a parlé et qui vont à l'eau faire fondre un peu de leur charge. Je me demande bien ce que peut porter cet homme. Que vient-il offrir à la mer ?

Bien qu'il me tourne le dos, je suis convaincue qu'il se sent observé. J'imagine nos pensées comme deux petits nuages côte à côte. Elles s'espionnent mutuellement, à la fois intriguées et craintives de se faire connaître. Nous trouvant drôles et pour rompre le ridicule de la situation, je m'approche :

— Cette barge à deux mâts, là-bas, appartient à M. Bérubé. C'est un beau morutier, n'est-ce pas ?

Pourquoi lui ai-je adressé la parole en français ? Venant des États-Unis, il ne doit rien comprendre.

— Ah ! oui !... à mon avis, c'est un peu ridicule de pêcher à la ligne, comme au début du siècle.

Je suis soulagée de constater que malgré son accent prononcé, il parle notre langue. Je réponds :

— C'est un vieil homme qui tient à pêcher à la façon dont son père le faisait. Très tôt le matin, lorsque l'eau n'est plus en feu, il va démailler le hareng. Avec sa bouette, il mouille dans le Banc-du-Clocher et tente la morue. Il reviendra vers 15 h 00 avec deux ou trois cents poissons... Vous connaissez la pêche ?

— Un peu oui, mais... je connais surtout le poisson.

Il parle sans me regarder : ses yeux suivent le bateau.

— Vous êtes biologiste peut-être ?

— Oh ! *My God* ! Moi, biologiste !

Il éclate d'un rire offusqué. Enhardie par ses manières franches, je poursuis avec bonhomie :

— C'est vrai, je suis idiote : un biologiste n'est pas si riche. Je me demande bien comment on peut travailler dans le poisson et avoir beaucoup d'argent... Ici, en Gaspésie, on pêche depuis toujours et on est encore pauvres.

— Je suis *broker*.

— Qu'est-ce que ça veut dire *broker* ?

— ...Courtier. Je crois que c'est cela qu'on dit en français.

— Alors, je comprends. Vous êtes probablement de Boston ; vous achetez le poisson des coopératives et vous le revendez à bon prix sur les marchés d'Europe et d'Amérique.

— Ça, c'est une opinion. Tu connais le commerce du poisson, toi ?

— C'est M. Bérubé qui me l'a expliqué. Je vais souvent au quai parler avec les pêcheurs.

Il n'a toujours pas tourné la tête.

— Et toi, tu es dans quoi ?

— Moi..., dans le tourisme..., gérante d'auberge.

Il se décide à tourner la tête vers moi :

— Vraiment ?...

Il m'inspecte discrètement de la tête aux pieds et poursuit en plongeant de nouveau les yeux dans la mer :

— Ça marche la *business* ?

— C'est la grande maison rose, là-bas, sur la pointe ; quand il pleut, c'est toujours plein.

— Oh ! très jolie...

Il esquisse un sourire en coin. Un cri, comme un coup de klaxon, vient nous interrompre.

— La sieste est terminée ; c'est ma petite Loée qu'on entend.

— Ton bébé ?

De nouveau, il tourne la tête et m'examine de haut en bas mais, cette fois, sans discrétion. Et comme je parais plus jeune que mes dix-huit ans et demi...

— Ton bébé ? *My God* ! répète-t-il d'un air plutôt scandalisé.

Très choquée, je lui réponds :

— Oui, et c'est aussi celui d'un homme de trente-cinq ans... trop jeune, lui, pour s'en occuper.

Prenant le bébé d'une main et poussant sèchement le landau de l'autre, je reviens à la Traversée.

Malgré son air scandalisé qui me heurte de prime abord, je reste saisie par son visage digne et bon qui semble baigner depuis toujours dans un lac de tristesse.

Que porte donc cet homme que même la mer ne peut soulager ?

* * *

Le lendemain, il pleut au point d'empêcher les goélands de voler. L'auberge est pleine à craquer. La journée me paraît particulièrement pénible. J'ai toutes les peines du monde à me concentrer sur les tâches à accomplir.

Cette nuit-là, je fais un rêve : je suis seule avec le commerçant, sur un crevettier, en haute mer. L'Américain maille un langoustier à peine commencé. Moi, je remonte péniblement une autre seine chargée à se rompre. Dans le filet, langoustes et crevettes sont, en fait, de petits bonshommes et de petites bonnes femmes tout souriants. Je les déprends d'entre les mailles et ils s'envolent, comme des mouettes, très haut vers la lumière intense du soleil.

Je me réveille. Que signifie ce rêve ? Est-ce un présage ?

Tout l'avant-midi, deux jeunes hommes tentent de te distraire en imitant toutes sortes d'animaux, mais tu restes inconsolable. C'est probablement une dent qui se taille un chemin à coups de marteau. Finalement, c'est vers 15 h 00 et dans ton landau que tu arrives à t'endormir.

Sur la plage, l'homme au peignoir de satin bleu s'est installé sur la même souche et laisse planer son regard vers le large. Je m'éloigne du landau, m'approche lentement de lui et m'assois sur le sable à une certaine distance. Sans rompre le silence, je me laisse impressionner de l'atmosphère qui se dégage. Après quelque temps, il toussote et puis commence :

— Excusez-moi pour l'autre jour.

— C'est sans importance.

Après un long silence...

— Mon nom, c'est Hans Witts. Tu as raison : j'habite Boston. Et toi ?

— Angelle Lemieux. J'habite Sainte-Anne et...

Je cherche une façon de m'expliquer. Je ne trouve pas, alors je vais au plus direct.

— J'aimerais bien te connaître.

— Qu'est-ce que tu veux dire ? s'étonne-t-il.

— Ben, savoir ton histoire. Par quelles expériences tu es passé, ce qui est important pour toi, ce que tu aimes, ce qui te fait souffrir... Le sens que tu donnes à la vie...

— Attends une minute ! C'est comme ça que tu fais dans ton auberge ? *My God* ! Je comprends pourquoi il ne reste pas longtemps ici, le touriste !

— Non, c'est pas comme ça ; mais j'avais l'impression qu'avec toi, ça aurait pu être possible.

— Et pourquoi ?

— Un homme qui passe beaucoup de temps à regarder la mer doit avoir besoin de parler. Moi, je raconte des tas de choses au fleuve parce que personne n'arrive à me comprendre vraiment. Si quelqu'un s'approchait de moi pour me connaître et qu'il y parvienne, comme je serais contente !

Il prend une grande respiration.

— Alors, raconte, dit-il d'un ton légèrement impatient et sans tourner la tête.

— Depuis le début ?

— « Depouis » le « débiout » oui ; ah ! *My God*.

Malgré ses efforts, il n'arrive pas à prononcer correctement la phrase. Je me retiens de m'esclaffer. C'est lui qui finalement éclate. Nous rions de bon cœur. Puis, il me regarde en esquissant un léger sourire mi-gêné, mi-intrigué.

— Va, parle...

Il se lève et m'invite à marcher. Juste à ce moment, ma petite Loée se met à pleurer.

— Ton bébé..., me fait-il remarquer en accentuant son sourire.

Sourire que j'observe avec attention afin d'en vérifier les moindres signes d'ironie. Et, malgré ses efforts, de l'ironie, il y en a ! Mais je lui pardonne. Un peu impatiente, je vais te chercher. Tu te rendors dans mes bras et, tout en marchant, je raconte le feu à la bergerie, le saut de Norbert, puis celui de Gérald, ma passion pour Dominique, la mort de maman, le Club des réveillés...

S'apercevant de ma fatigue à te porter, il te prend dans ses bras. Ça me fait étrange de le voir marcher si près de moi, les bras en panier, et toi, Loée, gauchement installée sur sa poitrine. Je pense soudainement à Dominique... Hans doit remarquer la tristesse sur mon visage.

— Tu n'as rien dit à propos d'elle, remarque-t-il en s'assoyant sur une pierre.

Et je lui raconte tout de ma relation avec François.

— Un beau salaud, ce professeur !

— Pas plus lui que moi.

Et, m'assoyant droit devant lui :

— Voilà, je t'ai tout raconté.

Je dis cela de façon qu'il comprenne que j'attends la même chose de sa part. Il se relève et se retourne brusquement du côté de la mer. Ta longue couverture jaune ondule au vent. Imperceptiblement, il te serre dans ses bras. Il semble complètement immergé dans de profonds souvenirs... Finalement, il conclut en se retournant :

— J'aime t'écouter.

Il me sourit, d'un sourire qui n'a presque plus rien de moqueur. Par contre, il cache encore plus mal la tristesse qui semble s'être entièrement fossilisée en lui. Il me redonne le bébé. Je comprends qu'il désire être seul.

En revenant à l'auberge, j'ai pourtant le cœur léger.

* * *

Le lendemain, à la même heure, nous nous retrouvons sur la plage.

— Ton Bérubé, je l'ai vu ce matin lever son filet, là-bas. Ensuite, quelqu'un l'a monté sur des piquets... Que voulais-tu dire, l'autre jour, par : « la mer est en feu » ?

— C'est une expression d'ici. La nuit, la lune se reflète sur l'onde : ça fait comme des petites flammes. Moi, quand je regarde la mer en feu, je me dis que j'aimerais lui ressembler.

Il observe toujours le fleuve. On distingue au loin la barge de M. Bérubé.

— L'homme dans le bateau, avec lui, c'est son fils ?

— Ce n'est pas un homme ; c'est sa petite-fille Fanie, la seule qui ait voulu apprendre. Elle est costaude : deux morues sur une ligne double, c'est pas pesant pour elle.

— Pourquoi continuer une telle tradition ? C'est pas rentable...

— Ils vont bientôt revenir. Si on marche jusqu'au quai, on peut leur demander.

— Quoi ?...

— En peignoir sur le quai... Oui, c'est vrai... Va te changer.

À près de dix-neuf ans, je ne connais rien du civisme le plus élémentaire et le pauvre homme me regarde, ne sachant trop s'il doit se fâcher ou simplement sourire. Il perçoit cependant ma sincérité et décide de jouer le jeu.

Il sort du motel habillé le plus quelconque possible. À la rigueur, on peut croire à un échevin revenant de la messe un dimanche de Pâques. Nous marchons ensemble vers le quai.

Le morutier s'approche ; la ligne de flottaison sur l'étrave est à plus d'un mètre au-dessus de la surface. La pêche n'a pas été bonne. Fanie me fait de grands signes. M. Bérubé, le visage austère et visiblement fatigué, reste concentré sur les manœuvres d'amarrage.

Le pêcheur s'allume une pipe. Fanie, après quelques phrases sur le déroulement de la journée, va chercher la camionnette pour le déchargement. Elle revient avec son frère ; ensemble, ils remplissent les caisses à glace.

Appuyé, presque couché sur la barre de gouvernail, le vieil homme regarde très loin sur la mer. Prenant la main hésitante de Hans, je l'entraîne dans la barge et nous rejoignons le pêcheur.

— Vous semblez rompu, monsieur Bérubé. La pêche est mauvaise ?

— La bouette est rare ; rien pour appâter : pas de morue. L'eau est crasseuse. Il y a trop de bateaux. Non, c'est fini pour moi.

— Vous dites cela à chaque fois, et vous repartez le lendemain.

— J'peux pas supporter l'idée de mourir à terre. J'ai les manigots à même les mains ; j'ai pas besoin de gants comme Fanie, dit-il en montrant ses grosses mains calleuses et aussi craquelées que les galets de la plage. J'ai le cœur salé, et les poumons comme de l'éponge. J'veux aller mouiller sur le Banc-du-Clocher, et voir la Queue-de-la-Loutre bien droite derrière l'église de Rivière-Nord. C'est là qu'est mon père, par quatre-vingts brasses de fond.

— Je vous présente mon ami Hans. Il aimerait savoir pourquoi... je veux dire, il voudrait faire votre connaissance.

Les deux hommes se regardent longuement, étrangement absorbés, comme s'ils se reconnaissaient.

Peu à peu transformé, le vieillard reprend une énergie que je ne lui avais jamais vue et il se met à raconter :

— J'ai construit cette barge, j'avais peut-être seize ans, sur la grave de Sainte-Anne avec le gabarit de la famille. À vingt ans, j'ai été promu maître de barge. Je suis resté icitte à côté de l'étambot, à tenir la ralingue de la voile et le gouvernail, à diriger vers le bon mouillage, à savoir retenir les hommes de partir dès que l'eau faisait signe de se tanner... J'ai marié la plus belle fille du village. Elle m'a donné onze enfants : dix filles, un garçon. Quand j'ai commencé, j'ai fait des étés où il m'est resté dix grosses piastres après avoir payé la compagnie. J'ai enterré trois de mes enfants bien avant qu'ils soient capables de décoller la morue des vigneaux. Mais on était indépendants, on avait notre coin de grave. On était propres. Si j'avais été maître de grave, j'aurais eu honte. Si j'avais été un Jersiais, je me serais peut-être jeté à l'eau pour me laver de tout ce que je volais aux pêcheurs.

Il parle en dévisageant l'Américain, puis il s'emporte comme si depuis longtemps il s'était retenu.

— La pêche, icitte en Gaspésie, ça été comme une guerre... On a perdu : on n'avait pas d'armes. Si j'avais été du côté des gagnants, j'sais pas si j'aurais eu le courage de courir à l'eau pour tirer un crible à morue, en août, en plein creux de la saison, après avoir halé toute la nuit trois seines à hareng pour rien ? Mais j'ai eu la chance d'être du côté des perdants ; comme ça, j'ai pas une piastre de sale. J'ai toujours voulu en donner un peu plus que j'en ai reçu ; comme ça j'ai le cœur léger. Quand on va jeter mon corps à l'eau, il va flotter cinq cents pieds dans le courant avant de couler...

Il se rassoit, reprend ses esprits. Son visage redevient étiré, fatigué.

— Je sais pas pourquoi j'ai dit ça.... Tiens, je vais vous donner les trois plus belles morues de la journée ; je les mets toujours à part pour mes amis.

Il lève le couvercle d'un port à morue, en retire les trois gadidés, les hisse fièrement par la queue.

— Elles sont pas trop grosses, pas trop petites, du bon âge : c'est pour vous.

Hans n'ose pas plus les prendre que les refuser. Visiblement ému, pour se sortir de cette délicate situation, il balbutie :

— C'est trop de bonté.

Il fait d'énormes efforts pour ne pas trahir son accent américain, mais le vieillard possède encore de bonnes oreilles. De nouveau, son visage devient plein de malice ; il se lève, regarde le commerçant au fond des yeux, le sonde jusqu'aux entrailles. Hans, malgré tout, reste transparent.

— Non, monsieur, j'suis fier, j'aurai pas trop de bagage pour mourir. Oui, j'suis content d'avoir été du bon côté. Mais c'était pas nécessaire qu'il y ait deux bords. C'aurait pu être autrement. C'était pas obligé, cette maudite guerre tout le temps pour avoir toujours plus pour toujours moins. Je plains ceux qui ont plus que ce qu'ils donnent : ils sont du mauvais bord. Ça doit leur prendre une satanée grosse charge de courage pour traverser de ce bord icitte.

Le vieil homme devient tout à coup si triste, si affaissé qu'on dirait qu'il semble s'entretenir avec la mort. Il retient difficilement ses larmes et arrive à dire :

— J'vais prier pour vous, monsieur... Angelle, tiens, apporte les morues. Tu connais la recette que je t'ai montrée. Vous les mangerez à ma santé.

Hans ne dit pas un mot du retour, visiblement bouleversé.

* * *

Le lendemain, à la même heure, sur la plage :

— Je repars bientôt, dit Hans, comme s'il attendait une réponse.

— On aurait pu devenir de bons amis...

À ce moment, une tristesse incompréhensible commence à s'engorger dans mes veines, mon cœur, tout mon corps. Des images apparaissent, disparaissent : Micheline, Dominique, maman, François... Chacun a ouvert une porte mais, au moment d'entrer, ils se sont tous retirés. Cet homme, auquel je m'attache déjà, sans même qu'il m'ait vraiment parlé, va lui aussi repartir... À cette pensée, je ne peux contenir mes larmes.

Hans me regarde, l'air ahuri. Il n'ose faire un geste. C'est plus fort que moi, je me jette dans ses bras et pleure à chaudes larmes comme je l'aurais fait avec Micheline.

— Viens, on va rentrer, m'invite-t-il.

Je me sens aussi petite que toi, Loée. Je ne peux m'arrêter, il me semble que des années de tristesse me traversent l'âme et viennent s'échouer sur les épaules de cet étrange inconnu.

J'entends tes petits cris de bébé. Il va te chercher, t'emmène à l'intérieur. Te sentant perdue, tu te mets à crier. Il n'arrive pas à te consoler. Voyant qu'il te fait peur, le pauvre homme s'éloigne un peu. Je te prends dans mes bras et, selon ton habitude aux moments d'angoisse, tu déboutonnes ma blouse pour téter.

Il tourne son regard vers la fenêtre, en silence.

— Vous avez des enfants ? que je lui demande.

— J'ai un fils.

— Pas de fille ?

— J'en ai eu une... Elle est morte.

— Excusez-moi.

Il inserre une cassette dans le magnétophone : je reconnais une sonate de Mozart. Loée me regarde de ses yeux confiants. Ma tristesse s'évapore. Lorsque je me prépare à partir, il me prend par le bras :

— Non, reste encore. Tu as demandé quelque chose, je te le donne.

J'ai de la difficulté à interpréter sa phrase. Sa main sur mon bras me fait soudainement peur. Il devine ma crainte, me relâche immédiatement.

— Non, il ne faut pas avoir peur.

Il me sourit. Un sourire complètement transparent. Je comprends qu'Hans n'est pas un simple tripeux. Il n'est pas du genre à se détourner de son but. Je me suis méprise sur ses intentions. Je saisis : il veut simplement me parler de lui. Comme il y a peu de touristes à l'auberge et que, de toute façon, Francine peut s'occuper de tout, je me rassois.

— Vous allez me raconter ?

— Oui, Angelle, je vais te raconter.

— Depuis le début ?

— « Depouis » le « débiout », oui, depuis le « débiout »... Oh, *My God* !

Après avoir bien ri, il me relate certains épisodes de sa vie. Voici ce dont je me souviens :

« Je suis né en Allemagne. Mon père est banquier. Nous sommes riches, mais je ne le sais pas. Je n'ai rien connu d'autre. Comme je suis bon étudiant, je rêve d'une carrière d'ingénieur, mais la guerre me barre le chemin.

À douze ans, j'entre à l'école militaire. Machinalement, j'apprends tout ce qu'on m'enseigne et j'obéis à tout ce qu'on me demande. Comme un robot exécute un programme, je respecte la discipline. Ma mémoire et ma pensée, dociles, comprennent et retiennent chaque chose, sans en oublier une seule. Je suis bon soldat.

Mais il me semble qu'en endossant l'uniforme, la lumière s'est éteinte.

Deux ans plus tard, j'entre au collège S.S. À cette époque, les S.S. ne sont qu'une police militaire active en Allemagne et dans les pays satellites. La situation change assez rapidement. En 1942, j'ai quinze ans ; je suis volontaire pour combattre en Afrique du Nord, dans la Waffen S.S. Jamais, à cette époque, je n'ai l'impression de choisir quoi que ce soit. Je ne fais que suivre un corridor sans fenêtre, ni alternative.

Nous débarquons en Tunisie et, le 11 novembre, en violant l'armistice, nous attaquons les Français dont l'armée est renforcée par une troupe de Canadiens et d'Anglais.

Les chars nous précèdent. Les obus éclatent partout. Un homme se fait arracher une jambe à quelques mètres de moi. Je m'approche de lui. Frank, un des nôtres, arrive par derrière, lui tire une balle dans la tête et, d'un coup de crosse à l'épaule, il me fait signe d'avancer.

C'est comme s'il m'avait réveillé. Je regarde autour de moi et, d'un coup, je vois la guerre. La folie collective de la guerre. Il ne me reste qu'une seule chose à faire.

Je cours de toutes mes forces. Je devance les chars, je laisse tomber mon fusil-mitrailleur et toutes mes grenades. Accélérant au maximum, j'attends qu'une balle, un obus, quelque chose me délivre de l'horreur.

Canons, obusiers, mitrailleurs font un bruit infernal. Je suis seul en avant. Je cours sans arrêt. Le ciel est couvert d'une fumée rouge. Une odeur de soufre et de gaz m'irrite la gorge. Mon cœur veut éclater ; je ne ralentis pas. Une crampe épouvantable me poignarde le côté ; je cours encore plus vite. Finalement, je tombe épuisé, presque évanoui.

Mes oreilles bourdonnent si fort que je n'entends plus rien. Ma poitrine, comme une grenade dégoupillée, est prête à éclater. J'attends la mort, mais elle ne vient pas. Je reprends peu à peu mon souffle.

Brusquement, on me frappe violemment au milieu du dos et me retourne à coups de pied. Trois hommes, affreusement sales et débraillés, portant casque français, pointent leur artillerie vers moi.

C'est comme cela que j'ai été fait prisonnier. Après bien des péripéties plutôt compliquées, je me suis retrouvé au camp de Kingston en Ontario. »

À la fin de son récit, j'ose intervenir :

— Qu'est-ce qui t'a poussé à réagir ainsi ?

— Je ne sais pas. Après ce que je venais de voir, ça m'est apparu le choix le plus logique.

— Logique par rapport à quoi ? C'était presque un suicide. D'un côté : déserteur ; de l'autre : ennemi.

— S'il y a le feu, c'est un réflexe : on se jette par la fenêtre. C'est après qu'on se demande de quel étage on a sauté.

— Mais tu ne fuyais pas le feu, tu courais droit dedans, comme Norbert.

— Norbert ?

— Le chien...

— Oh oui ! Le chien berger.

— Qu'est-ce que tu voulais protéger comme cela au péril de ta vie ?

Un long silence s'étire. Sur son front, les rides s'adoucissent.

— Je ne sais pas... Ma conscience est tranquille, reprend-il, je n'ai pas volé Bérubé.

Toi, Loée, tu te mets à rechigner puis à crier et pleurer. Il nous faut retourner à l'auberge.

— Demain, ne partez pas sans me dire au revoir.

— Oui, oui, sûrement, laisse-t-il tomber distraitement, comme s'il sombrait dans une mer obscure.

* * *

Le lendemain, à la marée du soir, la vaisselle du souper lavée, je berce ma petite Loée dans ma chambre. Sur mon lit, Francine change Nicolas. On frappe à la porte : c'est Hans.

Ne voyant aucune place où s'asseoir, il reste dans l'encadrement de la porte.

— Je suis venu te dire au revoir.

— Entre. Je te présente Francine, ma meilleure amie. Francine, c'est Hans.

— Bonjour, répond-elle, très intimidée, tenant à bout de bras la couche sale de Nicolas dont l'épouvantable odeur ne laisse aucun doute sur son contenu.

Hans, toujours dans l'encadrement, oscille sur un pied puis sur l'autre. La pauvre Francine ne peut se rendre aux toilettes. Je fais signe à Hans de s'asseoir sur la berceuse. Il hésite. Finalement, il s'approche, mais reste debout. Je prends une guenille, essuie la chaise. Il s'assoit délicatement sur le bord de la berceuse, prenant bien soin de ne pas s'appuyer. Il regarde partout. Visiblement, il n'est pas à son aise. Je lui propose de marcher sur la plage.

Le soleil décline. L'horizon se couvre d'une humidité rosâtre. Nous suivons la corniche qui, de l'auberge, mène au phare, à l'est de Sainte-Anne. La vague est bonne et vient gicler sur le rempart dont l'herbe prend la teinte du jade.

— Je n'ai pas tout dit, Angelle.

— Bien sûr que non ; nous avons tant à nous raconter.

— C'est au sujet de ma femme... Elle n'est pas bien du tout.

136

— C'est grave ?

— Depuis la mort de notre fille, elle fait une dépression.

Il parle en faisant de longues pauses, comme s'il racontait quelque chose de honteux.

— Je comprends. Si Loée mourait, je crois que je ne m'en remettrais pas.

— Depuis deux ans, elle ne sort plus. J'ai engagé psychologues, psychiatres : rien. Hier, soudainement, j'ai pensé que peut-être toi, ta simplicité, ta jeunesse... Elle est québécoise... tu peux la comprendre. Vous avez des points communs : elle vient de la campagne...

— Je ne connais rien aux maladies mentales...

— C'est mieux comme ça. Tu serais une amie. Elle a besoin d'une amie. Tu sais faire parler et, plus, échanger... Je sais, tu as ton commerce... mais je peux engager un gérant pour te remplacer.

— Et Loée !... Tu vois bien tout le trouble que tu aurais avec nous deux...

— Tu as rallumé en moi quelque chose qui dormait. Je me sens revivre. Tu peux sûrement aider Marie, ma femme.

Dans ma tête, tout se met à tourner, comme si ma vie était sur le point de basculer. Je prends une grande respiration. Je revois mon rêve : sur la barque, Hans maillant le filet et moi pêchant. Les petits bonshommes s'envolent très haut... Je me retourne vers lui :

— Quand partons-nous ?

— Demain, c'est possible ?

— Oui, je serai prête.

VII

LES MURS DE NOS PRISONS

1 Le fleuve et le ciel ont encore leurs pelages collés dans l'obscurité et, déjà, le sommeil a cessé sur moi son emprise. Au sortir de ma chambre, j'ai l'impression d'être une ressuscitée parmi les morts. Dans les dortoirs, des couples enlacés offrent encore leurs visages aux ténèbres.

Dehors, à travers le bruit de la rivière, on entend le très léger clapotis de la mer. Le jour tranche à l'horizontale dans la toison de la nuit. La blessure saigne sur le fleuve. Peu à peu, la lumière sépare l'espace et l'eau, dont les épidermes s'empourprent de douleur. Puis elle glisse son membre topaze entre les lèvres cramoisies de l'horizon. La jouissance est telle que toute noirceur s'évapore, laissant de-ci, de-là des égratignures d'or et des vapeurs orange.

La Traversée, comme la coque d'un navire, fonce vers le large sans jamais quitter la terre. J'ai jeté l'ancre dans cette halte de passants. Chacun s'en est allé avec un peu de la mie de mon cœur. J'ai l'âme chargée de leurs regards en quête de beauté lointaine. J'ai l'esprit enraciné dans ce caravansérail d'espoirs et d'aspirations.

Je m'en vais, mais sans tout à fait partir. Toute la vie n'est qu'une série de séparations qui, par la suite, tentent de se réunifier plus profondément dans l'âme et par l'amour.

Je reviens à la chambre où tu m'attends. Tu es toute souriante. Nous allons sur la plage. Je te place debout sur une pierre. Dans mon objectif, tu es aussi grande que la

Traversée, dont la cheminée chatouille le ventre d'un groupe de mouettes. Je presse sur le bouton de la caméra.

— Angelle, viens m'aider, appelle Francine.

Nous préparons le déjeuner et je lui relate ma dernière rencontre avec Hans.

— Et tu pars...

— Oui, je pars...

— Et moi ?... La Traversée ?... Et tout...

— À chaque mois, tu recevras un chèque de Hans. Tu en auras suffisamment pour embaucher une aide. J'ai pensé que Katie pourrait bien faire...

— Oui, ça ira pour le travail, mais comment supporter ton absence, Angelle ?...

— Nous sommes sœurs ; rien ne peut vraiment nous séparer. Je t'écrirai souvent.

* * *

À 10 h 00, tout est prêt ; Hans m'attend dans la voiture. Francine, les yeux pleins de larmes, me serre la main. On s'embrasse et, lorsque nos bras se desserrent, il me semble qu'une partie de moi-même m'est arrachée.

Profondément calée à l'avant du luxueux cabriolet, les cheveux dans le vent, je garde la tête droite tandis que la petite ville de Sainte-Anne glisse en bas du rétroviseur.

Nous traversons la péninsule à très vive allure. Les montagnes, de leurs deux bras de pierres et d'arbres, nous enserrent de si près qu'elles semblent nous pousser toujours plus vite dans la baie, cette grande baie des Chaleurs dont l'eau claire et tranquille se dévoile déjà entre les montagnes...

J'ai envie d'écouter Hans me raconter son monde ; alors, je l'interroge :

— Hans, explique-moi à propos de la guerre pour les richesses...

— Oh ! la guerre du capital !

— Comment est-ce possible qu'une personne puisse ramasser tant d'argent ?

Arrogante, je voudrais bien l'amener à prendre conscience.

— Tu penses que je n'ai pas travaillé, dit-il en élevant la voix. J'ai trimé autant que ton Bérubé.

Il fait une pause.

— Mais tu as raison ; si je suis riche, c'est aussi à cause du pouvoir.

— Sans doute, mais ce n'est pas juste. Tu... tu n'as pas l'impression de voler ?

Il sursaute, réfléchit un moment, puis, son visage se décontracte.

— Bérubé a le bateau et le filet, je pense ?

— Oui, mais c'est nécessaire pour pêcher !

— Quand il engage un homme, il sépare moitié moitié ?

— Non. Un quart seulement pour le second pêcheur.

— Et pourquoi ? me lance-t-il avec un grand sourire.

— Parce qu'il possède le bateau et les filets. C'est lui qui assume les dépenses.

— Voilà !

Hans éclate de joie, convaincu d'avoir remporté la manche. Nous arrivons à la frontière. Le fonctionnaire inspecte sommairement la voiture et nous laisse filer sans plus de formalités.

— Hans, il y a quelque chose qui ne va pas dans tout ce que tu me dis. Tu as bien parlé de guerre du capital, alors...

— J'ai dit 'la guerre'. C'est une comparaison. Le terme exact c'est le marché. Les courtiers sont très organisés : ils ont beaucoup de moyens et ils peuvent négocier des échanges très profitables pour eux...

Il se replace bien droit sur son siège. Je proteste vivement :

— C'est abuser de son pouvoir, ça...

— Je n'ai pas le choix, sinon, je suis un voleur...

— Pourquoi, voleur ?

— Le capital n'est pas seulement à moi. Le capital appartient à de nombreuses personnes qui travaillent dur et économisent. Tu veux que je les vole ?

— Bien sûr que non.

— Alors, je dois assurer un bon profit à tous.

Je commence à comprendre que nous sommes tous enfermés dans une sorte de guerre que l'on appelle « le marché »...

— Crois-tu qu'il y ait une issue ?

— Je tiens l'équilibre, c'est tout ce que je peux faire.

Je réfléchis un moment, les yeux fixés sur la route sinueuse qui traverse les montagnes.

— Hans, dans cette histoire, il n'y a que deux murs, deux forces en action. Alors comment est-il possible que deux murs puissent constituer une prison ? Il doit y avoir une solution. Que faire pour enrayer cette guerre ?

Il s'enfonce dans son siège. À nouveau son front se contracte.

— C'est très simple, il faut que les hommes cessent de vouloir plus et plus, mais c'est une utopie... Je serai arbitre toute ma vie...

— Mais tu n'arbitres pas du tout.

— Qu'est-ce que tu veux dire ?

Il commence de nouveau à montrer quelques signes d'impatience. Ce n'est pas une conversation facile !

— Tu es un... nœud brûlant, voilà, un nœud brûlant.

— Un nœud brûlant ? répète-t-il sans comprendre.

— C'est un jeu. On prend autant de bouts de corde qu'il y a de joueurs. On attache ensemble une extrémité de chaque corde pour faire un gros nœud au milieu. Chacun prend l'autre extrémité et tire dessus le plus fort qu'il peut. Le nœud n'a pas le choix, il va du côté des plus robustes.

Il réfléchit un bon moment, puis lance victorieusement :

— Tu vois, Angelle, c'est pour ça que deux murs suffisent à faire une prison. Personne ne pense à aller du côté où il n'y a pas de mur.

Hans fixe maintenant la route. Nous roulons à grande vitesse. À l'approche de Bangor, il ralentit, appuie la tête sur son siège. Je le sens heureux d'entrer dans cette première ville américaine. Et toi, ma petite, tu te mets à crier plus fort que la ville. Sans doute as-tu faim. Hans s'arrête devant un petit parc, près de la rivière Penobscot. À deux pieds, dans le parc, une terrasse s'avance devant un grand hôtel à colombages.

À l'ombre d'un auvent rayé comme un bonbon et qui colore nos visages, nous mangeons des langues de morue, des palourdes, des coques et de la tarte aux cerises. Je me rends soudainement compte de ma chance d'avoir rencontré Hans. Lui me regarde d'un air malicieux, et je constate que notre conversation du matin lui a plu.

— Toi, Angelle, tu penses à la guerre du capital ?

— Je ne sais pas. Je cherche un chemin pour la liberté. Pourquoi faudrait-il toujours obéir ?

— J'obéis, moi ?

Il attend ma réponse avec impatience, comme s'il s'amusait beaucoup.

— Bien sûr. Tu te soumets à tout ce qui est nécessaire pour préserver le capital.

— Je me soumets, moi ? s'étonne Hans qui ne suit pas.

— Tu te conformes à ce qu'il faut faire pour atteindre un but.

— C'est pas obéir ça.

— Si ce but on ne l'a pas choisi, il me semble qu'on obéit !

Il se tait un long moment et me lance à brûle-pourpoint :

— Toi, tu as choisi le bébé ?

Tu termines tout juste ton repas. La serveuse a beaucoup à faire pour te sortir de ta chaise haute et ramasser toute la nourriture répandue. Tu aperçois un carré de sable tout près et cours t'y amuser. Je peux donc poursuivre cette conversation.

— Je me dis que pour choisir la vie, il faut sentir qu'on pourrait choisir la mort. Pour choisir un but, je me dis qu'il ne faut pas être un moyen pour un autre but... Et quand je m'observe, je vois bien que je suis tirée à gauche et à droite...

Un petit garçon, plutôt costaud, s'affaire à construire un énorme château de sable. Dans un coin, avec une petite cuillère de plastique, tu creuses un minuscule tunnel. Le garçon, ayant besoin de place, te prend d'un bras et te dépose plutôt rudement sur le gazon. Tu cries de toutes tes forces, réclamant ton territoire déjà très réduit. Hans comprend immédiatement la situation, se précipite et, indigné, fait comprendre au garçon que, même si petite, tu as droit au carré de sable autant que lui. Mais le mal est fait : tu restes inconsolable. Il nous faut repartir.

Capot et vitres bien refermés, tu t'endors dans les bras d'un concerto de Bach. Hans réfléchit tout haut :

— Non, c'est pas toujours juste que le plus fort gagne. Mais, qui peut changer les règles du jeu ?

Cette question me rappelle soudain la parole de Marguerite, la vieille Amérindienne : « Tu libéreras les êtres humains de ce dans quoi ils pensent. » Comment le puis-je ? Un concerto brandebourgeois m'emporte finalement dans un lourd sommeil...

— Angelle, réveille-toi. Nous arrivons.

2   — Nous dormirons dans le studio cette nuit. Demain, nous irons à la maison de Revere Beach... Tu peux dormir là, sur le divan, m'annonce Hans d'une voix lasse.

Il prend une douche et se retire. Assise au milieu du canapé, j'observe par la fenêtre cette frange de ville qui, devant moi, pénètre la mer comme pour la contenir, la prendre au piège dans de petites baies... Au loin, l'Atlantique s'échappe et monte jusqu'aux étoiles.

Toi, ma petite fille, tu ne peux être plus en forme. Tu vides la valise, puis tout un rayon de la bibliothèque. C'est ton grand plaisir du moment de délivrer toute chose de son contenu... Finalement, tu t'endors sur le tapis, près de la baie vitrée, imbibée de ville et de mer.

Je peux enfin tout ranger.

Le petit matin déjà délivre de l'obscurité un port immense qui s'agite peu à peu. Des immeubles, au garde-à-vous, surveillent les rues étroites et profondes.

Doucement, je m'endors sur le divan...

* * *

Hans est installé au téléphone, un café à la main, un calepin sur les genoux. Aussitôt après avoir raccroché, il fait un second appel, puis un autre et un autre encore... Je m'habille, prépare ton bol de céréales et nous déjeunons. Hans s'affaire comme une araignée au centre de sa toile : il sonde chaque fil, écoute attentivement, répond avec autorité.

Vers midi, nous partons pour Revere Beach : cette fois, dans une limousine continentale que conduit un chauffeur accompagné d'une dame très sérieuse. Hans me la présente. La demoiselle agit comme secrétaire et conseillère pour la compagnie. Elle l'informe de certaines transactions importantes. Ils se consultent longuement, puis Hans tranche les questions et tous les détails sont notés par la secrétaire.

Patiemment, il me résume les principaux points de la conversation, l'objet des nombreux appels du matin...

J'apprends qu'il suit un plan échelonné sur cinq ans, qui vise à diversifier les investissements de sa compagnie principalement propriétaire de trois grandes industries de transformation des produits de la mer...

Bizarrement, je constate que tout cela m'intéresse beaucoup. J'ai l'impression d'être dans les coulisses d'une pièce de théâtre dont je commence à peine à comprendre le scénario. La limousine traverse un long tunnel et suit l'autoroute jusqu'à Revere Beach.

Deux grandes portes électroniques s'ouvrent sur une allée de peupliers baumiers menant à la villa. Quelle villa ! Encore plus grande que la Traversée ! Il faut monter de larges marches pour atteindre l'immense balcon qui fait toute la façade. Sur le portail : un écu tranché en diagonale, en bas un loup, et en haut un croissant de lune.

Une jeune Chinoise vêtue d'un sarrau recouvert d'un tablier empesé nous ouvre la porte. Hans me la présente : c'est la gouvernante.

Une odeur d'encens se dégage d'elle. Elle nous salue en penchant généreusement la tête. Dans ses cheveux noirs brille une pivoine. Hans s'adresse à elle en anglais, mais je comprends :

— Sao, conduis notre invitée à sa chambre, je te prie.

— Oui, monsieur. Si vous voulez bien me suivre, mademoiselle ; c'est par ici.

Elle parle un français bien supérieur à celui de Hans. Nous montons un large escalier d'érable recouvert en son centre d'une moquette bourgogne. Sao m'ouvre une chambre tapissée de grandes fleurs roses. La fenêtre donne sur la plage. La mer est calme et le soleil s'étire dans tous les sens.

Sao est née au Québec et a été engagée par Mme Witts, il y a déjà cinq ans. Elle parle avec la précision et la concision d'une minuterie. Elle s'intéresse vivement à toi et sort du tiroir une jolie poupée vêtue de dentelle. Après quelques hésitations, tu la prends, la malmènes un peu et puis la presses fort sur ta poitrine.

Nous descendons au salon. Un grand chien noir est étendu sur le tapis ; il tourne la tête, t'observe, hume le plus d'odeurs possible et puis tape de la queue en signe de contentement.

Hans embrasse une dame qui doit être Marie. Ni l'un ni l'autre ne semblent avoir remarqué notre présence. Leur étreinte, très sensuelle, me fait penser instinctivement à Dominique.

De grandes toiles romantiques représentant des scènes de la vie de Jésus ornent cette grande pièce luxueusement meublée.

Prenant conscience que je suis là, Hans me présente à sa femme.

Elle semble si jeune et si souriante. J'oublie complètement que je suis ici pour l'aider à sortir d'une grave dépression. Elle s'approche de moi avec la simplicité d'une adolescente. Son visage osseux ressemble à celui de Francine, mais ses yeux légèrement bridés et ses cheveux noirs et luisants me rappellent Micheline.

Lorsque Hans nous quitte, le visage de Marie se décompose. Elle s'assoit dans l'un des fauteuils, son regard se perd dans le miroir juste en face d'elle et sa bouche reste entrouverte comme celle d'un visage sculpté en pleine conversation.

Sao me prend à part et m'explique l'horaire prévu par Hans. Tôt le matin, je rapporte mes observations à propos de Mme Witts. Puis c'est le déjeuner. Sao s'occupe de Loée tout l'avant-midi. Un professeur me donnera des leçons d'anglais, de littérature et de philosophie, deux heures à chaque jour de la semaine. De 10 h 00 à 15 h 00, je suis avec Mme Witts. Le reste de l'après-midi est pour toi, petite Loée. Les soirées et les dimanches m'appartiennent. Le samedi, je le passe avec Hans qui tient à m'initier à certaines de ses affaires. Je ne comprends d'ailleurs pas pourquoi Hans veut tant m'instruire de ses opérations commerciales. Il a un fils ; pourquoi ne lui accorde-t-il pas plus d'importance ? Aussi je demande à Sao quelques précisions à propos de Jeffrey.

— Jeffrey vit ici, à Harvard. M. Witts désire cependant qu'il vole de ses propres ailes. Le jeune homme ne vient presque jamais à la villa. Il s'intéresse à l'électronique. M. Witts lui a confié un petit capital et son fils n'aura droit à l'héritage que s'il réussit.

Elle me communique cela à voix très basse, comme si elle craignait d'être entendue par Mme Witts. Je remarque qu'elle a insisté pour dire qu'il ne vient presque jamais à la villa. Comme si elle voulait me soulager d'une crainte...

* * *

Dès que Hans arrive, Marie se transforme en jeune adolescente désinvolte, presque étourdie ; lorsque Hans part, elle devient comme morte. Elle reste assise de longues heures devant une fenêtre ou bien tourne en rond quelque part dans la maison. Sao me confie qu'il en est de même depuis la mort de Jackie. De quoi est morte cette jeune femme ? Personne

146

n'ose en parler. Par contre, Sao est parfaitement au courant de l'analyse du psychologue engagé par Hans :

— Mme Witts était sujette à la dépression bien avant la mort de Jackie (Sao parle en imitant l'accent monotone d'un professionnel de la santé). C'est à cause d'une faiblesse marquée de son moi. D'une part, elle défendait des principes très conservateurs et ne supportait pas qu'on s'en éloigne, sous aucune considération ; par contre, elle ne manifestait qu'un faible esprit de responsabilité et de décision. Jackie, elle, prenait des hallucinogènes très puissants ; elle menait une vie plutôt volage, mais souffrait de graves crises d'anxiété. Son père la surprotégeait, réparait les pots cassés... Mme Witts ne pouvait accepter les comportements de sa fille. Un jour, sous le coup d'une terrible colère, elle l'aurait menacée. Lorsque, quelques heures plus tard, Marie apprit la mort de sa fille, elle se sentit terriblement coupable. Elle se réfugia dans un infantilisme presque complet...

J'en ai la nausée. Je ne peux plus supporter cette description froide et sans vie de la femme que je revois assise près de la fenêtre, les yeux inquiets et la bouche entrouverte comme pour crier. Voyant que je ne veux plus rien entendre, Sao descend dans la grande salle de jeu avec toi, petite Loée.

Je m'approche de Marie, tente d'établir le contact : impossible. Nous n'échangeons que des politesses ; elle reste presque entièrement absorbée dans ce qui me paraît être une sorte de vide mental. Pendant plusieurs jours, je m'occupe simplement d'apprendre à me sentir bien près d'elle. Elle semble s'habituer à moi ; il lui arrive parfois d'esquisser un pâle sourire auquel je m'empresse de répondre.

Un profond sentiment de solitude m'envahit, comme si j'étais coincée quelque part en dehors du monde, loin des visiteurs de la Traversée, loin de Sainte-Anne et de Rivière-au-Mouton, loin de Francine et de ceux que j'aime... J'ai l'impression qu'ici, les gens s'isolent dans une bulle, parallèles les uns aux autres. Cela crée une atmosphère insupportable. Je me demande si j'aurai la force de rester. Pour ce faire, je dois rejoindre quelqu'un, je dois arriver à percer le mystère de Marie.

Lorsque arrive le moment de notre rencontre quotidienne, je suis agitée, secouée dans tout mon être par le besoin de sortir de mon isolement. Après un long moment d'hésitation et de nombreux essais avortés, je décide de me faire pressante :

— Hans m'a parlé des S.S., de comment il a spontané-ment risqué sa vie pour déserter, abandonner la guerre. Il y avait une flamme dans ses yeux lorsqu'il parlait. C'est un homme superbe. Quel âge avait-il quand tu l'as rencontré ? Il était jeune encore ?

Aucune réponse. Je me sens stupide et inutile, je voudrais retourner chez moi... Mais je réussis à reprendre courage :

— Est-ce qu'il avait cette flamme dans ses yeux ? Décris-moi comment ça s'est passé...

Les pupilles de ses yeux se contractent peu à peu ; elle détourne légèrement la tête. Je m'avance, pose délicatement la main sur son épaule découverte. Elle ne le supporte pas et amorce un mouvement de recul.

— Et toi, comment en es-tu devenue amoureuse ? rétorque-t-elle brusquement.

Sur le coup, je suis profondément choquée... mais je me dis qu'au fond, il ne pouvait en être autrement. Cette ques-tion, Marie devait me la poser tôt ou tard. Je scrute mon cœur :

— J'ai aimé Hans dès le début parce qu'il regardait la mer comme quelqu'un qui veut avancer vers elle, non pas pour y mourir, mais pour y trouver la vie. Hans est un ami très cher, pas un amant.

Elle me dévisage longuement, mais cela ne me trouble pas. Elle finit par le voir et retourne dans sa rêverie. Son épaule s'assouplit. Elle se lève, évite de me regarder, passe devant moi mais reste figée dans l'encadrement des larges portes du salon. La lumière joue dans sa robe soleil ourlée de dentelle et ceinturée d'un large ruban. Son cou long et dégagé lui donne une grâce inouïe. Elle est belle : je désire la connaître, entrer dans son univers, l'entourer d'affection.

— Viens, Marie. Il fait si beau dehors, tu vas me montrer la plage et les alentours.

Et je l'entraîne à l'extérieur. King, le grand danois, nous suit.

— C'est à Kingston que vous vous êtes rencontrés ?

Maintenant rassurée, elle se décide à me répondre. Je vois défiler les images devant ses yeux.

— Non, c'était à Montréal. Il se cherchait du travail : il n'avait encore rien reçu de son père qu'il croyait mort.

Elle se laisse entièrement absorber par ses souvenirs. Se rappelant l'héritage, son visage s'assombrit. Je pressens que cet événement a transformé leur relation, comme un terrible accident. Nous débouchons sur la plage où je poursuis la conversation.

— Est-ce que tu l'as aimé immédiatement ?

Avec le sourire d'une adolescente à son premier amour, elle répond :

— Il était beau comme un cœur, léger et rempli de passion.

— Oh ! raconte-moi en détail.

Marie était réceptionniste. Hans désirait poser sa candidature au poste vacant de comptable. Il ne connaissait pas encore très bien le français : il sollicita son aide pour remplir le formulaire. En le lui remettant, il frôla sa main d'un geste explicite. Leurs yeux se sont croisés ; ce fut le coup de foudre.

— Oh ! dis-moi ce qui t'attira dans son regard !

— Je ne sais pas, dit-elle en ricanant timidement.

Je ris aussi. J'imagine Hans faisant la cour. Enhardie par ses confidences, je me risque ailleurs :

— Et puis, lorsque vous avez reçu l'héritage, que s'est-il passé ?

Elle s'assied sur le sable. King se couche près d'elle et pose son museau sur sa cuisse. Un lourd silence nous enveloppe. Les yeux de Marie, peu à peu, fuient dans la mer. Je cherche désespérément une autre façon de renouer le contact.

— Viens, Marie, il faut que tu me montres le jardin... Tu sais, je n'ai pas encore vingt ans. Je me suis trop souvent trompée sur l'amour. Maman est morte juste au moment où elle aurait pu me faire partager son expérience. J'aimerais connaître ce que tu sais de l'amour, de la vie... Je ne peux plus supporter la solitude. C'est infernal ici !

Elle me précède jusqu'au jardin sans dire un mot. King la suit de près. Une fontaine pleure dans un vaste bassin de marbre. De magnifiques orchidées tapissent le pourtour de la vasque. Sur une balançoire à berceau, à l'ombre d'un puissant érable, je lui raconte comment j'ai aimé Dominique, et comment je l'ai trompé en fermant les yeux...

— Est-ce que tu crois qu'il pense encore à moi ?

Elle me regarde comme un enfant qui n'a pas la réponse et craint d'être grondé. Alors sans trop penser, je lance, pour la distraire :

— Est-ce que tu aimes le cinéma ? On pourrait aller à une représentation ce soir.

Aucune réponse. Son regard se perd quelque part au-dessus de ma tête.

Nous nous berçons en silence jusqu'à l'heure où je te prends en charge, toi, petite Loée. King reste avec Marie. Épuisée, je retrouve avec joie ta fraîcheur d'enfant.

Le reste de la semaine, Marie et moi, on partage quelques souvenirs d'enfance. On apprend à connaître nos limites, là où il faut s'arrêter. On apprend aussi ce qui nous fait plaisir, les sourires qu'il faut, les bons gestes à faire. King m'aide à reconnaître ce qui lui plaît : il agite la queue à chaque fois que Marie semble éprouver de la joie.

* * *

Samedi, c'est mon jour de sortie avec Hans. Aujourd'hui, il désire vivement me faire visiter Boston.

Nous déambulons vers le port en suivant d'étroites rues labyrinthiques puis, en descendant la rue commerciale vers le sud, nous traversons Marine Park. À demi étourdis par la précipitation des gens et le bruit de la circulation, nous savourons un beignet sur un des nombreux bancs de parc du Quincy Market.

— Raconte-moi, Hans. Quand tu as reçu l'héritage de ton père, comment as-tu réagi ?

— *Well*, j'étais devenu comptable : alors, ce fut un choc pour moi. J'étais du coup responsable du capital de mon père. Mon frère était mort, ma mère disparue. Je ne pouvais consulter personne. Il fallait faire fructifier l'argent. Je devais prendre seul de graves décisions.

— Tu n'avais pas encore rencontré Marie ?

— Je ne pouvais pas partager ces questions avec elle. Mon rôle consiste à apporter la sécurité à mon épouse ; pas à l'écraser avec des problèmes.

— Marie n'est tout de même pas ton enfant ! Mais, dis-moi, qu'est-il advenu de cette force intérieure qui t'a poussé à déserter la guerre ? Tu la ressentais encore cette force, ce feu qui dirige ?

— Absolument. Je me devais de réparer le mal de la guerre. Je cherchais à créer du travail pour les immigrants.

Il parle avec enthousiasme. Dans mon cœur, j'admire cet homme. Je sens tout le courage qu'il a mis à assumer ses responsabilités. Décidément, il ressemble à M. Bérubé sous bien des aspects.

150

— Hans, dis-moi, comment vas-tu poursuivre ton entreprise ?

Il devient songeur. Ses yeux se perdent dans la foule des passants...

— Je ne sais pas...

— Marie peut t'aider, ton fils aussi.

— Marie est en dépression ; je ne peux pas rajouter de problèmes sur ses épaules. Quant à mon fils... il a beaucoup de chemin à faire encore.

— Toi, tu prends trop de poids sur tes épaules et Marie pas assez. Si tu veux mon avis... Est-ce que tu le veux ?

— Oui, oui, parle, ma petite.

— Une famille, est-ce un homme responsable d'enfants parmi lesquels se trouve sa femme ? Je pense que... mais je n'y connais rien...

Une tristesse profonde m'envahit : je songe à Dominique, à ses yeux sombres. Est-ce qu'il m'a oubliée ? Personne ne pourra le remplacer...

— Tu es jeune, Angelle. Tu as le temps. Un jour, tu trouveras un homme ; il t'apportera la sécurité.

La sécurité, cela n'a pas fait le bonheur de Marie... Mais je n'ai plus envie de lui répondre. Nous continuons notre promenade jusqu'à Beacon Hill, puis nous rentrons à la maison. En le quittant, je lui souris simplement. Mais c'est un sourire de déception.

Je commence à comprendre... Je n'ai pas bien saisi le message de Marguerite. Je ne suis pas là pour libérer les humains de ce dans quoi ils pensent ; cela ne se fait pas... Ce n'est que de la prétention... Mais alors, qu'est-ce que la liberté ?

* * *

À chaque jour, nous allons sur la plage, Marie, King et moi, puis nous nous berçons dans le jardin. S'il pleut, nous bavardons dans le salon, regardons des photos, lisons des romans.

Dès que je lui demande son opinion sur quelque chose, Marie s'enfonce dans le silence. Plus encore, elle panique comme une actrice ne sachant plus rien de son texte. Elle ne parle que pour relater des événements vécus il y a longtemps... Je ne peux comprendre ce qui s'est passé dans sa pensée qu'en référence aux premiers mois après la naissance de mon bébé, cette période où mon univers mental sembla s'effondrer. Pourquoi n'éprouve-t-elle pas le besoin de se rapprocher des choses et des humains ? Pourquoi s'enlise-t-elle dans une sorte de brume mentale ?

Chaque jour pourtant me fait l'aimer davantage ; chaque jour me fait sentir qu'elle apprécie un peu plus ma présence. Lorsque je la retrouve l'avant-midi, après mes leçons avec M. Burns, elle devient tout excitée. Elle aime parler de son amour pour Hans, mais ne cite que des événements ayant eu lieu avant l'héritage. Pour une raison que je n'arrive pas à saisir, elle semble avoir oublié tout ce qu'elle a vécu par la suite.

Peu à peu, je deviens saturée de l'entendre répéter les mêmes anecdotes.

Connaissant son goût pour la peinture, il me vient à l'idée de lui demander des leçons. Elle se laisse persuader et le chien tape de la queue.

Arrive un jour où elle accepte de me parler de Jésus, ce héros de tant de toiles dans la maison.

L'automne suinte sur toutes les fenêtres. Une bruine dense, comme celle qui fume au-dessus d'une grande chute, recouvre le bruit des navires hurlant après le port. Dans le boudoir du haut, un feu lutte pour nous conserver un espace un peu plus sec. Le chien est étendu, le museau entre les pattes. Sur la hotte de plâtre, une lumière blafarde cajole une toile du Christ en croix qui, des yeux, défonce les ténèbres et communie avec l'espoir.

D'abord le visage de Marie s'enflamme puis son corps se met à danser, tant ses gestes, avec grâce, suivent sa parole.

— Jésus, c'est le fils de Dieu. Il est parfait et dans la quiétude totale de la divinité. Épris d'amour pour les hommes et les femmes de la terre, il est tenaillé par les malheurs sans nombre qui s'abattent sur la création de son père. Transporté par le désir de frayer un passage permettant aux humains de bonne volonté de se hisser jusqu'au ciel, il s'incarne dans la chair. Il épouse notre misérable condition jusqu'à la mort...

Je comprends d'un seul coup que Jésus représente pour elle ce que Norbert symbolise pour moi. Il cristallise son idéal, il est ce qu'elle veut atteindre : un absolu de l'amour. Il anime son âme, et son âme redonne vie à sa pensée et à son cœur.

Marie parle longtemps, d'une voix passionnée, mais, après s'être autant emportée, voilà qu'elle s'effondre subitement, presque en transe. Le chien laisse échapper un râle sibilant. Un silence d'angoisse la serre si fort à la gorge qu'un moment j'ai peur qu'elle ne meure étouffée. Surprise, je m'approche d'elle, lui prends la tête entre mes mains et, la secouant, les yeux plongés dans les siens, je la supplie :

— Marie, Marie, continue à me raconter. Quelle est cette voie qu'il a tracée ? Qui peut la suivre, et comment ?

Le regard atterré, c'est elle qui me supplie de répondre. Elle s'agrippe fort à moi, aussi fort que maman l'a fait juste avant de mourir.

Du coup, tout s'éclaire dans mon esprit. Oui, il me semble que soudainement, je comprends ce qui s'est passé en elle. De son point de vue, suivre le chemin et rejoindre le ciel, c'était probablement se conformer à un code sévère, austère. Jackie, elle, n'a pas suivi les règles. Elle a quitté le chemin... Elle cherchait une autre voie, peut-être la voie du cœur, ou celle de l'âme. Mais comprenant intuitivement le risque de se hasarder hors des sentiers prévus, si minutieusement décrits et tragiquement démontrés par sa mère, elle en devint angoissée à l'extrême. Sa peur de faire fausse route, de se perdre l'étranglait presque. Alors, un peu comme Francine, elle s'est réfugiée dans la drogue. Son âme désirait la vérité, mais sa pensée ne la trouvait pas et son cœur ne pouvait faire confiance... Elle a coulé jusqu'au fond des eaux troubles des monstres intérieurs. Quoi qu'il en soit, Marie est convaincue que sa Jackie s'est suicidée et pour ne pas priver sa fille de ses chances de résurrection, la mère est forcée de détruire son propre système de croyances, toute sa religion, toute cette morale qu'elle a tenté sans succès d'introduire dans la vie de sa fille.

Je réalise le vide épouvantable qu'a dû causer l'effondrement de sa doctrine. Pour sauver sa fille de la mort éternelle, pour lui donner une chance, Marie a fait le sacrifice suprême : saborder le navire de ses propres croyances. Pour vérifier mes hypothèses, j'explique :

— Marie, je pense que tu as vraiment été fidèle à Jésus. Tu as quitté la quiétude de tes principes moraux. Regarde-le sur la croix : n'est-ce pas toi dans les ténèbres ? Tu ressembles à Norbert ! Je t'aime. Comme Pierre, tu as marché pieds nus sur la mer, mais, peut-être as-tu manqué de foi, peut-être es-tu tombée dans l'eau ?

Elle s'effondre en larmes dans mes bras ; son corps frémit et s'agite dans des tremblements convulsifs, puis elle s'assouplit. Je sens son âme, peu à peu, faire confiance à nouveau. Elle m'entoure de tout son corps comme un naufragé s'agrippe à une poutre. L'amour de Jésus, c'est tout ce qui lui reste de sa religion. C'est néanmoins suffisant pour continuer le chemin vers la vérité et la vie...

Le chien s'est assis ; haletant, il demande à sortir. Marie lui ouvre la porte et le suit sur la plage. Je la vois : elle marche d'un pas vigoureux comme pour secouer les boues séchées qui se craquellent autour de son cœur à nouveau gonflé d'espoir.

* * *

De samedi en samedi, Hans m'initie à quelques-unes de ses affaires. Je n'arrive pas à comprendre pourquoi c'est si important pour lui.

Alors, ce samedi-là, dans la Mercedes grise qui nous conduit à travers les Adirondacks, à une réunion, je m'en informe :

— Pourquoi tiens-tu à tout m'apprendre ?

— Cela ne te plaît pas ? s'inquiète-t-il.

— Si, je suis très curieuse, et c'est très envoûtant d'apprendre tout ce que l'on peut faire avec de l'argent ; mais...

Il fixe la route. Je le sens s'enfoncer dans un souvenir visiblement douloureux.

— Tu penses à Jackie, n'est-ce pas ?

Une larme glisse sur sa joue.

— Tu l'aimais beaucoup. Est-ce qu'elle me ressemblait ?

Il fait signe que oui. Je comprends néanmoins que ce n'est pas physiquement.

— Hans, tu es un père pour moi. Tu m'apportes ce que papa n'a pas su me donner. Je t'aime très fort.

Il arrête la voiture ; maintenant, il pleure à chaudes larmes. Je lui prends la main. Les montagnes sont superbes. Une neige nouvelle a tout poudré ; on dirait qu'on s'est arrêtés sur le dos d'un mouton fraîchement tondu. Peu à peu, il retrouve son sourire.

— Angelle, tu es ma fille...

— Hans, comment expliques-tu la mort de Jackie ?

Il remet la voiture en marche et me raconte...

Jackie me ressemblait : elle posait de nombreuses questions. Elle cherchait à tout comprendre. À l'école, elle ne voulait rien apprendre et dérangeait tout le monde. Elle fréquentait une bande de voyous...(c'est son expression) et rentrait tard. Hans connaissait son cœur. Il connaissait son intention : prendre la vie et la secouer de toutes ses forces pour savoir ce qu'il y a dedans. Mais elle avait le don de se mettre les pieds dans les plats. Marie, tout en l'aimant beaucoup, lui reprochait sans cesse ses comportements. Jackie s'enivrait et prenait des drogues fortes, mais c'était parce qu'elle ne trouvait pas de réponse à ses questions toujours très profondes. Hans avait confiance : elle s'en sortirait. Il aurait voulu l'initier — tout comme son fils — à ses affaires, mais elle ne voulait rien en savoir. Un jour, complètement ivre, elle a perdu le contrôle de sa voiture et est tombée du pont Harvard. Marie a toujours cru être responsable de sa mort, qui par malheur a suivi de près une épouvantable dispute entre elles. La pauvre femme en est devenue presque folle.

Du reste de la journée, je ne cesse de penser à cette Jackie. Ah ! si elle avait eu une bonne amie, comme moi j'ai eu Micheline, puis Francine...

Sur le chemin du retour, le ciel est pourtant magnifiquement étoilé. Vraiment, l'univers est grand et son mystère impénétrable !

* * *

L'hiver, presque toujours gris, n'est ici qu'épouvantable humidité. Pourtant, Marie et moi sommes en pleine effervescence : nous peignons. Toutes les deux attentives à notre premier état d'âme, nous traçons les formes et les couleurs qui traduisent ce que nous ressentons à propos de la vie, de l'univers. C'est avec un souci de justesse incroyable que nous tentons d'habiller de symboles, ou bien uniquement de couleurs, cette mélodie subtile mais impérissable qui murmure au milieu de notre être. Et c'est la plupart du temps en éclatant de rire que nous contemplons mutuellement nos œuvres, lesquelles, comme des caricatures, ne font qu'exagérer certains aspects tout en négligeant certains autres.

Nous discutons beaucoup de la fidélité à soi et de cette réalité que ressent l'âme au fond d'elle-même. À chaque jour, nous nous rapprochons l'une de l'autre, nous nous rapprochons de la vie, nous nous rapprochons de Dieu.

Le printemps, peu à peu, dégage le ciel qui redevient bleu. Dans le jardin, les tulipes pointent et, sur la plage, des enfants se lancent des ballons.

— Tu sais, me raconte Marie, Jeffrey et Jackie, je les ai emprisonnés dans une toile d'araignée, une toile tissée d'avance que j'avais achetée d'une religion, sans trop me poser de questions. Jeffrey est resté prisonnier. Quant à Jackie, c'était un puissant papillon de nuit. Ses ailes n'ont pas collé à la toile ; elle a réussi à se dégager, mais elle est tombée par terre et on a marché dessus.

Elle s'exprime avec tristesse, mais sans amertume, comme on raconte un accident tragique dont on a été spectateur il y a déjà longtemps.

Le chien joue avec des enfants. Nous trempons nos pieds dans la mer, et des vaguelettes glacées viennent nous lécher les cuisses alors que nos épaules sont massées par l'ardeur du soleil. Marie continue :

— Lorsque l'on bat les pois séchés, on garde le légume pour la consommation humaine et on donne le tourteau aux animaux. Une religion est trop souvent, hélas ! un esprit que l'on a dogmatisé pour le conserver et le transmettre. J'ai jeté la fève et je n'ai mangé que le tourteau : je mourais de faim, tu sais.

3 M. Burns est un homme tout en longueur, habillé de sombre et voûté comme un saule. Une barbe poivrée et plutôt clairsemée mousse de ses favoris, écume et dégorge jusque dans son col. Ses cheveux cendrés toujours en broussaille auréolent son maigre visage à peine visible. Derrière ses petites lunettes rondes posées trop loin sur son nez, il expose constamment le même sourire pincé. M. Burns est un homme qui pense certainement plus qu'il ne regarde.

D'ailleurs, il donne l'impression de ne rien voir : il habite ailleurs. Il a quelque chose d'un monastère : un frère portier vous accueille poliment, mais la plupart des autres moines poursuivent des activités étranges et secrètes quelque part dans les couloirs obscurs de sa pensée profonde.

Il m'enseigne dans la bibliothèque de la maison. En fait, il est cette bibliothèque. Il ose rarement dire quelque chose sans étendre le bras pour me la montrer écrite. Jamais je n'ai pu voir exactement la couleur de ses yeux toujours penchés sur un volume ou une de mes feuilles de rédaction : ils sont trop rapides à fuir. D'une main, et plus vite qu'une mouche, il rougit de-ci de-là mes nombreuses fautes, mais n'élève cependant pas la voix. Il se consacre entièrement à ce que je fais, mais il ne semble pas réaliser qu'il y a une personne au bout de mon crayon. Il pose les questions, regarde apparaître la réponse et la corrige avec minutie. Si, par mégarde, la même erreur apparaît de nouveau, il ne se fâche pas, mais reste déconcerté. Il fronce les sourcils tel un mécanicien qui, ayant échoué une première fois sa réparation, cherche une nouvelle manière de faire.

L'année achève. J'ai beaucoup appris, mais je garde l'impression d'être seule dans cette bibliothèque, seule avec cette étrange machine à enseigner terriblement efficace dont le mystère reste impénétrable.

Un jour, désireuse de le connaître un peu plus, j'ose finalement lui demander :

— Dites, monsieur, à quoi sont donc occupées vos pensées ?

Sans même lever les yeux, il répond :

— À t'enseigner, bien sûr.

— Mais vos autres pensées ?

— Oh ! mes autres pensées, elles cherchent la vérité, ma fille, m'apprend-il d'un ton légèrement prétentieux.

— La vérité de quoi ?

— La vérité d'un tas de choses.

— Comme quoi ?

— Un exemple. Bon..., voilà, je suis très soucieux de connaître comment une jeune personne comme toi apprend, et ce qui fait que, parfois, elle n'apprend pas.

— Comment faites-vous ?

— Je fais des hypothèses et ensuite je vérifie. Vérifier c'est ça le plus important.

Il parle tout en corrigeant les fautes sur ma feuille.

— Mais alors, est-ce bien la vérité qui vous intéresse ? Ne cherchez-vous pas plutôt à prévenir l'erreur ?

— C'est presque la même chose, remarque-t-il distraitement.

— Vous croyez ?

— Disons que l'esprit de la science, c'est de risquer des hypothèses, mais sa méthode consiste à tester ces hypothèses en argumentant et en expérimentant contre elles.

— C'est comme vouloir puiser de l'eau avec des pinces à épiler.

Je dis cela à cause de l'image qui m'est restée en observant ses gestes.

— Explique-toi, s'enquiert-il.

— Vous me dites que l'esprit de la science, c'est l'aspiration à la vérité. Sa méthode lui vient de la peur de se tromper. L'un affirme, l'autre réfute. La réalité, elle, peut glisser entre les pointes de la pincette.

Il se lève, fait quelques pas, tire une chaise juste en face de moi, me regarde à la hauteur du front :

— Tu as bien répondu, mais que fais-tu de l'illusion ?

— Je ne sais pas... Éclairez-moi.

Ses yeux pivotent à droite puis à gauche.

— Les Allemands ont cru qu'ils étaient une race supérieure... Des millions d'humains en sont morts. Tout ce que l'on affirme, il faut le vérifier.

Il se met à trembler comme s'il voyait quelque chose d'effroyable. Il marche maintenant de long en large dans la bibliothèque, absorbé dans une sorte de méditation.

— Bon, je dois vous laisser. À demain, mademoiselle Lemieux...

Il quitte la pièce. Il n'est pas encore 10 h 00.

* * *

Sao est une vraie mère pour toi, Loée. Attentive à tout ce que tu entreprends de vivre, elle te pose des questions très pertinentes pour t'aider à clarifier une décision. Puis elle discute avec toi des conséquences positives ou négatives de ton action. Enfin, si ce que tu veux tenter s'avère acceptable, elle te fournit tous les moyens de réaliser cette expérience et d'en cueillir les fruits.

Elle se consacre entièrement à sa tâche, comme s'il s'agissait de la chose la plus importante au monde. Jamais soucieuse, jamais impatiente, elle semble n'avoir d'autre désir que de bien faire ce qu'elle a à faire.

Un jour, je la prie de m'ouvrir sa chambre qu'elle prend toujours grand soin de fermer à clef. Elle me regarde longuement, me sourit et me conduit jusqu'à la porte. Elle ferme les yeux, ouvre doucement. Elle enlève ses souliers, j'enlève aussi les miens.

Face à nous se dresse une grande statue de Bouddha, impavide et sereine. Son visage ressemble à une goutte suspendue, sans gravité, au-dessus d'un torse doux comme celui d'une femme, mais large comme celui d'un homme. Ses bras forment une coupe comme s'il se portait lui-même ; ses jambes se croisent, aussi horizontales qu'un champ de blé.

Très impressionnée, je m'étonne :

— Comme ils ont bien réussi !

— Réussi quoi ? s'inquiète déjà Sao.

— À faire le portrait d'une âme !

— D'une âme ? répète-t-elle sans trop comprendre.

— Marie et moi, nous avons essayé, mais sans grand succès.

— Il s'agit du Bouddha, Angelle...

Elle m'explique en détail le chemin du Bouddha, me raconte sa vie et comment il a éliminé la source même de toute souffrance...

En quittant l'appartement, je suis consternée par le contraste entre Jésus, qui semble avoir épousé la douleur, et Bouddha, qui semble l'avoir entièrement exorcisée...

* * *

En mai, lorsqu'elle enfonce ses mains dans la mer, la lumière en ressort troublée. Les navires pleurent des reflets qui plongent à se perdre. C'est dans le brouillard qu'on les voit languir après le port, car il est matin. Nous marchons sur le sable toi et moi. Il y a près d'un an que nous vivons ici, entre la ville et la mer. M. Burns vient me rejoindre sur la grève.

— Il est agréable de marcher sur la plage de si bonne heure, n'est-ce pas ? commence-t-il.

— Oh ! oui, et ce sera encore plus agréable avec toi... Ernest. Tu permets que je t'appelle ainsi ?

Il acquiesce de la tête mais recule, un peu craintif.

— Tu m'as enseigné toute une année avec beaucoup de patience. Je t'en suis très reconnaissante. C'est la deuxième fois que j'ai un vrai professeur, mais je me sens encore loin de toi... J'ai toujours l'impression qu'il y a une sorte... oh ! je ne veux pas t'offenser... mais je ne trouve pas de meilleur mot... on dirait qu'il y a un enterrement dans ton cœur, un enterrement qui ne se termine pas.

Il remet sa casquette de façon que la visière ombrage son visage. Je lui prends la main et il ne la fuit pas. Elle devient froide et moite.

— Angelle, tu lis plus lentement qu'une tortue, tu écris comme une mauvaise élève du cours élémentaire, mais tu regardes comme un faucon et tu plonges encore plus rapidement que lui. Ma femme et mes deux enfants ont été gazés dans un camp allemand, mais ce ne sont pas eux que j'enterre ; ce sont les millions d'êtres humains torturés, tués, victimes du fanatisme. Depuis plus d'un million d'années, l'homo sapiens partout s'en va, détruisant, bafouant, immolant tout ce qui l'entoure, y compris lui-même. Voilà pourquoi l'enterrement n'est jamais terminé.

— Maintenant je comprends à propos de l'illusion.

Je lui serre la main. Il continue :

— La haine était en moi. Je devais m'en débarrasser. J'ai voulu connaître un Allemand et tenter de retrouver un humain derrière lui. J'ai rencontré Hans. Quand il m'a raconté son histoire, sa désertion, j'ai réalisé que, parfois, il se produit des miracles. À l'encontre de toute logique, nous sommes devenus de grands amis. Il fallait que cela soit possible.

Sa main devient chaude dans la mienne. Une chaleur se répand dans mon cœur. Nous marchons longuement en silence. Il regarde l'heure. Je ne veux pas qu'il me quitte maintenant ; alors je continue :

— J'aimerais un jour que tu m'expliques comment la pensée peut contribuer à donner du sens à la vie.

— J'ai bien peur que cela, nous l'apprenions ensemble, me fait doucement remarquer Ernest.

Il se retourne vers moi et me regarde pour la première fois dans les yeux. Je ne peux me retenir de me jeter dans ses bras.

Lorsque je m'écarte de lui, il se retourne rapidement et s'en va, mais j'ai le temps de voir ses yeux remplis de larmes.

* * *

Au début de l'été, je suis seule à la villa avec toi, petite Loée, lorsque entre, sans frapper, un grand jeune homme en habit, coiffé d'une permanente-melon si parfaite qu'elle donne l'apparence d'un bonnet de laine blonde. J'en déduis rapidement qu'il s'agit de Jeffrey, le fils de Hans. Je l'accueille avec empressement, trop d'empressement... Le jeune homme croit bon de me refroidir :

— C'est toi la bonne qui a rendu ma mère complètement folle ?

Abasourdie par une telle entrée en matière, je ne peux que balbutier :

— Qu'est-ce que tu veux dire ?

— J'apprends qu'elle va à la ville habillée n'importe comment. Elle se tient avec des voyous, des moins que rien. Elle expose ses gribouillis dans les parcs, elle entre dans des brasseries peu recommandables...

Reprenant mon sang-froid, je hasarde :

— Jeffrey, je vois que tu aimes Marie. Moi aussi je l'apprécie énormément. Elle est pleine de talent, d'un goût de vivre...

— Elle est devenue comme ma pauvre sœur... et si elle se suicide, tu en seras responsable.

— Plus jeune, j'ai eu un chaton. J'avais peur pour lui. Je l'ai enfermé dans une cage à lapins, mais il était malheureux...

— Ma mère n'est pas en cage à ce que je sache !

— Elle l'était...d'une certaine manière... Mais on ne se sent prisonnier que s'il y a une partie de soi suffisamment libre pour se rendre compte... Est-ce que tu te sens libre ?

— Parfaitement, me jette Jeffrey avec arrogance.

Le jeune homme sort en claquant sèchement la porte.

4   Au milieu de l'été, les montagnes s'évaporent dans la lumière et la chaleur. La grande forêt des Adirondacks exhale un baume d'épinette, la sérénité du grouillement secret des animaux et la prière murmurante des ruisseaux.

Nous sommes tous ensemble, Hans, Marie, Sao, toi et moi, rassemblés dans une dégustation gastronomique préparée comme une œuvre d'art par l'adorable Sao.

Ponctué de tes premières phrases, des boutades de Hans et des mimiques de Marie, notre repas est une merveilleuse caresse du ciel, comme celle qu'une chatte prodigue à ses petits pour les engourdir de sa présence.

Enlacés sur la grande couverture, Hans et Marie s'endorment d'une ivresse qui ne vient pas du vin. King somnole, la tête sur les chevilles de Marie.

Par un sentier, Sao et nous deux allons explorer les profondeurs du bois. Tu es très active : pas une fleur, si minuscule soit-elle, n'échappe à ton attention. Et puis tu t'affaires à compléter ta collection de fourmis.

— « Le grand a toujours commencé par le petit », dit un vieux livre chinois. Tu vois, Angelle, comme Loée le comprend bien, affirme Sao d'une voix déclamatoire.

— Oh ! enseigne-moi, Sao. Tu sembles savoir tant de choses !

— La première chose est d'abord de connaître notre ignorance, m'apprend-elle.

L'idée de pénétrer l'univers de Sao me fascine. Je sens confusément quelle attitude je dois adopter pour qu'elle se révèle à moi et qu'ainsi, on se rapproche l'une de l'autre.

Quelques nénuphars roses flottent sur un petit marais d'eau verte. Entre les quenouilles et les prèles d'eau, glissent, sur le bout de leurs pattes, un groupe de libellules. Nous nous assoyons sur un tapis de mousse garni de fleurettes. Tu agites l'eau d'un bâtonnet puis, hypnotisée par les rides concentriques qui s'ensuivent, tu t'endors profondément. Je t'étends sur la mousse, la tête sur mes cuisses. Et c'est en te caressant les cheveux que je reçois l'enseignement de Sao.

— Si tu désires enseigner, c'est que tu es consciente de ton ignorance... Tu vois les petites bulles qui se forment sur l'eau ? Voilà ce que nous appelons l'âme. La voie consiste à lui redonner sa pureté. Sans désir, l'âme s'élève inévitablement. Tant qu'il lui reste une trace d'impureté, elle est condamnée à revenir ainsi s'incarner.

Elle s'exprime sur un ton doctrinal, avec le sérieux somptueux de ceux qui font charité de leur parole. Cela m'agace un peu mais je résiste à la tentation de fermer la porte.

— Dis-moi, Sao, qu'as-tu ressenti à l'intérieur de toi pour soutenir des affirmations aussi globales à propos de la réalité et impliquant tant de conséquences ?

— J'ai été instruite par un grand maître. Sous sa direction, j'ai pu ressentir peu à peu que cela est vrai.

— Mon grand frère m'a déjà joué un tour semblable :
il a imité le bruit d'un coyote ; j'ai ressenti la présence du
prédateur et j'ai couru si vite que je suis tombée à l'eau. Cela
aurait pu être grave, tu sais ! N'as-tu pas peur qu'en écoutant
d'abord ce que disent certains et en faisant ensuite des efforts
de perception, tu ne sois victime de graves erreurs d'interprétation et que, par mégarde, tu tombes dans un gouffre ?

— Tu vois juste, Angelle. C'est pourquoi notre maître
enseigne d'abord la méditation.

— Alors, enseigne-moi comment méditer.

Souriante, elle me montre...

Je me concentre. Ma conscience devient comme la pointe
d'une baguette qui touche le centre de mon propre psychisme.
Le reste se dissout. Peu à peu, il n'y a que la conscience de
l'instant. Je ressens le repos et puis la pensée de Dominique
envahit mon esprit...

— Méditer, c'est probablement ce que tu as fait la
première minute, m'explique-t-elle ensuite. Tu es tout de
même très douée, Angelle, et tu as sûrement de nombreuses
vies derrière toi. Je t'observe depuis longtemps. Je suis
convaincue que tu es, comme moi, venue pour aider les
humains de cette terre à se purifier...

Sa phrase m'effraie, je m'empresse de l'interrompre :

— Oh ! Sao, tu me fais peur. Tu aspires à la vérité, mais
ne crains-tu pas l'erreur ? Sais-tu douter ?

En disant cela, je ne peux m'empêcher de penser à
M. Burns. L'illusion, déclarait-il, est utile pour nous amener
à un point, mais il est nécessaire de la quitter pour aller plus
loin. Avancer, c'est s'attacher à ce qui est devant et se détacher
de ce qui est derrière. Sao n'apprécie guère mes questions.
Et malgré ses efforts pour maîtriser ses émotions, c'est d'une
voix altérée qu'elle me répond :

— L'orgueil te cache la vue, Angelle. Comment peux-
tu refuser la tradition la plus ancienne et les enseignements
de plus sages que toi ? J'ai quarante ans, tu sais. J'ai suivi la
voie de mon maître, basée sur la plus fidèle tradition bouddhiste, mais... inutile, tu comprendras plus tard, en temps et
lieu.

Elle ferme les yeux. Sans doute prie-t-elle pour moi !

— Vraiment, tu n'as pas l'apparence d'une femme de
quarante ans, Sao. La méditation semble une fontaine de paix
pour toi. Je suis heureuse que tu m'aies fait partager cela,
mais... Qu'importe... J'apprécie profondément ce que tu es ;

cela m'inspire... Cependant, je reste impressionnée par les implications de ce que tu dis. Si c'était vrai... ce serait épouvantable...

— En quoi cela serait-il épouvantable ? rétorque-t-elle, abasourdie.

— Imaginons un seul instant que ce que tu dis soit vrai. Alors, cela impliquerait que le seul sens de la vie sur cette planète soit d'y échapper, comme les bulles d'air s'échappent de l'eau.

Je jette un regard sur toi et poursuis en accélérant le rythme :

— Tu vois Loée ?... Jamais je ne considérerais comme un acte d'amour de la ramener au nirvâna de la fusion tel que nous l'avons vécu avant mon accouchement. S'unir de la sorte consiste à se détruire.

Sao ne se trouble pas le moins du monde et enchaîne :

— Ce sont là des considérations intéressantes ; mais ne crains-tu pas la souffrance ?

— Jusqu'ici, j'ai reçu mes plus grandes joies des mains de dures épreuves. Je ne veux pas d'une simple absence de souffrance. Dieu a besoin que je vive...

— Alors, Dieu ne serait donc pas parfait ? interroge-t-elle en esquissant le sourire d'un chat qui referme ses griffes sur une souris.

— Sans moi, sans toi, sans tous les êtres de l'univers, Dieu ne serait ni parfait, ni absolu.

Je sens Sao se raidir ; aussi, les paroles suivantes ne me surprennent-elles pas :

— L'épouvantable chez les Occidentaux, c'est leur orgueil qui les fait s'imaginer capables de changer ce que sont les choses. Comme si Dieu n'était pas éternel...

Alors je m'emporte.

— Le temps n'est-il pas dans l'éternité ? Si tu opposes joie et souffrance, temps et éternité, matière et esprit, comment comprends-tu l'expérience de l'âme qui vit tout cela comme un ? Si l'absolu ne contenait pas le relatif, serait-il absolu ?

Elle ne souffle mot et se retire lentement au fond d'elle-même. Je prends délicatement la douce main de Sao ; nos regards se croisent et puis, au bout d'un moment, nous éclatons de rire. Une mouche te réveille, et ce n'est pas une mince affaire que de t'aider, toi, à retrouver le chemin de la bonne humeur !

VIII

LES CHEMINS DE LA LIBERTÉ

1   Depuis déjà trois jours, nous sommes seules, toi et moi.
Sao profite de ses vacances et Marie s'est enfermée dans son
atelier. Elle n'est descendue ni pour manger, ni pour autre
chose. Une ou deux fois, j'ai voulu la rejoindre mais, devant
la porte, je suis restée le poing suspendu. Il me semblait que
je devais la laisser avec elle-même.

Une tristesse incommensurable demeure auprès de moi.
Sans ta présence, elle s'insinuerait jusqu'au fond de mon cœur
et l'immobiliserait.

En marchant sur le sable de la plage, j'ai l'étrange impression de m'enfoncer. Je me sens enlisée jusqu'aux genoux, et
encore plus profondément. C'est à peine si je suis plus grande
que toi, à peine si j'arrive à soulever la jambe. J'entends rire
quelque part au loin, comme derrière un rideau ; sans doute,
des enfants qui jouent. Et pourtant, mon cœur est aussi tranquille que ces paquebots, là-bas sur la mer calme.

Tu t'esclaffes bruyamment en voyant un garçon trébu-
cher dans l'eau, le cerceau à la main. Ton rire ébranle tout
mon corps. Pourtant, mon cœur reste aussi posé qu'une lune
de janvier. Je me sens si légère, suspendue comme un ballon
d'hélium uniquement retenu par ta petite main.

Avec ta mignonne frimousse ronde couronnée de
bouclettes fauves, tes yeux pers, immenses et brillants, tu es
plus éclatante que la lumière du jour. Câline et vive, tu as
quelque chose des vaguelettes qui viennent rigoler, presque

ivres, sur la froissure de la plage. À te contempler ainsi, imbibée de soleil, les yeux épinglés sur le cerceau du gamin, mes jambes défaillent et je tombe à genoux. Mon cœur soudain est ébranlé ; il frémit et s'ouvre comme un bourgeon d'œillet. Tout mon être est immergé dans la substance de l'amour comme le fer se fait tremper pour durcir. Tes yeux, soudain, croisent les miens. Tu comprends, tu sautes dans mes bras, et je sens la totalité de ton abandon sur ma peau presque nue. Je ne suis plus une femme, je suis un fleuve parti du ciel pour inonder ton cœur....

— Angelle, Angelle, viens, j'ai réussi !

C'est Marie qui m'appelle en criant. Je cours vers elle.

Son visage étiré et blafard s'illumine d'une gloire mystique. Exaltée, elle me tire littéralement à l'atelier...

— Voilà ! dit-elle avec plus d'allégresse que de fierté.

J'ai sous les yeux un extraordinaire Jésus assis sur une pierre cubique et entouré de garçons et de filles. Ces jeunes me rappellent ceux de la Traversée. Ils sont quelque peu grisés de *hasch* et de bière, mais dépouillés de tout artifice. Et Jésus parmi eux semble si naturel, si proche... comme s'il avait le cœur en leur âme. Il est simplement avec eux, il ne fait que jouir de leur présence. Il disperse la lumière de façon que chacun soit éclairé de l'intérieur. Jamais je n'ai vu un visage plus humain ; il incarne l'essence même de l'être humain.

— Marie, cette peinture produit en moi un ravissement suprême. Comment es-tu arrivée à faire de Jésus un être si simple, si accessible qu'on a l'impression qu'il est en train de se dissoudre dans ces jeunes qui l'entourent et en moi qui le regarde ?

— Je crois... je pense... j'ai découvert... peut-être... l'essence de l'eucharistie, ce que j'avais ressenti à ma première communion...

Elle ne parvient plus à contenir son excitation.

— Il m'a semblé alors que Jésus entrait en moi. Maintenant que toutes les règles rigides que je lui ai prêtées plus tard se sont désagrégées, je retrouve ce Jésus qui pénètre tout par la force de son amour. Il est ici en moi, en toi. Jésus est venu ; il s'est avancé si près que nos yeux ne peuvent plus le voir. Par lui, nous devenons des êtres nouveaux. Par lui, nous pouvons gravir le chemin qu'il a dû construire pour descendre. Par lui, nous sommes enfants de Dieu, c'est-à-dire que nous sommes conviés à exercer le métier de Dieu sur terre : nous émouvoir et nous consacrer à effuser notre âme sur tous ceux qui nous entourent.

Son enthousiasme me touche, je suis si heureuse pour elle. Elle est démaillée du filet ; elle s'envole, plein sourire, comme une mouette dans le ciel. Mais je n'arrive pas à saisir vraiment ce sur quoi ses ailes prennent appui... Qu'importe, elle a quitté son terrible carrelage de fer et de règles et, maintenant, elle s'appuie sur quelque chose qui changera constamment tout en suivant une même direction.

* * *

L'été commence à faiblir, les soirées rafraîchissent. Sao n'est pas encore revenue. Nous avons fait un grand feu de bois de mer sur la plage. Il s'est affaissé en craquant. Marie vient de s'endormir doucement. Son visage d'ange, adouci et couché sur son bras, tranche sans doute les grands espaces obscurs d'un rêve, car ses yeux dansent sous ses paupières. Le feu lance ses derniers regards noirs et fatigués en secouant sa crinière éméchée. De grandes flammèches vertes ou bleues soupirent ; le feu va s'évanouir sur ses brandons lorsque, nonchalamment, Hans y jette une branche morte et tordue. La braise la saisit : elle crépite puis se tait.

— Angelle, me lance-t-il soudain, tu as réussi.

Ignorant de quoi il parle, je m'étonne :

— Réussi quoi ?

— Marie... — il parle à voix très basse — Finie la dépression. Elle vole comme un oiseau. Je te remercie.

— Je n'ai pas besoin d'être remerciée : j'ai simplement accepté qu'elle me montre. Elle m'a appris tant de choses ! Toi aussi d'ailleurs ! J'avais plein de préjugés...

— J'ai réfléchi. Ces derniers jours, du bureau, j'ai regardé la ville. C'est vrai, c'est un filet la ville : les manières de penser, d'agir sont décidées d'avance.

Mes yeux l'interrogent pour en savoir plus.

— Le poisson dans un filet est pris parce qu'il ne pense pas à reculer. Il veut toujours plus pour lui et c'est ça, la prison. Il avance, oui, mais dans les mailles. Il ne sait rien. Je comprends bien tout cela, mais je ne trouve pas de solution pour y remédier.

Je regarde Marie et j'enchaîne.

— Elle m'a dit : « Jésus a donné sa vie pour changer les humains. » Par lui, ils cessent de se comporter comme des animaux centrés sur eux-mêmes. Ils s'aiment les uns les autres comme des frères...

— Oh ! *My God* ! Il n'a pas réussi beaucoup ! rétorque Hans vivement.

— J'ignore s'il a réussi... Apparemment non, du moins jusqu'à maintenant. Mais j'ai compris ce que Marie voulait dire. C'est notre qualité qui importe. Notre action ne peut réaliser que bien peu de choses. Mais notre qualité peut tout bouleverser, du moins avec le temps. Si j'ai bien saisi, il faut que chaque être humain développe son âme. Car l'âme, m'a expliqué Marie, ne pense jamais seulement en fonction d'elle-même, ni seulement en fonction des autres ; elle pense, en fonction de sa responsabilité, à réaliser le projet de Dieu.

— Tu crois à ça ? s'informe Hans.

— Je ne sais pas, mais je n'arrive pas à imaginer quelque chose de mieux. Il arrive qu'une petite graine de grande qualité puisse transformer un désert en jardin.

— S'il y a la pluie.

— Mais il pleut, Hans. Jamais une époque n'a reçu autant de pluie.

— *My God*, il pleut acide !

— Je ne parle pas de cette pluie-là, mais de celle qui enflamme.

Il se tait un moment, puis :

— Tu as peut-être raison..., soupire-t-il.

— Marie a peut-être raison ! Il te faut apprendre d'elle !

Un peu offusqué de ma remarque, il observe quelques instants la mer où la lune fait danser des lueurs. Il jette ensuite un coup d'œil sur Marie dont le visage rappelle celui d'un enfant, ivre de lait, endormi sur le sein de sa mère. Je devine qu'il fait de grands efforts pour retrouver une femme sous l'habitude de ne voir en Marie qu'une adolescente à protéger.

— C'est vrai qu'elle a un langage de catéchiste et des attitudes enfantines, que je lui fais remarquer. Mais c'est un cœur brûlant et plein de sagesse. Dès qu'on l'écoute vraiment, on découvre dans ce qu'elle veut dire l'esprit de quelque chose qui emporte.

Après un moment de silence, il me demande :

— Tu sais ce que signifie l'écu devant la maison ?

— Tu veux dire l'écu tranché d'un loup qui semble hurler vers la lune ?

— C'est mon grand-père qui a dessiné cette armoirie de famille ; elle représente l'espoir.

Je m'empresse de lui signaler en souriant :

— Tu sais, la lune symbolise le féminin !

— Alors je comprends pourquoi grand-père n'en a fait qu'un quartier, ironise-t-il en jetant un coup d'œil vers Marie. Bonne nuit, ma chère fille.

Il soulève Marie dans ses bras ; elle se serre doucement contre lui. Je reste seule devant la braise qui noircit déjà. Mon cœur se gonfle de tristesse. Depuis que Dominique m'a quittée, j'ai comme une hémorragie interne. De longs moments, je n'y pense plus mais le sang s'écoule inlassablement.

* * *

Il est très tôt en ce matin d'octobre dans le jardin saturé de rosée. En ouvrant la fenêtre de la salle de bains, on entend, à travers le pépiement des oiseaux, de grosses gouttes d'eau qui tombent sur l'allée de pierres. Une brise humide me rebondit sur le visage. Quel vivifiant matin !

La sonnerie du téléphone retentit. Mon cœur bondit. Avant que les Witts ne soient réveillés, je me précipite sur l'appareil.

— Hello.

— C'est toi, Angelle ?

— Sao ! Enfin ! Mon Dieu, pourquoi nous avoir laissés si longtemps sans nouvelles ?

— Ce n'était pas encore le temps. Maintenant, le moment est venu... Mais je désire te voir seule... ici.

Elle parle si posément ! Une voix dans le ciel...

Marie accepte de te garder. Je prends l'autobus pour Albany. C'est là que Sao m'attend. Tout au long du voyage, je la réentends : « Ce n'était pas encore le temps. Maintenant, le moment est venu. »

La vibration de l'autobus et la chaleur m'entraînent tout doucement vers le sommeil.

* * *

Je m'éveille dans le tintamarre d'Albany. Sao m'attend, rayonnante, si gracieuse et noble. Une longue robe grise la recouvre entièrement ; on devine à son visage et à ses mains combien elle a maigri. Pourtant, elle sourit d'un sourire qui ne dépend plus de rien. Un mince bonnet pourpre lui cache la tête et les oreilles. Ses pieds nus sont à peine protégés par de grossières sandales.

Dans sa petite voiture, nous prenons la route du parc des Adirondacks. L'automne est en fête. Les montagnes ébouriffées semblent tachetées de fleurs.

Sao est entière dans la conduite de son véhicule. Par moments, on a l'impression que son imagination l'a abandonnée et qu'elle ne voit plus que des choses concrètes.

— Où allons-nous ?

— Au mont Bleu, répond-elle joyeusement.

Nous suivons maintenant des routes de gravier qui grimpent, descendent, se croisent de façon très compliquée... Puis nous longeons une grande clôture de fer forgé dont on ne peut imaginer l'utilité, ici, si loin et si haut dans les montagnes. Nous parvenons finalement à une grille que Sao descend ouvrir. Il nous faut rouler encore un assez long moment dans un dédale de chemins. À travers les arbres, on peut distinguer, de-ci de-là, des maisonnettes en bois rond. Je comprends que je suis dans un ermitage bouddhiste, là où vit le maître de Sao. Elle m'a déjà parlé de ce monastère, mais je l'avais imaginé très loin ; en fait, je n'avais jamais réalisé qu'un tel lieu puisse exister vraiment. Et c'est probablement ici que Sao a choisi de vivre.

— Sao... tu as décidé... Tu ne reviendras plus à Revere Beach ?

— Maintenant, je suis chez moi ici. Il est temps que je me retire du monde.

La cabane ressemble étrangement à celle où j'ai fait la connaissance de Marguerite dans les Chic-Chocs : très simplement meublée, une petite statue du Bouddha dans un coin, une paillasse sur un parquet sombre. Le merveilleux réside dans la petite fenêtre qui nous montre une vallée très profonde et de hautes montagnes voûtées. Très loin, il y a Francine, Nicolas, tous ceux que j'aime...

— Va, Angelle. Tu peux maintenant me questionner.

Je ne sais trop par quoi commencer. Tant d'interrogations se bousculent dans ma tête.

170

— Que veux-tu dire par : « Il est temps que je me retire du monde » ?

Elle se lève, marche doucement, les mains devant elle se rejoignant par le bout des doigts.

— Depuis plus de quinze ans, je côtoie le maître. Je devais me libérer des sens et cela je l'ai atteint depuis déjà quelques années. Ensuite, il me fallait obtenir le silence du cœur en le coordonnant parfaitement avec le souffle. J'ai aussi franchi cette étape, mais le plus difficile, ce fut de cesser d'interpréter mon expérience par des mots ou des images. C'est en partie grâce à toi que j'y suis arrivée.

— Grâce à moi ?

— Parce que, toi, tu refuses de t'attacher aux interprétations comme la réincarnation, l'individualité, etc. Maintenant, je suis acceptée moine bouddhiste. Je t'en suis infiniment reconnaissante.

Je suis presque abasourdie par cette remarque. Sao s'efforce de contenir son émotion. Je questionne encore :

— Que poursuis-tu par ce dépouillement des sens, du cœur et de la pensée ? Je ne comprends pas.

Après s'être recueillie plusieurs minutes, Sao se met à réciter :

— « Je scrute du regard et ne vois rien : j'appelle cela l'indistinct. J'écoute et n'entends rien : j'appelle cela le silencieux. Je tâte et ne trouve rien : j'appelle cela le subtil. »

Elle me regarde longuement et je sens qu'elle désire que je m'exprime.

— Sao, est-il nécessaire de se détacher de la vie pour trouver Dieu ?

Elle répond simplement :

— Tu penses trop, Angelle, mais un jour tu comprendras. La passion et l'intelligence sont causes de déperdition d'énergie. Tu ne saisis pas encore la grandeur du recueillement.

Je me dépêche de lui répliquer :

— Tu connais le repliement, Sao, mais tu refuses le déploiement. Si le feu n'épuise pas la chandelle, il n'éclaire pas ; s'il ne brûle pas la mèche, il n'existe pas. Je me consume, oui, mais c'est afin de vivre pleinement. Dieu se charge de me renouveler...

Sao ne répond plus rien. Elle est plongée dans une profonde méditation ; aucune émotion ne trouble son visage.

On ne peut ni l'entendre respirer, ni même percevoir le mouvement de ses narines.

Au bout d'un long moment, elle ouvre les yeux, se relève doucement. Nous reprenons le chemin de la maisonnette.

— Donc, Sao, tu restes ici ?

— Oui, je reste.

— Alors, je n'oublierai pas que tu es ici, dans cette cabane.

Sao approuve d'un hochement de tête.

— Moi non plus, je ne t'oublierai pas.

Je passe la nuit dans la cabane mais sans réussir à dormir. Je me répète sans cesse la dernière parole que m'a laissée Sao : « Le ciel est éternel et la terre durable. Ils sont durables et éternels parce qu'ils ne vivent pas pour eux-mêmes. Voilà ce qui les fait vivre éternellement.»

2 De plus en plus de jeunes fréquentent la villa. Cette dernière se transforme en une sorte d'université. Marie anime des ateliers de peinture. Plusieurs chambres sont réaménagées : une pour la musique, une autre pour la sculpture... La bibliothèque sert aux séminaires d'échanges dirigés par Ernest. Massimo, un jeune Italien assistant de Burns, supervise l'ensemble. Tout cela se développe progressivement au gré des événements...

Dès 21 h 00, cependant, la maison se vide et tout redevient silencieux. Hans et Marie, Ernest, Massimo, surnommé Max, et moi, faisons le point devant le foyer du salon.

Noël approche à grands pas. Vers 23 h 00, lorsque tout est terminé, le silence prend des proportions impressionnantes. Hans, appuyé sur Marie, somnole. Elle l'enveloppe de ses bras en fixant le feu. King, étendu sur le tapis, rêve en lançant de grands soupirs. Max nous a quittés plus tôt qu'à l'accoutumée. M. Burns, assis par terre et enveloppé d'une couverture, semble absorbé dans une profonde réflexion. Et moi, je me sens épouvantablement seule.

En regardant le feu, je ne peux m'empêcher de revoir Norbert, M. Gamache et Micheline. Comme je ne suis pas une bonne amie pour eux ! Mon cœur me fait penser à un tunnel que les gens traversent : je ne les retiens pas et, pourtant, une partie de mon cœur reste accrochée à eux. Ce soir, je suis comme une falaise de grès rouge défoncée de partout par le vent et la mer. Un grain passe et on entend comme une sorte de prière.

*Tu plonges dans l'espace de mon cœur, toi, **IOA**.*
Tu explores mon mystère.
Je reste insondable à tes yeux.
Tu siffles dans les trous de mon âme et je l'entends gémir.
Tu pleures dans mes larmes et je reste inconsolable.
C'est pourquoi tu places sur mon chemin des amis,
pour qu'ils partagent un peu de ma tristesse.

Malgré le feu, le froid m'agace les épaules, pénètre en moi. Je frissonne comme une petite feuille morte qui n'a pu tomber à temps de l'arbre. Je m'approche d'Ernest. Je m'assois tout près et lui prends la main pour qu'il me réchauffe l'épaule. De sa couverture, il m'enveloppe.

— Tu sais, Angelle, me confie-t-il, je réalise que je t'aime beaucoup.

— Parle-moi de la sincérité, j'ai besoin que tu me parles de la sincérité.

— Tu doutes de ce que je t'ai dit ? s'étonne-t-il, déjà attristé.

— Non, je pense à ce que tu m'as expliqué à propos de l'illusion. Je vois bien qu'on peut monter dessus, comme un oiseau est porté par le vent. Mais je ne veux pas. Aussi, je n'ai rien sur quoi battre de l'aile. Et j'ai mal. Une terrible angoisse m'oppresse.

— Si l'oiseau a besoin de l'air pour voler c'est parce qu'il ne monte pas assez haut, m'explique Ernest. Une fusée qui échappe à la gravité terrestre n'a plus besoin de quoi que ce soit pour voler. Elle est attirée inévitablement vers le Soleil.

— Alors, tu crois en Dieu ?

— Je suis juif, Angelle. Un juif est un croyant qui n'a pas mordu dans l'illusion, l'illusion d'un messie... Tu sais, à la suite de nos conversations, j'ai bien vu que je me trompais moi-même. Si je n'avais pas fondamentalement cru à la vérité, je n'aurais pas tant méprisé l'illusion. Ce sont ceux qui ne croient pas vraiment à la vérité qui se cachent derrière l'ésotérisme ou les connaissances purement intuitives. Tu vois, s'ouvrir à la science, c'est comme ouvrir sa pensée à l'histoire : si elle nous enlève une affirmation, c'est que celle-ci n'est pas vraie. La science est persuadée que la vérité l'emportera si on accepte la vérification de l'expérience. La science fait la gageure de la sincérité. Cela, c'est croire en Dieu.

— La science, c'est le messie des juifs, alors ?

— Oui, sans doute. Et cela lui donne peut-être trop confiance. La science croit tellement au pouvoir du bien sur le mal et du vrai sur le faux qu'elle ne semble pas se soucier que l'avenir puisse ne pas exister, qu'il soit possible pour l'homme de détruire sa planète. J'estime de plus en plus qu'il faut tenter quelque chose pour empêcher cela.

— Tu as sans doute raison.

Nous continuons de regarder le feu un long moment. Puis je reviens à ma première question, une question qui me semble décisive, fondamentale.

— Mais l'expérience intérieure, l'expérience que l'âme fait du réel, comment s'assurer de son authenticité ?

— Je pense que c'est comme l'eau. On peut la préserver en amont : en refusant de recevoir un enseignement, une doctrine, une interprétation toute faite. On peut la préserver en aval : en exerçant un doute raisonnable. Enfin, on la protège en elle-même par une sincérité que seule la foi en la vérité rend possible.

Après un long silence, je lui demande :

— Oui mais, comment le faux peut-il nous amener au vrai ?

— Que veux-tu dire ?

— Nous prenons appui sur des illusions afin d'avancer vers quelque chose de plus vrai. Pourquoi en est-il ainsi ?

— Je l'ignore, Angelle.

Il me réchauffe les épaules ; peu à peu je commence à comprendre.

— Peut-être parce que l'illusion est le dynamisme de la vérité, comme le temps est le dynamisme de l'éternité, et l'énergie le dynamisme de l'espace.

Il me serre encore plus fort dans ses bras.

Hans s'est réveillé et nous écoute depuis un moment. Il se joint à la conversation et m'avoue :

— Tu sais, Angelle, à propos de la guerre économique, j'ai écouté Marie. Elle a éclairé ma pensée.

J'éclate de rire et risque une suggestion :

— Il faudra que tu changes l'armoirie...

— Que veux-tu dire ? me lance-t-il, devinant bien la réponse, au fond.

174

— Le quartier de lune, il faut maintenant l'agrandir, puisque tu entreprends l'exploration de sa face cachée.

— Oui, et le loup hurle plus fort, parce qu'il aime la lune comme jamais.

Marie ne dort plus ; elle se retourne et son clin d'œil signifie : « Tu vois, je suis devenue son épouse, sa compagne à part entière. »

Nous sommes tous là, sauf Sao. Ou peut-être est-elle là ! Je réalise tout le chemin que nous avons parcouru ensemble. Hans n'a plus le fond de tristesse qui semblait s'être fossilisé en lui. Marie n'a peut-être plus de pierre sur laquelle reposer le pied, mais elle a le vent sous les ailes. Sao suit son chemin. Ernest utilise maintenant son désir de vérité comme un levier. Et moi..., eh bien ! moi, ils m'ont beaucoup enseigné, mais j'ai l'impression d'avoir perdu beaucoup de moi-même, et je reste seule.

Malgré tout, je demeure persuadée que nous avons le pouvoir de nous libérer.

Brusquement, la porte s'ouvre et Jeffrey entre en titubant, visiblement ivre :

— Encore ici, la bonne ! crie-il avec un mépris tel qu'on peut le croire sur le point de vomir. T'as mis le bordel dans ma maison... Y a pas une journée sans que des pouilleux viennent tout prendre... T'as pas juste rendu ma mère folle, voilà que mon père aussi perd la tête...

Les yeux hagards, en cherchant ses mots :

— Je viens d'apprendre qu'il investit une partie de mon héritage — il hurle presque — dans une organisation mondiale. Contrôler une somme pareille et pour en faire quoi ?... Personne ne le sait. Même le vieux Burns déraille... Le cochon, il te tripote souvent comme ça ?... Tu traînes un virus, une saloperie de virus... Ton temps ici est fini. Tes valises, la bonne, et ça presse.

Le chien grogne. Hans et Marie restent comme assommés. Ernest, effaré, se lève puis s'affaisse sur un fauteuil. Et moi, encore par terre, stupéfaite, je suis incapable de répondre.

Hans finit par sortir de son hébétude.

— Mon fils, sors d'ici immédiatement, riposte-t-il d'un ton autoritaire, mais sans colère aucune.

— Jamais ! hurle Jeffrey d'une voix menaçante.

— Tu es devenu ce que j'aurais pu faire de Jackie, un stupide égoïste, balbutie Marie en s'effondrant en larmes.

— Maman, reste en dehors de ça. C'est ce soir que je reprends ma place ! Vous comprenez bien ça ? Debout, la bonne !

Il gesticule et me menace du poing, visiblement prêt à passer aux actes. Ernest pressent le drame. Il se reprend, s'approche de moi et me dit :

— Nous devrions partir toi et moi et laisser la famille réunie pour Noël. Ils ont sans doute plusieurs choses à mettre au clair.

Je ne réagis pas. Ernest doit me secouer, me prendre la main, m'aider à me lever. Je le suis, comme une automate, rassemble sommairement nos bagages. Rapidement, je t'enveloppe dans tes couvertures et nous partons.

Nous passons plus d'un an chez Ernest Burns. Il demeure dans un condominium sur Memorial Avenue. Nous allons souvent au parc qui longe la Charles River. Ernest dispose d'un bureau au Massachusetts Institute of Technology et y effectue quelques travaux de recherche.

Je retourne de temps à autre à Revere Beach, mais ce n'est plus pareil. Tout le monde est en effervescence. Marie est très occupée par le développement artistique de ses étudiants. Hans s'absente souvent pour de longues périodes. Il a réussi à rassembler une vingtaine de riches industriels des plus grandes capitales du monde. Ensemble, ils discutent secrètement d'une stratégie internationale pour rectifier le déséquilibre économique qui affecte les pays du Tiers-Monde.

Ernest, de son côté, a regroupé une dizaine d'hommes et de femmes de science. Ils désirent créer un vaste mouvement dont l'objectif sera d'encourager les scientifiques à garder le contrôle de leurs découvertes afin d'éviter leur utilisation militaire.

Francine m'écrit de plus en plus souvent. La Traversée est devenue très populaire. Gérald, Katie et Benoît travaillent beaucoup car les rénovations ne manquent pas et l'animation exige de plus en plus. Francine a pu m'obtenir l'adresse de Micheline au Pérou. Quel bonheur pour moi que de recevoir sa première lettre !

« Chère Angelle,

... je ne t'ai jamais oubliée...tu dois être une belle jeune femme maintenant... Je me souviens de nos conversations... Tu sais que je suis maintenant infirmière... Ici, je suis débordée... Je dois parcourir de grandes distances en pirogue le long de la rivière Ucayali... douze villages séparés de plusieurs kilomètres... les femmes ont beaucoup d'enfants ; je m'occupe des accouchements, des soins aux jeunes bébés, je soigne maladies et blessures... je suis seule... nous n'avons rien... les gens sont souvent terrifiés, soit par les révolutionnaires de Sentier Lumineux, soit par l'armée ou la police qui a ici tous les droits... Jérôme travaille à Pucallpa. Il va bien... Nous nous rencontrons une ou deux fois par mois... Nous n'avons pas le temps de nous ennuyer... Je t'embrasse... »

La lettre de Micheline tombe merveilleusement bien pour moi ; elle ouvre une porte que je n'avais pas encore vue.

Dès l'automne, avec l'aide d'Ernest et de Marie, je peux m'inscrire à une école d'infirmières. Il s'agit d'un cours intensif pour ceux et celles qui veulent pratiquer « en première ligne », dans les pays ravagés par la guerre ou le sous-développement. Je ne sais par quel miracle, mais j'apprends très rapidement. J'ai encore de la difficulté en orthographe, mais pour le reste je suis l'une des premières. Aussi puis-je recevoir mon certificat alors que je suis toujours à Boston.

Mais le toit de mon cœur s'est percé ; le temps qui passe dégoutte dans mon âme et son eau salée creuse une soif que rien ne comble. Une gorge s'est ainsi formée, comme un désir infini d'être aimée. Toi, tu tournoies comme une abeille autour de sa ruche et, quand tu rigoles, c'est tout mon être qui dévale la ravine en s'esclaffant.

Un jour où nous revenons d'une visite à Sao, tu me demandes :

— Maman, pourquoi les montagnes là-bas, on ne peut pas les flatter ? Pourquoi ce que l'on voit, on ne peut pas le toucher ?

Cette phrase m'arrache à ma solitude. Je comprends que tu viens à ma rencontre et que tu seras une amie. Il me semble n'avoir tenu le coup qu'en prévision de ce jour.

Ah ! Loée, j'ai tant de choses à te raconter ! Quelle joie ce sera de t'expliquer tout ce que j'ai découvert !

— Les yeux, ma chérie, voient loin pour que l'on puisse désirer ce qui est grand ; les bras sont courts pour que nous ne puissions jamais être comblés, car un être comblé est un être mort.

Et tu me regardes avec des yeux, des yeux qui sont comme des geysers dégorgeant la vie.

Vraiment, l'éternité n'est pas la plénitude, l'infini n'est pas l'opacité. Lorsque l'espace se retourne pour regarder celle qui passe derrière elle, on l'appelle la matière. Lorsque l'éternité fait demi-tour dans l'espoir de voir son propre visage, on l'appelle le temps. Et si toute la réalité cherche à se ressentir, on l'appelle l'âme.

La semaine suivante, nous sommes de retour à Sainte-Anne. Tu as déjà cinq ans et tu as hâte de revoir les gens dont je te parle depuis si longtemps.

IX

LE VÉRITABLE AMOUR

Le soir vient. Par la fenêtre, j'aperçois les lumières de la ville danser dans l'humidité. La douleur revient. J'ai les jambes comme dans la braise. Mon seul soulagement, c'est de continuer. Francine est épuisée, mais elle me dit : « Si ma main cesse d'écrire, mon cœur éclate ; alors continue, continue, Angelle. » Je devine qu'elle a compris qu'au moment où mes lèvres se tairont, je mourrai.

Je m'apprête maintenant à changer de cap. Ne va pas croire que ma vie n'a été adossée qu'à de simples brumes. L'effort, mais surtout les rencontres passionnées avec tous ceux que j'ai croisés, ont rendu ma pensée aussi claire et précise qu'un théorème. Mais les théorèmes ne sont que les squelettes de la vie, ils peuvent nous donner l'illusion de la connaissance et de la sagesse tout en nous éloignant de la vérité et de l'amour.

Je poursuis donc mon récit tel que je l'ai vécu dans mon cœur...

....

1 C'est matin et les vagues déferlent sur les rochers. C'est matin de mai et la vie grouille sous la terre. C'est matin clair et le soleil vif déchire les dernières brumes. J'enlève mes souliers.

— Regarde, là-bas, Loée, c'est la Traversée... Tu te souviens ?

— C'est là qu'il vit Nicolas ? vérifie Loée.

— C'est là qu'il vit Nicolas, et Francine, et tous les autres. Et, je continue en murmurant :

— Tu vois : en haut, le ciel est bleu. Descends les yeux : la mer scintille. Retourne-toi : la terre verdit. Est-ce nous deux que l'on fête ? Pourquoi est-ce si beau ce matin ?

J'inspire profondément et attrapant ta main :

— Oui, j'arrive, mes amis, j'arrive et comme vous m'avez manqué !

Est-ce la joie de mon cœur qui soudain me lave les yeux ? Que se passe-t-il ? Les couleurs sont poudrées de phosphore. La terre tressaille comme si son noyau de métal venait de se retourner dans son manteau de lave. Je hume et le fleuve sent la sueur de celui qui se prépare à l'amour. Je frôle le sol de mes pieds nus et la mousse humide me chatouille jusqu'aux oreilles. Pourquoi est-ce maintenant que je perçois ce que font les choses ?

J'entends, dans les montagnes, rebondir la lumière ; j'entends, dans la forêt, ricocher la vie. Oh ! oui, terre, réponds à la lumière ; oh ! oui, végétation, réponds à la chaleur, car il n'y a pas de plus grand bonheur que celui de faire écho au ciel.

Qu'est-ce qu'une planète dans le ciel ? C'est un carrefour où la lumière devient vie. Qu'est-ce qu'une âme dans l'espace ? C'est un quai où l'esprit se transforme en un pur sentiment d'amour.

— Viens, Loée, nous y allons.

Les portes et les fenêtres tremblotent sous l'effort de contenir le bruit du matin. Nous entrons discrètement : la Traversée se prépare au déjeuner. À travers le brouhaha, j'aperçois Francine et Katie qui s'agitent dans la cuisine. Un petit garçon vient nous accueillir.

— Il n'y a plus de place pour la nuit, mais vous pouvez déjeuner, propose-t-il.

Je m'enquiers :

— Comment t'appelles-tu ?

— Nicolas, déclare-t-il fièrement.

Je retiens mes larmes. Le bambin, qui fut presque aussi le mien, me regarde, tout frisé, tout noir. Les yeux déjà profonds, il ressemble à son papa.

Je lui demande :

— Tu ne reconnais pas Loée, ni moi : Angelle ?

— Non, je ne pense pas, avoue-t-il après quelques hésitations.

— Va dire à ta maman qu'Angelle est ici.

Dans la cuisine, Francine se retourne, me regarde, hésite. Me levant sur le bout des pieds, je lui fais signe. D'un geste brusque, elle écarte la fumée qui monte des friteuses et m'observe. Je lui souris. Elle me reconnaît, bondit et semble m'appeler à grands cris, mais je n'entends rien. Katie se tient près d'elle et semble à peine me reconnaître. L'émotion est si forte que je ne vois plus rien. Je frissonne dans tout mon corps. Loée me secoue la main : le brouillard se dissipe. Francine et Katie attendent, perplexes.

— Vous ne me reconnaissez pas ? que je m'exclame.

— Tu as tellement changé ! allègue Francine, tout énervée. Tes cheveux courts et si bien coiffés... tes yeux... tes joues et ta bouche..., on dirait une dame. Et ta robe, superbe ! Tes boucles d'oreilles, ton collier de perles... Tes pieds nus. Tu descends du ciel ou quoi ?... Tu t'es mariée avec un gars de Boston ! Je suis certaine que c'est ça.

— Mais non, Francine, cesse de plaisanter. Viens, je te donne un coup de main.

Katie retourne à la cuisine et en revient chargée d'une petite bonne femme en salopette bouffante, de grosses taches de beurre d'arachide sur les joues.

— Je te présente ma fille Mélanie, lance fièrement Francine. Elle a presque trois ans déjà !

Le grand Benoît s'approche.

— Ça va, la dame des États ? Wow ! ton courtier, y t'a habillée, siffle-t-il. Va vite m'enlever ça, habille-toi comme du monde, mets-toi des souliers et viens nous rejoindre...

— C'est qui que... que... je vois là ? bégaie Gérald sous le coup de l'émotion.

Et, encore figé dans l'escalier :

— C'est Ange..., Ange...elle !

Je monte les trois marches et me jette dans ses grands bras.

— Tu ne sens plus l'cheval. C'est quoi ton parfum ? laisse-t-il tomber, tout ému.

— C'est le parfum du bonheur de vous retrouver. Allons ! le déjeuner n'est pas terminé et j'ai faim !

C'est ainsi que je reprends contact avec la Traversée, Francine, Gérald, Katie et Benoît.

Bien que j'aime l'ambiance de l'auberge, je n'y vais que de temps à autre. J'éprouve le besoin d'être seule. Grâce à Francine, je me déniche un petit loyer près de la polyvalente. J'obtiens rapidement du travail au Centre local des services communautaires (CLSC). Dès septembre, la maternelle t'accueille à tous les après-midis.

Je passe la plupart des samedis chez papa, à Rivière-au Mouton. Nous parlons peu, mais il est visiblement heureux lorsque, ensemble, nous nettoyons la bergerie, vaccinons les agneaux... Sa femme n'est pas très avenante, mais elle me garde toujours à dîner. Elle met quelques mots dans la conversation et se retire dans sa chambre tôt après le repas. Malgré son peu de sociabilité, j'arrive à sentir qu'elle aime bien papa. Jacques a beaucoup changé depuis son mariage. Ils se sont bâtis sur la terre et travaillent à la ferme. Sa femme profite de chaque occasion pour te gâter. Michel et Caroline vivent toujours à Québec ; leur travail et leurs études les occupent beaucoup. Caroline, surtout, réfléchit et s'inquiète de l'avenir.

Boston m'a réellement rapprochée de tous ceux que j'aimais.

* * *

Nous menons une vie bien routinière, du moins vue de l'extérieur. Tu te lèves tôt, je me lève tôt. Nous allons voir le soleil se hisser entre les montagnes. Parfois il pleut, parfois il neige, mais nous nous installons toujours sur la même pierre, au même moment. Si le vent souffle, nous grelottons de froid ; si le vent ne souffle pas, nous sommes bien.

Oui, mon âme est comme dans un terrarium ; rien ne vient la heurter.

Doucement, dans le calme de cette solitude, j'identifie un être en moi : une personne qui connaît cet univers comme si, dès le début, elle avait participé à sa création ; une personne qui est parfaitement chez elle ici, dans l'espace, parmi les étoiles ; une personne qui semble remonter des racines de la nature tant elle lui ressemble ; une personne qui voit l'arbre dans la semence, la qualité dans l'animal et l'âme dans l'humain ; une personne qui reconnaît que tout est bien parce qu'elle sait où vont les êtres.

Devant son visage, je suis une petite jonque sur une mer infinie et je sens qu'elle souffle dans la bonne direction. Je ne sais où elle me conduit, mais je commence à la connaître et j'ai confiance.

Mais si elle n'est pas cette trinité, je suis certaine qu'elle en a néanmoins le visage. Elle n'est pas aussi vaste peut-être, mais elle est tout aussi déterminée dans son action. C'est parce qu'elle connaît la grandeur du temps et la profondeur de l'âme qu'elle a confiance et me laisse décider de la manière de parcourir le chemin. Sa présence a le pouvoir d'enrayer mon sentiment de solitude ; j'ai donc l'assurance qu'il s'agit bien d'une personne. Elle m'aime et m'encourage sur une route qu'elle sait être la bonne. Je ne connais pas très bien son tempérament, mais j'ai tendance à croire qu'elle se comporte comme une mère ou bien comme une grande amie.

Au début, j'ai cru que mon âme s'était créé une compagne pour combler sa solitude, mais je sais maintenant qu'il ne s'agit pas de mon imagination car, lorsque j'entends sa voix, je ne frémis que dans mon âme et tout le reste s'apaise profondément. Sa volonté n'est que rarement la mienne, mais, inévitablement, mon âme se réjouit du chemin suggéré. Seule une personne qui connaît cette expérience sait ce dont je parle et peut discerner entre cette présence réelle et tous les êtres imaginaires qui hantent le cœur humain.

Dans le silence, je m'exerce à toucher sa présence. Dans le silence, elle s'exerce à comprendre mon cœur.

Lorsque je l'écoute, la verdure brille, la mer scintille et le ciel déchire sa toile azur. Elle n'arrive à m'exprimer qu'une faible lueur de son amour. Lorsque c'est elle, je ne peux dire : « Voilà ce qu'elle me dit, voilà ce qui est à faire... » Non, si c'est elle, ce qui est à faire se fait et ce qui a à être est, car toujours mon âme n'a de désir que pour elle.

La vie se déroule et notre communion s'accroît.

Chaque jour, toi et moi, nous répétons les mêmes gestes ; la vie s'étire en un rituel d'amour. Pourtant chaque jour diffère des autres par l'amplitude du sentiment qui nous anime.

Un matin, par exemple, à brûle-pourpoint, tu interroges en regardant le soleil se lever :

— Maman, il souffle le soleil... C'est quoi qu'il souffle ?

— Qu'en penses-tu, toi ?

— Il souffle la lumière, rétorques-tu sans plaisanter.

Et puis, en revenant à la maison, tu continues :

— Tu sais, maman, pourquoi on fait des erreurs ?

— Dis-le moi.

— C'est parce qu'on a les yeux fermés.

C'est ainsi qu'on se partage le fruit de nos méditations. Je t'encourage à découvrir tes propres réponses, mais ne perds pas une occasion de stimuler ta pensée. Inconsciemment, je cherche à recréer le climat d'échange qui me plaisait tant avec Micheline.

2   Notre logement n'a que deux pièces à peine séparées, mais c'est propre et joli.

Le printemps dégèle la grande vitre à carreaux. Dehors, la neige glisse par gros morceaux des toitures de tôle. Les autos, dans la rue, catapultent des jets de neige fondante et sale. On entend même, de l'école, hululer comme des chouettes les grands en récréation. L'agitation de la petite ville titille nos tympans, si bien qu'il nous faut frotter la joue sur l'épaule pour en dissiper le frisson.

Ce matin, hélas ! nous ne sommes pas tout à fait d'accord :

— Maman, on va jouer dehors toutes les deux, implores-tu.

— Je n'ai pas le temps ce matin, reste dans la cour.

Je t'aide à t'habiller... Tes sourcils se froncent et une moue s'accentue sur tes traits.

— Mais, maman, je peux pas jouer dehors avec toi sans toi..., tout de même, expliques-tu finalement.

Tout en pouffant sous le charme de ta remarque, je t'explique :

— J'ai trop de choses à faire, ma fleurette. Va, j'irai te rejoindre plus tard.

— Non, viens tout de suite, insistes-tu.

— Va, va...

Et là, tu rechignes.

— Allons, sors, que je répète.

Et tu pleures et cries.

— Eh bien ! si c'est ainsi, tu vas te coucher, Loée. Je n'aime pas que tu utilises de tels moyens quand tu désires quelque chose.

Encore plus frustrée, tu cognes partout, te roules par terre, cries...

C'en est trop ; de force, je te mène à ta chambre et ferme la porte. Au bout de quelque temps, tu entrouvres...

— C'est quoi les autres moyens ? t'informes-tu, en esquissant un sourire mi-coquet, mi-taquin.

— Demande gentiment, c'est tout.

— Maman, est-ce que tu viens jouer dehors avec moi ? implores-tu en fronçant les sourcils.

— C'est impossible : j'ai trop de travail ; j'irai dans une demi-heure.

— Tu vois, il ne fonctionne pas ton moyen.

Alors, je souris et, te prenant sur mes genoux, je t'explique que, si on a des attentes vis-à-vis de quelqu'un, il faut bien accepter qu'il n'y réponde pas toujours.

— Non, maman, je ne veux pas que ça se passe comme ça, ripostes-tu. Va dans ta chambre et ne bouge plus de là tant que tu ne viendras pas jouer avec moi.

— Non, je fais de la cuisine, que je rétorque.

— Tu vois bien : toi, quand tu veux quelque chose de moi, tu prends des moyens que moi je peux pas prendre. C'est pour ça que je cogne par terre. C'est pas juste, c'est pas juste...

Et tu te remets en colère. Impatiente, je t'enferme à nouveau dans ta chambre en disant :

— Oui, j'ai plus de pouvoir que toi. Mais c'est nécessaire pour maintenant.

On frappe à la porte. J'ouvre. Un jeune homme... Non, je ne peux le croire... Et pourtant, il n'y a aucun doute : c'est Dominique.

— Angelle... est-ce bien toi ?... Merde que tu as changé ! Encore plus belle que dans mes souvenirs...

Les cheveux bouclés et la barbe bien taillée, il est aussi beau qu'avant. Quelques rides au coin des yeux lui donnent un charme encore plus grand.

— Entre, voyons, je te sers un café...

Tu sors de la chambre, mine de rien. Dominique t'observe avec attention. Il semble guetter la réaction de son cœur. Mais, en quelques secondes, tu l'as conquis.

— C'est pas croyable, s'exclame-t-il, comme elle te ressemble... à toi. Merde... Angelle, que ça fait longtemps ! Comme j'ai été fou !...

— C'est qui le monsieur ? demandes-tu.

D'une voix troublée, je te réponds :

— C'est... c'est un grand ami.

— Et il vient jouer dehors, lui, le grand ami ?

— On y va, Dominique ?

— Oui, bien sûr.

J'ai complètement oublié la belle leçon que je tentais de t'inculquer. La grève, encore glacée, craque sous nos pas. Les bateaux sont toujours sur leurs chevalets. Le vent est froid. Je raconte à Dominique mon voyage à Boston : Marie, Hans, Sao et M. Burns...

— J'ai réagi stupidement ce jour-là, au petit lac, confesse Dominique.

— C'était la douleur : tu avais sans doute trop mal...

— J'étais frustré, en colère, je ne me contenais plus. Je me suis déragé en étudiant, étudiant...

— Et maintenant, Dominique ?

— Je sais que je ne peux pas être heureux sans toi...

Je réponds avec une pointe de malice :

— Pour affirmer cela avec tant de certitude, tu as dû vérifier...

— Oui, j'ai connu bien des filles, mais je ressentais toujours une sorte de vide dans mon cœur. Les autres filles... me sont apparues si fades.

Il me prend par les épaules, sonde mon regard. Je scrute le sien. Il détecte sans doute que je n'ai jamais cessé de l'aimer. Il cherche à vérifier s'il aime vraiment la femme qui se tient devant lui, s'il l'aime autant qu'il le pense. Il s'approche et veut m'embrasser. Mais, soudain, ses yeux papillotent et je perçois une certaine hésitation. Alors pour l'éprouver, je lui dis :

— Je ne t'ai jamais oublié, Dominique. Mais je me suis juré que, si jamais tu revenais, il nous faudrait asseoir notre amour sur des fondements solides. Je ne veux plus de ces émotions qui s'envolent dès qu'une autre arrive... As-tu le cœur libre, Dominique ?

— Oui... Non... Je veux dire que...

— Raconte-moi : il ne faut rien se cacher. Tu es venu vérifier si vraiment, entre nous, c'était possible ; alors prenons le temps de bien regarder.

Il me précise qu'il vit depuis un an avec une femme, à Montréal. Il l'apprécie beaucoup mais, lorsqu'il compare ce qu'il ressent pour Sophie avec ce qu'il ressent pour moi, c'est comme s'il mettait en parallèle le plaisir et le bonheur. Il ne croit pas l'aimer vraiment, ayant toujours pressenti qu'il reviendrait. C'est pour cela, pense-t-il, qu'ils n'ont jamais eu d'enfant.

Voulant que tout soit limpide entre nous, j'avoue :

— Secrètement, j'espérais te retrouver, mais j'évitais d'y penser, car ma souffrance aurait été trop grande. Même maintenant, je me garde bien de laisser mon cœur s'éveiller. Sinon, je ne pourrai plus me contenir. Et, si je me jette dans tes bras, je ne supporterai pas d'être rejetée à nouveau. Alors, si tu m'aimes, sonde bien ton cœur. Va retrouver ton amie. Vous êtes deux ; tu ne peux faire comme s'il n'y avait que toi et moi. C'est ensemble que vous devez prendre une décision. Si tu ne parviens pas à être sincère avec elle, comment y arriveras-tu avec moi ?

Son visage s'assombrit. Je le laisse méditer tout cela. Il regarde la mer, puis se retourne :

— Je reviendrai, Angelle. J'ai commis une erreur en m'engageant avec Sophie. Je vais lui expliquer ; elle comprendra...

Je pense à cette jeune femme. Elle me ressemble sans doute un peu... Nous rentrons toutes les deux à la maison. Dominique, lui, reste sur la plage.

Les jours qui suivent, malgré moi, je guette le moindre bruit. Je cours souvent à la porte, mais personne n'a frappé. C'est le vent sans doute, ou bien le chat.

Le vie reprend peu à peu son cours normal. Il pleut sur les braises de mon cœur et ma prière, plus totale, chante plus fort.

* * *

C'est la Saint-Jean. Benoît nous a prêté son équipement de camping et Francine son vélo de montagne. Nous longeons le fleuve vers Rivière-au-Mouton puis nous grimpons en vue d'atteindre le mont de la Loutre. Nous dînons sur une corniche. Le ciel, superbe, modèle de petits nuages rosâtres. Le fleuve, immense et tranquille, s'en va trouver la mer. À brûle-pourpoint, tu me demandes :

— Maman, c'est drôle comme dans la maison on se sent grandes, et dehors si petites.

— Oui, tu as raison, on est terriblement petites quand on sort dehors. Connaître notre petitesse, c'est ce qui nous permet de grandir.

— Maman, tu sais pourquoi la mer ?

— Dis-le moi, Loée.

— C'est parce que les gouttes, elles sont toutes amies.

— Explique encore ; j'aime quand tu parles comme ça.

— Elle se collent fort et ça fait la mer.

— Mais si elles se collent trop fort, tu ne crois pas qu'elles cessent d'être des gouttes d'eau ?

Je la questionne pour approfondir.

— Oui, mais c'est triste la vie de goutte d'eau toute seule.

Tes yeux luisants se détournent pour aller se distraire dans un trou de renard, pas très loin sous un arbre. C'est la première fois que je discerne ce désir en toi, mais il semble qu'il y soit depuis un bon moment.

Et j'ose poser la question que tu suggères.

— Tu veux une petite sœur ou bien un petit frère ?

— Je veux qu'on soit plusieurs, réponds-tu, toute rayonnante d'espoir.

— Cela viendra... peut-être...

— Je veux pas attendre ; fais-le tout de suite le bébé.

T'as vraiment l'air fâché. Debout sur la corniche, tu sembles défier le sort. On voit dans tes yeux une flamme qui brûle plus qu'elle ne réchauffe. Un instant, j'ai l'impression de revoir Jeanne d'Arc sur son cheval, narguant l'armée anglaise.

Nous poursuivons notre chemin. La pente trop raide me force à remorquer le vélo, tout l'équipement, et puis toi, bien sûr. En haut, je m'écroule, épuisée mais heureuse. Le ciel radieux semble entourer l'horizon comme deux bras qui se joignent sous un gros ventre de neuf mois.

— Maman, maman, viens voir, cries-tu tout affolée.

J'accours. Une chenille se fait découper, puis traîner en morceaux par des fourmis. Elle disparaît dans le nid.

— C'est affreux, pleurniches-tu.

Pour te consoler, je réplique :

— C'est la nature !

— Je veux pas que ce soit comme ça la nature ! lances-tu à travers tes larmes.

188

Ce soir-là, tu n'arrives pas à t'endormir. Blottie contre moi, dans la tente qui claque au vent, je te sens peu à peu lâcher prise, céder, puis t'assoupir profondément. Épuisée, je sors de la tente.

Les étoiles défoncent l'espace qui les presse délicatement de sa substance infiniment subtile et sombre. Elles se lancent des éclairs plus fins que des cheveux, plus droits que la flèche et pourtant d'une puissance sans bornes.

Si les étoiles se collaient, il y aurait un seul grain de matière dense et sans lumière et, où serait l'espace ? Si toutes les secondes s'agglutinaient, par où l'éternité pourrait-elle s'in-filtrer ?

Soudain, tu hurles de toutes tes forces. Je me rue dans la tente. Tu es tout en sueur. Tes yeux, dans l'obscurité, cher-chent mon visage.

— Je suis là, ma fleurette...

Je te serre bien fort. Tu me racontes. Quel cauchemar ! Des loups se sont précipités sur toi pour te dévorer. Avalée, tu as dû sentir cette dispersion dans l'infini par où l'on risque de perdre le sentiment d'être soi. Alors je te presse encore plus fort pour que tu sentes les limites de ton corps. Oui, combien est important l'espace qui nous sépare et nous unit afin que nous ne soyons jamais des gouttes dans l'océan, mais des étoiles dans le ciel.

* * *

Francine te garde à la Traversée pour la journée. J'en profite pour aller à Rivière-au-Mouton. Hugo est de nouveau chez le commerçant. La pauvre, on ne s'en est pas bien occupé. Je lui flatte le museau, la brosse ; elle semble me reconnaître. Je la monte et nous filons vers la maison des Gamache. Je pense à la dernière lettre de Micheline :

« ... Il y a des bambinos partout ici... toujours un peu sales, qui ne pleurent pas, mais s'émerveillent de tout... je les aime intensément, comme mes propres enfants... ils viennent s'amuser autour de la maison, et parfois je leur raconte une histoire... lors-que tu viendras me voir, je te présenterai mes amis... »

Oui, Micheline, un jour je serai de nouveau avec toi.

De la butte, j'observe la ferme des Sallafranque qui ronronne d'activité.

— Angelle, Angelle, je suis ici.

C'est Dominique qui crie. Je l'aperçois près de la maison. Il fait de grands signes. J'écarte les guides, serre les talons : Hugo fonce.

— Angelle... Tu parles !.. Quand je t'ai vue comme ça sur la colline... Le soleil qui allume tes cheveux... Tu es éblouissante !...

Il semble lui-même radieux de la lumière de l'homme qui marche sans fardeau. Je n'arrive plus à contenir mon cœur. Sautant de selle, je me jette dans ses bras. Il m'embrasse, et je sens qu'il n'y plus d'obstacle entre nous deux. Un instant, comme des gouttes, nous sommes si proches que j'entends battre l'océan.

— Sophie a compris. C'est une fille extraordinaire... Malgré ses efforts, ses yeux pivotaient dans l'eau. Elle m'a pris courageusement les épaules et m'a dit : « Va, mon grand, sois à la hauteur. » Je ne l'oublierai jamais, termine-t-il avec émotion.

Je songe à cette fille. J'hésite : ai-je le droit de lui prendre son bonheur ? Je ferme les yeux.

Oui, j'ai le droit. Ce grand gamin, c'est mon compagnon pour le meilleur et pour le pire. Je le serre de toutes mes forces, à m'arracher les bras, à m'enfoncer les ongles dans les mains.

— J'ai maintenant un étalon ; il s'appelle Tigre. J'ai appris à monter, tu sais. Nous y allons ? propose-t-il.

Et nous trottons allègrement vers la montagne. Instinctivement nous suivons le chemin qui mène au petit lac d'Émeraude.

L'espace semble danser avec nous, si bien que nos épaules sont couvertes de frissons. Les arbres titubent sur leur socle, les oiseaux s'envolent vers des branches plus hautes, la lumière papillote entre les feuilles, mon ventre se remet à vivre, à bramer comme l'élan qui appelle, à s'enflammer. Une sorte de puissance, de détermination se propage dans tout mon corps. Mon âme se ramasse et monte comme la spirale d'un ouragan, plus haut que l'aigle, jusqu'à s'encorner dans la chair des étoiles. Et puis une paix indicible s'incruste jusque dans mes os. Je suis comme suspendue, plus rien ne bouge. Une lumière, telle la réverbération d'une neige de cime, m'aveugle. Tout mon être est rassemblé autour de ma grande amie, comme fixé dans l'éternité.

Suis-je morte ? Une branche m'a-t-elle heurtée et me suis-je fracassé le crâne sur une pierre ? Non, je ne suis que temporairement convoquée. C'est comme si ma grande amie voulait me confirmer. J'ai le sentiment qu'on me prépare... comme l'athlète pour son dernier marathon.

— Angelle, Angelle, tu ne vas pas bien ? crie Dominique dont la forme surgit peu à peu du brouillard.

Surprise d'être encore sur mon cheval, je le rassure :

— Non, ça va, Dominique... J'étais distraite... Je te rattrape.

Et nous galopons jusqu'au petit lac. Après avoir attaché les chevaux, main dans la main, nous marchons vers la pierre, comme vers un autel. Une sorte de force nous coordonne, comme si notre amour, après nous avoir hypnotisés, trônait au-dessus et nous dirigeait. La chute murmure, les montagnes s'écartent en ouvrant leur jupe, un tapis royal de mousse et de fleurettes se déroule. Le soleil lève la main, les nuages s'alignent respectueusement. La foule surnaturelle, dans les arbres, chuchote. La pierre que l'on polit depuis des millions d'années reçoit enfin nos pieds nus. Debout, la tête au-dessus des montagnes, il n'y a pas assez d'astres qui dansent, pas assez d'espace pour contenir nos regards éblouis.

— Est-ce que tu vois, Dominique ?

— Non, c'est trop loin ; les limites de notre amour sont trop loin pour être vues... Angelle, es-tu ma compagne ? demande-t-il solennellement.

— Je le suis... Dominique, es-tu mon compagnon ?

— Je le suis, répond-il.

— Ainsi, je serai imperceptible pour toi, et tu seras imperceptible pour moi, car nos âmes se sont exaltées l'une dans l'autre.

— J'ai mis l'ancre dans ton âme. Jamais tu ne seras assez loin dans le ciel pour que je ne puisse me remorquer jusqu'à toi, affirme-t-il...

Et notre baiser n'a pas de fin, nos caresses ébranlent le ciel, notre plaisir, comme une nova, s'émiette en faisceaux de lumière. La dame-amie dans mon cœur sourit, car tout **IOA** se réjouit. Lorsque Dominique me pénètre, c'est tout l'univers qui se retourne dans mon corps, et je ne peux le contenir entièrement. La jouissance qui m'envahit est de celles qui ne s'affaiblissent pas. Et mon cœur murmure à Dominique :

— Je suis la terre dans laquelle tu prends racine, la mer dans laquelle tu te vivifies, l'espace dans lequel tu t'inspires.

Tu es la porte de la divinité, le pont qui enjambe le temps, l'avant-goût de l'apothéose. Mon âme cherche en toi la trace du divin, la trouve et la dévore comme une louve affamée. Sous ton regard, je désire être belle, t'offrir l'essence de la nature, l'arôme d'**IOA** et la loyauté de ma grande amie.

— Je ne te quitterai plus jamais, dit Dominique. Je terminerai ma vie dans tes bras.

— Je te porterai dans mon ventre, je te porterai sur mon sein et je m'envolerai très haut pour que jamais tu ne me sois ravi.

* * *

Les jours viennent épointer les surplus de nos cœurs. Notre amour s'arrondit et le temps peut reprendre sa marche, à grands pas, reprendre ce rythme exact par lequel il arrive à se confondre avec l'éternité. Le vent passe et les hauts pics s'arrondissent, se pelotonnent afin de caresser l'espace plutôt que de l'écorcher. L'amour jeune saute pour attraper la lune, mais le temps, lui, construit tranquillement une échelle qu'il nous suffit de monter chaque jour.

J'ai vu nos yeux se froncer et se fâcher, attentifs à ces petites contrariétés que le temps laisse derrière lui afin de s'assurer qu'on regarde assez large pour entendre la vie nous appeler plus loin. Mais jamais le rideau ne s'est fermé ; à chaque fois, nous avons été capables d'éclater de rire, de ce rire qui redonne aux choses leur juste proportion. Notre regard, libéré, retrouve l'étincelle divine qui attire inévitablement.

Dominique s'est trouvé du travail comme biologiste au ministère des Ressources naturelles. Nous exploitons une petite ferme sur les hauteurs de Rivière-au-Mouton. Je rachète Hugo que tu ne tardes pas à monter. Je continue mon travail, à temps partiel, pour le CLSC.

Il nous arrive fréquemment de recevoir Gérald, Francine, Katie et Benoît. Nous discutons de tout ce qui nous préoccupe. Je suis follement heureuse d'un bonheur qui longe la vie sans l'ébranler, qui laisse place à la tristesse, aux frustrations, aux petits chagrins qui viennent régulièrement modeler le cœur, le polir, le préparer.

J'apprends à me laisser tempérer par Dominique qui prévoit plus facilement que moi les risques et les inconvénients. Je résiste mais, finalement, j'accepte toujours au moins une partie de son opinion.

Au début, tu te révoltes contre lui. Chaque jour, tu demandes :

« Il s'en va quand, ton ami ? »

— C'est plus qu'un ami, Loée, c'est mon compagnon de vie ; il vivra toujours avec nous. »

Dominique adore jouer avec toi. Il devient vite ton meilleur camarade. Peu à peu, tu comprends que grâce à lui, on sera peut-être plusieurs. Tu t'approches de lui de plus en plus.

L'été revient. Nous déjeunons dans notre grande cuisine. Dominique feuillette le livre d'astronomie que j'aimais tant regarder lorsque j'étais enceinte.

— Tu sais comment les planètes de notre système sont venues au monde ?

— J'aime quand tu m'expliques...

— Eh bien ! un énorme soleil s'est approché de notre propre soleil, pas suffisamment pour l'absorber, mais assez pour lui arracher, grâce à la gravité, un grand lambeau de sa substance. Il continua sa route, si bien que le lambeau d'hydrogène resta suspendu entre les deux astres. La matière se refroidit, s'émietta et forma le cœur des planètes. Après, la poussière de l'espace déposa une croûte de matériaux plus complexe.

— C'est cela l'amour ? que je demande à Dominique.

— C'est cela, reprend-il, mais, dans notre système, le plus gros des soleils a poursuivi sa route et notre petit soleil est maintenant seul avec ses planètes.

— Est-ce que deux soleils sont capables de tourner indéfiniment l'un autour de l'autre ?

— Oui, on les appelle alors les étoiles doubles. Si les étoiles sont trop près, elles s'absorbent l'une l'autre. Trop loin, elles se déchirent et s'abandonnent... J'ai peur que tu me brises le cœur, Angelle. J'ai peur de ne pouvoir jamais te comprendre ; j'ai peur que tu me laisses, un jour, parce que tu te sens appelée plus loin. Je réalise que ce n'est pas moi que tu regardes : c'est ton amie dans ton cœur. Et il se peut que tu partes parce que soudain tu auras compris que je ne suis plus sur ton chemin.

— Alors, tu ne sais pas ?

— Je ne sais pas quoi ? me répond-il.

— Que nous sommes fiancés ?

— Bien sûr que je le sais...

— Sais-tu qui nous a fiancés ?

— C'est nous, affirme-t-il, comme si cela tenait de l'évidence...

— Alors tu ne sais pas... C'est Dieu qui nous a fiancés et il connaît l'univers. Il a sondé nos cœurs. Il suggère le chemin. Il ne peut nous tromper. Chasse la peur de toi car elle peut détruire notre amour.

— Regarde-moi, Angelle.

Je m'approche de lui. Nous nous tenons tous les deux dans le halo pourpre et orange qui entre comme un grand feu dans la cuisine. La lumière arrive pure, car elle a nagé tout le fleuve pour parvenir jusqu'ici. Une main invisible nous immobilise à l'exacte distance où se touchent nos âmes.

Nos yeux se trouvent, nos cœurs se trouvent, nos âmes se trouvent ; des larmes de joie coulent de nos yeux. Notre amour nous enveloppe, nous garde, nous tient à la distance juste. Dominique aussi se rend vaguement compte de ce qui se passe.

— Est-ce que c'est cela se marier ?

— C'est sûrement cela, souffle-t-il.

Le mois suivant, nous sommes à l'église. Après la cérémonie, papa me regarde du même regard que lorsqu'il me raconta l'histoire de Marguerite, sa grand-mère : avec une lame d'infini au fond des yeux. Les parents de Dominique, un peu serrés dans leurs vêtements, me sourient légèrement. Sa mère, avec une pointe d'inquiétude, me dit : « Prends bien soin de lui. »

J'ai compris beaucoup plus tard ce que présageait son angoisse.

* * *

Et puis le temps se met de nouveau au rabot. Les montagnes s'aplanissent et ressemblent à celles de Gaspésie ; les vagues viennent mourir doucement et les bourrasques se perdent dans les vallées devenues vastes et fertiles.

Le soir, lorsque Loée s'est endormie, nos corps connaissent cette tendresse qui fait danser l'âme. Le plaisir, lui aussi, perd ses griffes, s'étend par grandes caresses jusqu'aux rives de nos premiers rêves.

194

Nos oppositions demeurent cependant toujours suffisantes pour nous assurer une vie propre. Aussi, dans la nuit, bien que notre cœur baigne dans la mer, nos âmes restent des étoiles doubles.

X

LA RESPONSABILITÉ ET L'AMOUR

1   Nous sommes en 1990. Dominique se berce près du foyer. Penché sur son troisième tome de zoobiologie, il se laisse caresser par les doigts dorés du soleil qui traversent la draperie. Derrière lui, sur un pouf, tu lui inventes des coiffures en cathédrale.

— Dominique, écoute.

Et je lui lis des passages de la dernière lettre que Burns m'a écrite en collaboration avec Hans et Marie.

....

Je n'ai pas cette longue lettre, ici à l'hôpital, alors je te résume, à ma manière, le contenu de ce que j'ai lu ce jour-là à Dominique.

....

«... Le XXᵉ siècle tire à sa fin et je me demande si l'humanité survivra. J'ai parfois l'impression que notre époque n'aura été que le cri final d'une race dont l'intelligence excédait les valeurs morales. Aujourd'hui, la culture naturelle, je veux dire le fruit de l'expérience collective, s'écroule. Il ne subsiste plus qu'une pseudo-culture purement artificielle dont la seule fonction est de nous distraire afin que notre agonie reste sans souffrance. Et pourtant, elle n'est pas sans souffrance...

Hans demeure confiant et tient à entreprendre quelque chose ; je suis avec lui. Sur le plan économique, nous voulons devenir les Robins des bois de la finance. Nous pouvons réussir grâce à l'énergie de l'espoir, c'est-à-dire grâce à l'intense énergie qui résulte de la proximité d'une catastrophe.

Tu as passé dans nos vies ; tu nous as délivrés et donné des ailes ; nous avons le sentiment de vivre pleinement, peut-être même de vivre un des moments les plus cruciaux de l'humanité... Nous tous désirons ardemment que tu te joignes à nous. Tes conseils, mais surtout ton inspiration, nous seraient des plus utiles. Nous ne connaissons pas vraiment Dominique, mais nous sommes prêts à vous embaucher tous les deux... Pensez-y... Nous t'aimons de tout notre cœur... »

Relisant cette lettre, je me sens exaltée, j'ai l'impression de descendre du ciel, cheveux au vent, sur un cheval de feu, à la rescousse d'une planète dévastée.

— Que penses-tu de tout cela, Dominique ?

Il se lève, marche de long en large. J'attends impatiemment sa réponse. Il ne dit rien ; alors j'insiste.

— Voyons, parle, Dominique.

Il continue à marcher.

— Je ne sais pas, je ne me sens pas prêt. Ils jouent gros, tes amis. C'est pas pour nous...

— Mais, Dominique, on ne peut pas rester sans rien faire...

— Merde, arrête ça, Angelle. Réveille-toi. C'est facile de voir les désastres comme la faim, la guerre, mais reconnaître qu'on est petit et qu'on n'y peut rien, ça c'est pas facile à voir...

Il nous arrive souvent, Dominique et moi, de nous disputer de cette façon à propos des nombreuses lettres de Hans, Marie et Burns. Dominique finit toujours par dire : « Laisse tomber, c'est une affaire de géants... » Moi, je bous du désir de passer à l'action.

Toi, ma petite, tu traverses, insouciante, tes premières années scolaires. Tu adores l'école, tu aimes apprendre. Tu veux tout retenir. Tu t'emplis de plein de réponses, tu les collectionnes, les remets sans cesse en ordre.

Par moments, c'est plus fort que moi, je tente de secouer ce fragile tapis de croyances enroulé sur lui-même où reposent, mortes, nos supposées connaissances humaines. J'ai toujours eu horreur de l'école, de sa prétention... Je supporte mal de te voir t'y complaire. Mais tu mets tes griffes dans mes réflexions qui deviennent alors de simples arguments que l'on peut jeter au loin. Dominique, au contraire, t'aide à bien assimiler tes leçons ; il est patient et précis dans ses explications. Tu l'aimes beaucoup. Il te berce souvent en te racontant des histoires de fourmis ou de baleines.

Malgré une certaine révolte contre tout ce qui m'apparaît de la soumission, je vous apprécie beaucoup tous les deux. Je regarde au fond de toi : personne n'est arrivé à éteindre ta flamme. Au fond de ton être, une étincelle se chauffe les mains : un jour, elle mettra le feu ; un jour, tu bondiras. Je regarde au fond de Dominique : un jour, il comprendra... Mais je ne retourne jamais ce regard sur moi, je ne m'observe jamais avec le point de vue de Dominique. Alors, je reste arrogante et la distance entre moi et ceux que j'aime augmente imperceptiblement.

* * *

Le soir nous rapproche tous les trois autour du foyer de pierre. Comme il arrive souvent, je médite tout haut pour que Dominique connaisse les derniers travaux de mon laboratoire intérieur.

— Dominique, est-ce que tu sens l'histoire humaine cogner à notre porte ?

Il se lève et commence à faire les cent pas. Il discerne dans ma voix une fébrilité particulière qui l'angoisse toujours un peu ; mais il s'efforce de n'en rien laisser paraître :

— Qu'est-ce que tu veux dire ? lance-t-il en prenant une grande respiration.

— Bien, l'histoire est comme le pain. Elle s'est gonflée, puis s'est affaissée : il faut ajouter une nouvelle levure et pétrir encore une fois. Je souhaite ardemment que nous soyons cette nouvelle levure.

Dominique n'en supporte pas davantage et me coupe la parole :

— Merde, Angelle, tu te prends pour Jésus ou quoi ?

Je m'emporte d'un seul coup.

— Sapristi, Dominique, tu ne comprends pas que moi et Jésus, on suit le même chemin ; alors, on a forcément des ressemblances !

— Bon, va...

Il s'approche de moi, se mord les lèvres.

— Je regrette ce que j'ai dit, mais...

Il hésite. Je me calme un peu puis, pour l'encourager à s'exprimer :

— Qu'en penses-tu, Dominique ?

— J'ai peur, Angelle. Où veux-tu en venir ? Notre vie s'écoule paisiblement. Pourquoi veux-tu tout chambarder, simplement parce que tu te prends pour une sainte ?

— Dominique, es-tu prêt à me suivre ?

Il s'arrête, se retourne brusquement vers moi :

— Toi, Angelle, es-tu prête à me suivre ?

— Tu sais que je ne suis que ma grande amie. Toi et moi, nous devons marcher ensemble là où elle nous mène.

Il s'approche comme César au milieu de ses troupes et brandit un doigt accusateur :

— Cette grande amie, tu lui fais dire tout ce que tu veux et, moi, je dois suivre ! C'est... c'est du despotisme.

Il se rend soudainement compte du ridicule de sa mimique. Il éclate de rire. Je me jette dans ses bras. Il y un long silence et puis j'ose ajouter doucement :

— Dominique, écoute attentivement la voix dans ton âme. Je suis convaincue qu'elle t'indique un chemin qui côtoie le mien, le croise et mène au même but.

Il soupire puis me serre fort.

— Je ne vois pas le chemin dont tu parles, mais je te vois toi, et cette sorte de... d'exaltation qui t'emporte, et j'ai si peur de te perdre ! Je ne fais pas le poids à côté de ta grande amie ! C'est directement avec elle que j'aimerais argumenter afin de voir si tu ne t'en sers pas un peu contre moi.

Je l'écoute comme s'il s'agissait des lamentations d'un enfant jaloux, alors, je n'entends rien.

— Dominique, je suis certaine...

— Pas moi ! répond-il précipitamment. Mais je ne t'abandonnerai pas, voilà la seule chose dont je suis certain : je ne dois plus jamais te quitter.

— Alors, suis-moi, Dominique.

Il me prend par les épaules et me regarde droit dans les yeux :

— Angelle, j'existe ; je suis capable de réfléchir, j'ai des idées moi aussi. M'écouteras-tu enfin ?

— Parle, parle, Dominique. Je suis prête à t'écouter.

Il ferme les yeux un long, un très long moment.

— Angelle, ne devance pas le temps. Lorsque le moment est venu, l'action tombe d'elle-même comme un fruit mûr. La saison du labour n'est pas celle de la récolte. Fais attention au vent : il emporte, mais il n'a pas la précision du véritable semeur...

Il semble très satisfait de ce qu'il réussit à m'énoncer mais sa parole glisse sans me pénétrer. Au fond de moi, je ressens vaguement un malaise que je ne parviens pas à identifier.

2 L'hiver, le soir vient tôt et les étoiles scintillent dans le ciel comme des paillettes sur une jupe de velours. Il fait bon de marcher en raquettes et de laisser la lune nous couver dans ses plumes d'argent. Nous montons tous les trois en haut de la terre. Tu avances gauchement sur tes raquettes ; plusieurs fois, il faut te relever mais, courageuse, jamais tu n'abandonnes.

— Maman, combien il y en a des étoiles ? demandes-tu.

— Je ne sais pas, mais sûrement plus que le plus gros nombre.

— Et c'est quoi le plus gros nombre ?

— C'est un de plus que lui-même.

— Ça veut dire plus gros que le plus gros ?

Déjà, une nouvelle question attend sa réponse :

— Si une fusée, plus vite que tout, monte et monte, tu crois qu'elle se fracassera sur un plafond ?

— C'est impossible parce que l'espace est courbe et que l'on ne peut jamais respecter indéfiniment une ligne parfaitement droite.

— Mais supposons ?

— Je suis incapable de concevoir qu'il y ait un toit. Qu'y aurait-il de l'autre côté du toit ?

— Es-tu capable de te figurer que, plus vite que tout, la fusée continue, sans jamais s'arrêter, des millions de millions de centaines de millions d'années et qu'après, elle se rende encore plus loin ? Tu peux imaginer ça, toi ?

— Non, je ne peux pas.

— Si tu ne peux pas imaginer qu'il y ait un plafond, si tu ne peux imaginer qu'il n'y ait pas de plafond, alors qu'est-ce que tu penses ?

— Je pense que l'univers tourne autour d'un point central, que très, très loin du milieu, l'espace continue, mais qu'il ramène toujours tout vers le centre, comme un canard ramène ses œufs, de telle sorte qu'il est impossible de continuer en ligne droite. Mais si on le pouvait, on trouverait une autre sorte d'espace, insupportablement vide, incroyablement obscur, un espace que même l'imagination ne peut pénétrer. Bien que cela nous dépasse, on peut ressentir l'infini...

— Angelle, tu dis des choses bien trop compliquées pour Loée, remarque Dominique.

Tu me tirailles le doigt.

— Maman, parle à moi, pas à papa.

Tu réfléchis un bref moment, puis questionnes encore.

— Dis-moi pourquoi on voit les étoiles seulement quand il fait noir.

— S'il y a trop de lumière tout près, on ne voit pas ce qui est loin. C'est pour cela que nous sommes dans le noir : c'est pour que l'on puisse voir. La lumière ne peut éclairer que ce qui est obscur. Elle ne peut qu'obscurcir ce qui est déjà lumineux. C'est pourquoi l'intelligence nous permet de voir la matière, mais elle ne fait qu'assombrir l'esprit. Quant à l'espace, on ne peut jamais le voir. On connaît son mouvement par le déplacement des réalités qu'il contient.

— Angelle, Angelle, tu dis des choses vraiment insensées, intervient Dominique d'un air réprobateur.

— Est-ce que tu me voyais lorsque j'étais près de toi sur la pierre, la première fois, au lac Émeraude ?

Je le questionne simplement par impatience ; aussi, je n'attends pas la réponse et continue, tranchante :

— Non. Tu m'as vue en me quittant. Maintenant aussi, si tu cherches à tout mettre sous la lumière du sens commun, tu ne verras rien, pas même le sens commun.

Tu n'apprécies pas du tout cette altercation.

— Maman, parle à moi.

— Si la source ne différenciait pas la présence de l'espace, rien ne pourrait être vu, car il n'y aurait pas d'endroit obscur d'où l'on pourrait voir la lumière. La réalité ne pourrait prendre conscience d'elle-même, car il n'y aurait rien de moins que la conscience. La vitesse n'existerait pas, donc le temps non plus, ni la vie, ni la progression, ni la joie...

— Tu fais semblant de me parler, mais tu parles à papa, cries-tu en m'arrachant presque le doigt.

Et tu enchaînes pour me ramener vers toi :

— C'est quoi, maman, la vitesse ?

— Ce sont deux couches d'espace différentes qui sont en friction l'une sur l'autre ; c'est comme courir les marguerites dans un champ, ou bien — je lance un œil chargé de reproches à Dominique — s'approcher d'un homme qui nous attire et nous freine en même temps.

Inquiet de la tournure des événements, Dominique s'interroge :

— Que veux-tu dire, Angelle ?

— Tu le sais bien : je suis terriblement attirée par cette réalité à l'intérieur de toi, mystérieuse, vivante, qui cherche à exprimer son originalité, sa grâce et sa créativité. Toi de même pour moi. C'est ma liberté qui te fascine et t'attire, mais c'est aussi elle qui te fait peur. Si tu m'arrêtes, tu poseras un pied vainqueur sur moi, mais très vite, tu me détesteras, car je ne serai plus vivante. Si tu me laisses libre, tu auras des sueurs froides, car bien des choses difficiles à comprendre se produiront. Alors, Dominique, est-ce que tu m'aimes ? Et à quelle vitesse ?

— Oui, je t'aime, Angelle, mais depuis quelque temps, c'est comme si tu t'étais envolée quelque part au-dessus de toi-même et j'ai peur...

Sans le laisser continuer, je poursuis :

— Il faut m'aimer plus vite. Éliminer tes appréhensions.

— Maman, t'es pas gentille : tu réponds à mes questions en disputant papa...

Sur ces mots, nous rentrons. Le temps a glissé quelque chose entre nous, nous n'arrivons plus à nous rejoindre. Une sorte de papier ciré nous sépare ; nos baisers, nos caresses nous laissent chacun seul. Moi, c'est à notre planète qui saigne que je pense. Si je pouvais la prendre dans mes bras, la soigner...

* * *

Nous éteignons la lumière lorsque le téléphone sonne...

— Bonsoir, dit une voix tremblotante. Pourrais-je parler à Angelle Lemieux ?

— C'est moi.

— Je suis une amie de Caroline. Elle m'a chargée de communiquer avec la famille. Elle est trop bouleversée... C'est à propos de Michel. Un accident. Il est... il est...

D'une voix rauque, je m'écrie :

— Tu ne veux pas dire que Michel est mort !

— Oui, à 17 h 00, ce soir... Si vous pouviez aviser votre père...

Dominique se lève en vitesse, me prend l'appareil des mains, demande quelques précisions puis raccroche...

* * *

La tombe est ouverte entre deux grands cierges, comme un navire définitivement amarré. Caroline n'a plus de regard. Sans doute est-elle allée reconduire Michel jusqu'aux portes de l'aurore. La tombe ne nous offre qu'une pâle trace physique qui nous rappelle la présence de Michel. Chacun s'y recueille comme devant un souvenir, pour rafraîchir sa mémoire ou peut-être pour toucher la frange du mystère de la mort. Moi aussi, je laisse errer mon cœur dans ce salon austère et triste, mais je ne me laisse pas prendre.

Tous les réveillés, même le vieux grand-père de Gérald, sans oublier les enfants, sont alignés autour du salon, émus, silencieux et troublés. Papa fixe la tombe de son fils comme s'il s'apprêtait à l'y rejoindre. Sa femme lui retient fermement le bras.

Je ne sais par quelles circonstances, toi et moi, nous nous retrouvons seules, en plein milieu du salon.

— Maman, où est Michel ? demandes-tu d'une voix forte.

— N'oublie jamais cette question, Loée. N'oublie jamais que tu m'as posé cette question, alors que tu n'as que dix ans.

C'est sur un ton des plus vibrants que je profère cette phrase, de sorte que tout le monde nous regarde, silencieux et stupéfait. Mais isolées dans une bulle, nous poursuivons sans nous soucier de rien.

— Pourquoi il ne faut pas que j'oublie ?

— Parce que ta question signifie que, du point de vue de ton âme, il est impossible de croire à la mort...

— Comment tu le sais que Michel n'est pas mort ?

— Pour la même raison que toi, tu le sais, puisque tu m'as demandé : « Où est Michel ?... » Tiens, est-ce que tu sais si grand-papa va te donner une grosse fessée parce que tu as parlé fort dans un endroit où ça ne se fait pas ?

— Je suis certaine que non, il m'aime beaucoup trop...

— Apprends à connaître la présence qui est dans la réalité et en assure l'harmonie et tu sauras avec certitude que Michel n'est pas mort.

J'ai des larmes plein les yeux tant je suis émue de voir ta jolie petite figure me sourire. Il me semble que je t'ai apporté quelque chose. Maintenant, tu ne craindras plus la mort.

— Je ne comprends pas toujours ce que tu dis, maman, mais je n'oublie jamais rien quand tu parles.

Et tu te précipites vers la tombe, regardes le corps, puis cours vers ton grand-papa :

— Grand-papa, grand-papa, Michel n'est pas mort. Tu vois bien que ce n'est pas lui dans la tombe.

Tu cries cette évidence avec la même force qu'on met pour appeler les moutons qui sont au bout du champ. Une vieille tante me jette un regard réprobateur, mais grand-papa te serre fort dans ses bras et ses larmes glissent de son sourire sur tes cheveux. Alors la tante baisse les yeux.

Gérald, Francine, M. Labrit s'approchent de moi mais Benoît et Katie restent à l'écart, perplexes. M. Labrit s'adresse alors à tout le monde :

— Michel, il est dans notre Club, et j'en fais partie moi aussi. J'ai vu mon fils écrasé par un traîneau. Après, j'ai jamais eu peur de mourir, mais je savais pas pourquoi. Je suis content d'être dans le Club. Venez, les réveillés, il est temps de partir.

Je suis bouleversée. J'ai le sentiment d'avoir changé les choses. Benoît me lance un coup d'œil étrange, puis finit par me sourire. Mais je n'arrive pas à saisir le sens de son regard.

Dominique, ayant assisté à toute la scène, me fixe et reste bouche bée. Ses yeux se chargent d'un étrange mélange de crainte et d'admiration. Il recule comme s'il venait d'avoir une apparition. Il baisse les yeux et me donne la main.

La lune est superbe, comme un jaune d'œuf dans le halo d'un ciel brouillé...

Ce soir-là, nous faisons l'amour. J'enveloppe Dominique avec force. Une sorte de rage m'envahit. Le plaisir m'ébranle physiquement, mais ne pénètre pas mon âme.

Cet événement a considérablement bouleversé nos vies. Caroline demeure avec Katie et Benoît à la Traversée.

Je prends l'habitude d'aller à l'auberge le vendredi soir, avec toi et Dominique. Dans le sous-sol sombre et délabré, le groupe des réveillés et plusieurs amis s'installent autour d'une table pour discuter. De ma bouche sortent des paroles qui me surprennent parfois. Mais Benoît et Katie s'absentent souvent, et lorsqu'ils viennent, ils gardent le silence.

Deux mois plus tard, M. Labrit s'effondre sur le chemin qui monte derrière sa terre. Gérald le transporte dans sa chambre. Il rend l'âme quelques heures plus tard dans les bras de Gérald et Francine. La chambre est pleine de la lumière du matin, comme ma chambre d'accouchement.

Il leur a dit, dans son dernier soupir :

— Le Club, c'était une sacrée bonne idée...

Katie, émue, raconte à qui veut l'entendre cette matinée où elle avait proposé d'initier M. Labrit. Il aura donc vibré jusqu'à la fin avec les réveillés !

3 Les années passent et, malgré notre désir, je ne suis toujours pas enceinte. Nous nous inscrivons à une clinique de fertilité. Dominique y apprend qu'il est quasi stérile ; seule une insémination pourrait peut-être nous permettre d'avoir un enfant, mais les chances sont minces. Il se referme sur lui-même, ne parle plus, ne veut plus faire l'amour. Le voile entre nous s'épaissit. Ne sachant plus que faire, je lui écris un mot pour lui signifier que j'ai vraiment accepté, qu'en fait je n'éprouve pas le besoin d'avoir un enfant de lui. Pour moi, Loée est notre fille.

Un soir, il ne rentre pas. La nuit passe, puis une journée, une journée interminable, et puis une autre, et encore une. Des journées comme des siècles. Durant quatre jours, je ne le vois pas. Quatre jours sans nouvelles. Est-ce possible qu'il ait déjà oublié sa promesse : « Je ne te quitterai jamais plus » ?

Tu ne comprends rien à cette absence et supportes mal mon désarroi. Bouleversée, tu pleures pour un rien. Tu deviens insupportable. Un couvercle de fonte m'enfonce dans les profondeurs de l'angoisse, j'ai mal dans tout mon être.

Comme le sang s'échappe d'une blessure que l'on presse des doigts, une prière s'exhale :

Ma grande amie, nous allons ensemble,
comme le radar et le navire.
Nous avons traversé des mers profondes.

Aujourd'hui, je n'en peux plus.
Je tombe et ne veux plus me relever.
Va, continue ton chemin sans moi :
je termine ici.

Je t'ai aimée, je t'ai apporté ce que j'ai pu.
Mais ici je m'arrête.

Je crois que je la sens me répondre :

Je t'ai choisie.
Nous nous sommes mises au monde l'une et l'autre.
Prends courage, relève-toi.

Le lendemain, je reçois une lettre de Dominique.

« Je t'ai vue comme on remarque une gerbe de blé au milieu d'un désert glacé. J'ai voulu moissonner et je n'ai pu. J'ai voulu pénétrer en toi comme l'animal apeuré se jette dans son terrier, mais qui peut se cacher dans la lumière ? J'ai voulu te contenir, comme on étreint un objet précieux, mais qui peut retenir l'eau d'une source jaillissante ? Je n'ai rien trouvé en toi de saisissable. Alors j'ai voulu te faire un enfant comme on marque d'un sceau un parchemin pour que tous puissent en reconnaître la provenance. Et cela m'a été refusé.

Es-tu le vent ? Es-tu cet espace dont tu parles tant ? Seul jusqu'au fond de mes entrailles, je cherche à te fuir comme on fuit la solitude, à retrouver le chemin pouvant me ramener aux humains ordinaires de cette planète. Mais cela non plus je ne le peux pas.

Je t'écris dans le coin le plus sombre de la taverne la plus sale que j'aie pu trouver. Je sors de la chambre de la prostituée la plus lascive de la place. Mais je n'ai pu ni me saouler, ni forniquer. Je ne suis plus capable de redescendre, je ne suis plus capable de remonter. Je t'en prie, éteins la lumière qu'on en finisse. Je t'en supplie, éloigne-toi de cette planète. Il aurait mieux valu ne pas nous réveiller.

Non, Angelle, ne t'éloigne pas ; non, Angelle, continue ta route et emmène-moi avec toi. Je n'ai trouvé aucun autre chemin. Je suis à Sainte-Anne : trouve-moi. Je le désire de toute mon âme. Je t'attends. Je me contenterai de naviguer à tes côtés sans plus jamais m'inquiéter de là où tu nous mènes. »

Je le trouve à l'hôtel Sainte-Anne, les yeux cernés et infiniment triste. Lorsqu'il m'aperçoit, je le sens frémir jusqu'aux os. Il cherche à détourner son regard, mais il ne peut se refréner : la table roule par terre, il se précipite dans mes bras, pleure si fort, me serre si violemment que tous les badauds de l'hôtel restent hébétés. La musique elle-même semble se taire.

De retour à la maison, sur le divan et dans la douceur, nos âmes se rejoignent à travers le plaisir de nos corps.

— Dominique, ne te laisse pas dominer par moi. Je n'ai pas réalisé tout le pouvoir que j'ai sur toi. À mon insu, j'en ai abusé, et je me suis privée de toi. Continuons main dans la main.

Je parle mais ma parole sort de ma bouche comme si elle venait d'ailleurs. Sa vérité m'échappe.

— Non, Angelle. Tu es devant moi : je ne peux faire semblant qu'il en est autrement. Par contre, je dois assumer la responsabilité propre à celui qui est en arrière : faire confiance et être vigilant.

Je lui souris, satisfaite, convaincue qu'il a fait le bon choix !

* * *

Le mois suivant, nous recevons une lettre de Burns que je résume ainsi :

« ...On plante la guerre à force d'injustice et de répression. On la cultive dans la fange de la pauvreté et de la misère. Elle mûrit à l'ombre des préjugés et croît dans le fanatisme. On la récolte d'un coup de faux le jour d'une simple provocation. La guerre est toujours le résultat du fanatisme. Dieu nous garde de l'orgueil !

Depuis la dernière conflagration mondiale, la guerre est surtout économique. Famine, misère, acculturation, déchéance en sont les méfaits. Cette guerre est horrible ; elle équivaut à faire le siège de vastes groupes de populations qui agonisent de faim et de misère. Le terrible de cette lutte, c'est que ni la victime, ni le bourreau ne peuvent s'identifier l'un l'autre en toute clarté. C'est donc une guerre qui ronge par en dessous, qui ne finit jamais et dont la cruauté est d'autant plus effroyable qu'elle reste invisible. Mais un jour, forcément, elle éclatera comme une colère que l'on retient depuis trop long-temps.

Empêcher l'éclatement, ce n'est pas éliminer le combat ; c'est simplement le retarder, le déplacer, le maintenir souterrain. Le terrain se prête à la contagion de la haine. Au sud : la famine et la misère la plus abjecte ; au nord : la frénésie et l'opulence pour les uns, le chômage et l'inutilité pour les autres...

... Notre mouvement pour la paix est à son mieux, mais la tâche reste sans mesure... Je m'in-quiète énormément pour Jeffrey : il a été dépossédé de presque tout son héritage. Il couve secrètement haine et vengeance. Marie et Hans en souffrent terriblement, mais ils ne peuvent rien faire...

... Tu nous manques beaucoup. Ta visite nous ferait le plus grand bien. Nous réunirons tous les habitués du Centre... Je t'embrasse... »

* * *

La semaine suivante, une lettre de Micheline :

« ... La répression se referme sur nous. La population est coincée entre les révolutionnaires du Sentier Lumineux et l'armée... La seule possibilité de survivre est de se taire. C'est ce que font la plupart... Je suis de ceux-là... Par moments, on a l'impression de se préparer à la fin, comme si la vie n'avait plus d'issue. Nous aurions grandement besoin d'infirmières... »

Remuée à l'extrême par toutes ces lettres, j'en deviens presque malade. Je suis incapable de me rendre au travail. De longs jours, de longues nuits, mon âme guette, dans l'obs-curité de mon corps, une lueur, un signe, un espoir. Je suis

209

terriblement dépressive. Mon âme, comme une liane, se contracte autour de Dieu. La communion se fait si intime et subtile que même le silence devient audible. Une joie étrange et sans borne emplit pourtant la caverne, une joie dont je ne perçois ni le sens, ni la légitimité. Une prière, comme une petite fontaine, chantonne au fond de mon être :

> *Comme une odeur, tu viens en moi.*
> *C'est par ton odeur que je t'ai reconnue.*
> *L'écorce se dessèche et meurt,*
> *mais l'arbre a déjà donné son gland.*
> *Une civilisation est sur le point de sombrer.*
> *La terre tremble.*
> *La vie s'excite et s'énerve comme une vieille folle*
> *qui veut goûter à tous les plaisirs...*
> *avant de mourir.*
>
> *Néanmoins, la personne sage*
> *regarde chaque transformation sans peur*
> *car elle te connaît et fait confiance...*

Cette paix de l'âme n'enlève pourtant rien à mon angoisse. Je me sens en plein désarroi, comme si le monde allait s'écrouler, mais cet état se maintient sous la surface houleuse d'une exaltation étrange. D'une part, ce monde me décourage complètement, d'autre part il me semble qu'une réponse approche et que je peux y contribuer.

Je suis ainsi plongée dans ma méditation lorsque Loée, tout excitée, l'interrompt :

— Maman, j'ai appris quelque chose d'extraordinaire à l'école.

— Raconte-moi.

— J'ai appris que, lorsqu'on mange une protéine, on la digère. Tu sais ce que c'est la digestion ?

— Dis-le moi.

— C'est drôle comme tout : digérer, c'est découper les protéines en morceaux et les recoller selon nos besoins... Mais je n'ai pas compris comment on digère la vie qui est dans la protéine. Tu le sais, toi ?

— Les choses complexes sont toutes faites de choses simples ; c'est l'agencement qui est compliqué. L'esprit, c'est l'intelligence qui définit la combinaison.

— Il fait un casse-tête, l'esprit ?

— En quelque sorte. La vie, c'est la force qui maintient l'organisation du casse-tête. Si on défait la combinaison, elle

210

se reconstitue, mais pas toujours de la même façon ; ça dépend des besoins. Au moment où l'agencement se fragmente, on a l'impression que la vie régresse ; au moment où elle se réorganise autrement et avec plus de complexité et d'intelligence, on a le sentiment de faire un bond en avant.

Du coup, je réalise qu'en te parlant, c'est à mon inquiétude actuelle que je réponds : l'anxiété apportée par les lettres de Hans, Burns et Micheline. La culture se désorganise ; la civilisation se désagrège par le pouvoir de digestion du temps, mais elle se réorganisera... avec plus de sagesse...

— Maman, tu ne me parles plus ! Pourquoi tu te réponds à toi-même à chaque fois que je te pose une question ? C'est quand même à moi la question.

— Excuse-moi, Loée... Je continue : l'esprit, c'est le colleur ; la vie, c'est la colle. Ce sont deux amis qui s'amusent avec les morceaux du casse-tête. Si le casse-tête se brise, ils le refont d'une façon meilleure...

L'explication se poursuit dans ma tête comme si elle se faisait toute seule. Il me semble que la vérité entre en moi. Suis-je enfin sortie de l'impasse ?

— Maman, tu es dans la lune : tu parles toute seule. Viens, on va jouer dehors.

— Non pas tout de suite Loée, je dois continuer à réfléchir...

....

Imperceptiblement, une sorte d'exaltation mystique s'insinuait en moi comme un poison ; son effet le plus dramatique était de m'éloigner de toi sans que je m'en rende compte. Aujourd'hui, dans cet hôpital, sachant que je ne te reverrai plus, te raconter cette étape de ma vie me cause une souffrance pire que celle occasionnée par mes atroces brûlures.

....

Le temps passe. Dominique ne travaille que quelques heures par semaine. Pour ma part, bien que je sois très souvent au CLSC, je n'y recueille qu'un mince salaire. Nous manquons sérieusement d'argent. Pourtant, l'hiver s'éternise, il nous faut racheter du bois. Nos repas sont frugaux. Les fenêtres ont besoin de réparations. Nous avons dû nous contenter de les recouvrir d'un plastique.

Une vague de froid rôde autour de la maison. Le paysage, entre les carreaux, s'embrouille et se pelotonne au milieu du givre pour se réchauffer. On entend siffler le vent sur le bord de la toiture. La neige perd la tête, comme une foule affolée par le cri strident d'une attaque nucléaire. Le froid nous assiège, nous isole.

Dominique ne cesse de rajouter du bois dans le feu. Des lames de neige ferment le rang. Le téléphone ne fonctionne plus : sans doute un câble s'est-il rompu. Une bourrasque se colle, toute blanche, contre le plastique ; ivre et paniquée, elle le secoue de toutes ses forces. Tu sursautes et cries. Une sorte d'anxiété me pénètre jusqu'aux os. Je te serre fort entre mes bras.

— Maman, qu'il est méchant l'hiver !

— Non, il est juste un peu fâché.

Afin de sortir de ma léthargie, je me lève et fais quelques pas. Il me vient une idée :

— On va tenter une expérience, que je déclare sur un ton de Bobinette en gonflant mes joues.

— Oh ! oui, une expérience amusante !

— Apporte-moi le colorant à gâteau.

— On fait de la pâtisserie ?

— Non, une expérience sur la température.

— Ah bon ! À propos du chaud et du froid ?

— Tu as bien appris que le froid ne se mélange pas facilement au chaud. Alors, viens voir.

Après avoir coloré de l'eau bouillante, j'en verse un peu au centre d'un grand bol d'eau glacée. L'eau colorée se met à tourbillonner doucement sur elle-même. Le tourbillon s'agrandit, se subdivise en petits tourbillons. Le tourbillon principal s'ouvre et s'étend. Après quelques minutes, l'eau chaude est tout autour : l'eau froide et claire occupe le centre du bol.

— Qu'est-ce que tu veux nous dire, Angelle ? intervient Dominique, intrigué.

— L'âme agit comme la chaleur. Plongée dans le froid, elle se contracte et prend conscience d'elle-même, mais, par nature, elle a tendance à s'étendre pour entourer la réalité, la comprendre, lui propager son odeur divine... Qu'en pensez-vous tous les deux ? Est-ce le moment d'y aller ?

— Mais où ? demande Dominique qui ne comprend rien aux énigmes.

— À Boston.

— Oh oui, maman ! affirmes-tu sans réfléchir.

Dominique m'observe en soupirant : mon regard se trouble devant lui. Il me regarde encore : mon cœur reste immobile. Il pose la main sur mon épaule :

— Nous y allons, on ne peut repousser indéfiniment une expérience. Je pense que seule l'expérimentation peut arriver à démontrer ce que l'on ne peut plus entendre de la bouche des autres...

Je ne retiens que les premiers mots tant je suis impatiente de partir.

* * *

Marie a inclus dans sa lettre beaucoup plus d'argent que les nécessités du voyage. Lors d'une rencontre à la Traversée, Francine, Gérald, Katie, Benoît et Caroline décident de nous accompagner. C'est une joie d'entendre les enfants s'émerveiller devant le paysage de neige qui, de Sainte-Anne à Boston, se frotte contre les vitres du vieil autobus. Mélanie est du voyage et tente, tant bien que mal, de t'imiter en tout. Avec Nicolas, vous formez votre propre bande dans laquelle tu sembles heureuse.

* * *

Dans le grand salon de la villa, pêle-mêle, des personnes de tous âges, riches ou pauvres, me fixent avec de grands yeux pleins d'espoir. Dépaysés, comprimés, tassés sur moi, les réveillés contemplent fièrement le groupe bigarré, comme pour lui dire : « Nous sommes ses amis depuis le début. » Hans, Marie, Burns et Max, adossés au mur du fond, attendent, confiants. King, étendu de tout son long, somnole en agitant la queue. Je pense à Sao ; je ferme les yeux un instant et mon cœur se calme. Tous sont concentrés sur ma bouche comme si ce petit trou contenait la pièce manquante par laquelle toute la vie trouverait son sens.

— De quoi désirez-vous que je vous parle ? dis-je de mon meilleur anglais.

— J'aimerais que tu nous entretiennes de la souffrance, revendique un homme déformé par le rhumatisme, courbé par la tristesse et vieilli par le désespoir.

— Comment parler de la souffrance à quelqu'un qui la connaît dans son cœur et sa chair ? Mon ami, c'est à toi de me parler de ce que tu as sur le cœur.

L'homme raconte, avec beaucoup de détails, tout ce qui l'afflige. Il nous explique que ses os, en s'effritant, le rendent fou. Il est de ceux que la vie semble s'amuser à torturer.

Tout le groupe l'écoute avec attention, sympathie, comme si chacun ressentait un peu de sa souffrance. Le chien lui-même se retourne dans son rêve. Soudain, l'homme s'arrête, cligne des yeux comme un somnambule, se réveille subitement au milieu d'une foule qu'il n'avait pas aperçue et balbutie timidement :

— Je ne voulais pas... je ne voulais pas foutre en l'air toute l'atmosphère de votre rencontre... Excusez-moi.

— Tu n'as pas à t'excuser, répond un jeune homme, tu m'as fait le plus grand bien. J'ai toujours eu tendance à m'apitoyer sur mon sort. En t'écoutant, j'ai complètement oublié mes propres malheurs.

— Quel est le sens de tout cela ? demande Marie. Quel est l'antidote de la souffrance ?

Je suis encore sous le coup d'une émotion qui a tout lavé dans ma tête. Je n'ai aucune réponse. Heureusement, quelqu'un prend la parole.

— Bouddha a longuement répondu à cette vieille question : la source de nos souffrances est le désir, déclame un jeune homme à la tête chauve et aux vêtements orange.

Mais la réponse ne satisfait personne.

— Dis quelque chose, Angelle, insiste Hans.

Je suis complètement bouleversée. Il y a un blanc, un long blanc. Puis je me ressaisis. Des yeux, je fais le tour de la salle. Tous attendent avec impatience. Je finis par ouvrir la bouche :

— Vous me regardez comme si j'étais une prophétesse. Non, je ne suis pas ce que vous attendez. Vous ne pourrez jamais entendre la vérité : la vérité ne peut ni être entendue, ni être lue, puisqu'elle est spirituelle.

— Parle-nous simplement comme une amie, demande Caroline, comme tu le fais à la Traversée.

Cette simple phrase me ramène à moi-même. Je réalise que je suis mal à l'aise sur ma chaise. Je m'assois par terre, les jambes repliées.

— Alors, écoutez-moi comme une amie.

Chacun me sourit. Je me sens bien maintenant et je peux commencer :

— Je pense que c'est l'absence de désir qui est à la racine de beaucoup de souffrances. La réponse se trouve peut-être dans l'état de notre âme. L'âme apprécie l'esprit dans la réalité matérielle ; elle discerne le bien dans les situations les plus tragiques, contemple le divin dans l'humain, l'avenir dans le présent, l'espoir dans le découragement, l'ordre dans le chaos. La vie est un pressoir. Que devons-nous boire : le pressoir ou le vin ? Mais ceci ne répond pas à la question, seule une vie peut être une réponse. J'aimerais, monsieur, que nous soyons une réponse l'un à l'autre.

L'homme qui avait parlé le premier est si interloqué que, se levant pour s'exprimer, il ne peut dire un mot. Je lui souris, il me sourit. Marie s'approche de lui, lui entoure l'épaule ; ils s'assoient tous deux côte à côte. Je sens que sa souffrance a perdu son incompatibilité avec le bonheur.

— De toute façon, il n'est pas juste de souffrir de la méchanceté d'un autre, s'écrie une femme, visiblement révoltée.

— Oui, je te comprends, mais c'est dans sa victime que le bourreau peut devenir céleste.

— Tu es folle ! On voit bien que tu n'as connu ni la guerre, ni le viol.

— Qui n'a jamais connu ni guerre ni viol ? Pourtant, Dieu est le dieu du bonheur.

— Mais sur qui ou sur quoi bases-tu tes affirmations ?

— Je dis simplement ce que je pense. Lorsque nous admirons la mer, c'est son mouvement qui nous fascine. Lorsque nous suivons une route, c'est ce qui est plus loin qui nous attire. À quoi sert un voilier si le vent ne souffle plus ?

— Tu nous as parlé de souffrance et pourtant je sens la joie dans mon cœur, la paix dans mon âme. Tu es une grande sage, déclare une jeune femme.

— On reconnaît la vérité à la volupté ressentie dans sa propre âme. Mais pourquoi dis-tu que je suis sage ? As-tu déjà entendu la borne négative d'un accumulateur se retourner vers l'autre borne en s'exclamant : « Comme tu es puissante ! » ? La parole dépend autant de ceux qui l'écoutent que de ceux qui l'émettent. C'est ce que nous formons ensemble qui est grand.

— Tu es stupide ! crie la femme révoltée. Tu n'es conforme à aucune tradition. Tu racontes ce qui te passe par la tête et tu voudrais que l'on te croie.

— Oui, j'ai quitté tout navire pour marcher seule et armée uniquement de la foi et d'une sincérité qui garantit cette foi. Mais on transplante une fleur quand son pot est devenu trop petit et que ses racines fortes peuvent supporter le changement. Aussi, madame, est-il préférable que vous me traitiez ainsi.

— Dieu aie pitié de toi ! s'écrie la femme en sortant de la pièce.

L'une après l'autre, quelques personnes se lèvent en hésitant puis quittent l'assemblée à leur tour.

Complètement exaltée, j'ai l'impression que la vérité passe à travers ma bouche et qu'elle fend l'humanité en deux : d'un côté les sceptiques, de l'autre ceux qui voient.

Tout à coup, Benoît, en français, tranche le silence de ceux qui naïvement commencent à m'admirer :

— Angelle, ça a du sens ce que tu dis, mais c'est comme si tu n'y étais plus. Tu me fais trop penser à une prof de catéchèse et je ne marche plus. J'ai toujours suivi mon instinct et il me dit que là, ça ne colle plus.

— Une professeure de catéchèse, tu dis !

— Ben, une prof, je veux dire une bonne femme qui n'écoute plus vraiment, qui agit comme si Dieu lui appartenait et qu'il fallait qu'elle en fasse la livraison.

— J'ai bien peur, ajoute Burns qui comprend très bien, que Benoît ait raison. Je t'aime suffisamment pour être crûment sincère. C'est bien ce que tu dis, mais il se dégage une sorte de fanatisme dans tes manières...

— De fanatisme ! De fanatisme !

Ces mots me transpercent tel un chalumeau. Je regarde autour de moi et, soudain, mes yeux s'ouvrent.

Je vois que je suis ailleurs. Ma vie se retourne et me montre son dos chargé de souvenirs qui, d'un seul coup deviennent effrayants : je me revois avec Hans, Burns, Sao, avec Dominique surtout, et puis avec toi Loée. Imperceptiblement, le feu s'est élevé au-dessus du bois et ne brûle plus. Je vous ai regardés toi et Dominique, comme si j'étais au-dessus de vous, au-dessus de la vie elle-même. Je vous ai tout expliqué, mais je n'ai rien compris.

Et maintenant, je me sens infiniment loin de vous, de moi. Pour m'échapper d'une prison, j'ai ouvert une porte et je l'ai refermée sur moi. Ceux que j'aime sont restés derrière la porte. Je suis prisonnière au dehors. Je raconte une vision, une simple vision...

Tous ces gens devant moi... leur sourire embêté... leurs yeux qui évitent de me regarder... Dominique qui reste silencieux... toi qui dors dans ses bras, et moi qui n'arrive plus à vous toucher, quelle immense solitude !

Si avancer c'est cela, alors c'est insupportable.

Dieu, laisse-moi en paix,
laisse-moi revenir vers ceux que j'aime.
J'ai mal,
j'ai perdu ma vie humaine,
Michel est mort, et je n'ai même pas pleuré,
Dominique, je l'ai laissé seul,
Loée je ne lui ai donné que des enseignements.
Dieu, laisse-moi revenir.
Je ne veux plus rester seule, même avec toi,
j'ai besoin de ceux que j'aime.
À quoi sert la liberté de s'élever dans le ciel,
si je perds tout ?
Je dois retrouver le chemin du retour.

King s'étire, se lève, bâille et demande la porte. Je la lui ouvre et en profite pour sortir avec lui. Je traverse le jardin, affolée, me retrouve sur la plage. Je cours, cours, mais je n'ai plus de force. Je n'avance plus. Le sable ramollit sous mes pieds. Je tombe, épuisée, désemparée.

Je me suis perdue dans ton mystère.
Je ne touche plus le sol,
Je ne vois plus les hommes,
Je n'habite plus mes paroles,
Où suis-je ? je veux rentrer chez moi,
Indique-moi le chemin du retour.

À travers mes sanglots, j'entends Marie qui m'appelle :

— ...Angelle, Angelle, arrête.

Elle me rattrape, tout essoufflée.

— Angelle, c'était bien. Laisse tomber Benoît, il n'a rien compris.

Je regarde Marie, son sourire, son respect pour moi. Elle ne m'aime plus, elle m'admire. Je suis dans une bulle. Ce ne sont pas les autres qui sont en prison, c'est moi !

— Oh, Marie, Marie, ne vois-tu pas que je vous ai tous perdus ? Ne sens-tu pas cette terrible distance ? Comment faire pour tout laver, me laver de ma prétention et me libérer de mon éloignement ?

— Tu exagères, Angelle. Tu n'es pas parfaite, c'est vrai ; parfois, tu t'éloignes ; mais c'est peut-être nécessaire. Et si tu te sens loin, c'est probablement parce que tu sens plus clairement qu'une autre ce que ce serait d'être proche.

Cette dernière parole me redonne espoir. Si j'ai si mal, c'est donc que, de plus en plus, je cesse d'être indifférente.

Marie me prend le bras et me ramène lentement au salon. Je n'ose regarder personne.

Dominique me presse contre lui, la tête appuyée sur mon épaule. Il m'entoure de son bras comme on tient l'eau dans un vase pour éviter qu'elle ne se répande. Le bol se brise, je deviens comme la pluie, et je recouvre son corps et son cœur d'homme.

À part Benoît et Katie, les gens sont ivres de cette exaltation qui accompagne l'effort de comprendre un langage étrange. Et moi, il me reste le goût amer d'avoir parlé sans connaître ce que je disais.

— Venez tous à la cuisine : j'ai préparé un goûter, intervient Marie pour nous ramener au quotidien de la vie.

Benoît et Katie s'approchent, gênés.

— On ne voulait pas te désembouteiller devant tout le monde, Angelle, se justifie Benoît, mais tu le sais, je suis incapable de me retenir.

— Je me sens aussi désorientée qu'une aveugle qui découvre son infirmité, aveugle au point de ne pas soupçonner que ce qu'elle décrit avec passion, elle ne le voit pas vraiment. Je m'observe tout à coup avec tes yeux, Benoît... et je me sens si idiote, mais surtout si seule. Je veux revenir, mais je ne sais absolument pas comment.

Sans autre préambule, Hans nous prend à part, Dominique et moi :

— J'ai une proposition pour vous deux. J'aimerais que vous soyez dans mon organisation en Amérique du Sud. Notre mission là-bas : gérer un capital pour le développement. Vous savez comment nous fonctionnons ?

— Si j'ai bien compris vos lettres, précise Dominique, vous engagez des travailleurs et des gérants en fonction de leur solidarité à votre cause. Ils travaillent alors avec beaucoup d'efficacité. La productivité devient si forte que vous arrachez le marché à vos concurrents. Vos profits augmentent et vous les réinvestissez en faveur du développement du pays.

— Voilà, *good* ! Nous sommes faits pour nous entendre. Mais Dominique continue :

— Hans, bravo pour ce que tu fais. Les affaires, c'est ton domaine. Mais notre route à nous, c'est autre chose.

— *My God* ! vous laissez tomber ?...

J'écoute leur conversation. Tout se déroule comme au ralenti. Je vois les forêts d'Amérique du Sud, le Pérou, Micheline, les natifs, leur simplicité... Je les vois comme un remède...

Hans se retourne vers moi :

— Toi, Angelle, tu crois en la Witts SeaFood ?

Sans trop savoir pourquoi, j'ai l'impression qu'Hans me lance une bouée :

— Oui, je veux aller en Amérique du Sud, au Pérou, mais je désire m'y rendre pour être guérie.

Dominique commence par ouvrir de grands yeux étonnés puis me sourit d'un air complice. Il vient de comprendre. Hans, lui, reste interloqué.

— Alors, vous y allez ou pas ?

— On y va, poursuit Dominique, mais juste pour se rapprocher des gens, juste pour apprendre à vivre tout près de la vie.

Hans me regarde, se tourne vers Dominique, hausse les épaules.

— Alors, vous y allez.

— Oui, disons-nous en chœur et presque en riant.

— Voilà un chèque. À Toronto, il y a une communauté laïque. Vous y apprendrez ce qu'il faut ; ensuite, vous partirez...

— Mais on y va juste pour y aller ! le prévient Dominique.

— Allez-y pour ce que vous voulez, je m'en fiche, réplique Hans en éclatant de rire.

Je déchiffre le montant.

— Non, Hans, c'est trop. On n'y va pas pour toi en Amérique du Sud, on y va pour nous.

— Ça va, ça va, proteste-t-il avec impatience, prenez-le comme un cadeau pour... je ne sais pas, votre voyage de noce, peut-être !

Hans glisse le chèque dans la poche de Dominique qui ne résiste pas.

De retour chez nous, je me sens plus près de Dominique, mais je n'arrive toujours pas à te rejoindre, toi, Loée. Je travaille fort à tenter de rectifier notre relation mais sans obtenir de résultat significatif.

4 L'automne s'amuse dans les montagnes. On ne le voit pas encore, mais on l'entend pouffer de rire entre les trembles qui agitent leurs branches dans l'espoir de l'attraper. Peine perdue : il repart plus loin chanter l'amour dans les sapinières.

Toi, tu couves une forte fièvre, une fièvre de mélancolie qui produit ses propres virus, mais dont la source réside dans l'ébranlement du cœur. Ton corps est d'âge à fleurir ; une énergie étrange vient tout mêler. Ton âme s'affole tant elle désire vivre, s'associer et découvrir. C'est le temps où le corps n'arrive plus à contenir le cœur, où le cœur n'arrive plus à contenir l'âme. Alors je rapproche la berceuse de ton lit et je parcours mon livre d'astronomie préféré.

— Maman, pourquoi est-ce que je désire toujours en savoir plus, en comprendre plus ? Pourquoi n'ai-je pas assez d'amour ? On dirait que la réalité ne m'apparaît pas réelle.

— C'est peut-être que ta sensibilité à la réalité grandit. Quand l'absolu entre en soi, tout devient soudain relatif...

— Même toi, tu m'apparais si lointaine.

— Tu vois juste, Loée : je le réalise depuis peu, je me suis éloignée de moi-même. Alors, forcément, ma façon d'être présente aux autres s'en trouve affectée...

— Que veux-tu dire ?

— En fait, tout ce qui nous entoure n'est pas encore entièrement créé, pas même moi. Tu sens ce que je devrais être...

— Je ne comprends rien. Par moments, je me dis que ma mère est folle. Par moments, c'est le contraire : j'ai l'impression que tout le monde est aveugle et fou, sauf toi, papa et nos amis. Je bascule d'un point de vue à l'autre, sans jamais m'arrêter définitivement.

— Ce n'est pas facile de vivre dans une double nature. C'est plus simple d'anéantir l'un des deux côtés. Certains, comme je l'ai un peu fait, cherchent à détruire leur nature humaine et s'élèvent trop haut ; d'autres assassinent leur âme en se conformant aux habitudes de penser et d'agir qui les entourent. La solution est d'arriver à l'unité, mais...

— Maman, c'est trop ; tu m'as toujours trop dit. Je ne tiens plus dans ma peau. Je pense que je vais mourir en éclatant comme une grenouille qu'on fait fumer sans jamais la laisser se reposer.

— Loée, ma petite fille, j'ai toujours eu le sentiment qu'il fallait que je me presse comme s'il fallait sortir d'ici au plus vite. Je t'ai poussée dans le dos et, maintenant, je suis prise dans ce piège, il va falloir que je me taise.

— C'est étroit ici, c'est ennuyant. T'aurais dû vivre dans un ermitage : cela aurait été mieux pour nous. Et puis pourquoi as-tu refusé de me faire un frère, une sœur, quelque chose qui pleure, qui rit, qui bouge ? Quelque chose qui n'est pas comme toi, dans une sorte de soucoupe volante, toujours dans une autre dimension.

— Tu le sais bien, Dominique ne peut pas avoir d'enfant.

— C'est pas une raison ! Il y a des dizaines de moyens d'avoir un enfant. C'est pour me faire mal que tu as fait ça, pour me priver d'une vraie vie, comme tous les autres.

— Non, ce n'est pas pour te faire mal. Mais, lorsque j'ai accepté la stérilité de Dominique, j'ai senti qu'il était préférable que je n'aie pas d'autres enfants.

— Tu te sers toujours de cet argument-là : « J'ai senti, j'ai perçu, j'ai l'impression... », mais c'est pour faire ce qui te plaît et l'imposer aux autres sans qu'ils puissent en discuter.

— Tu es injuste, Loée. Je me suis trompée, mais je te jure, je n'ai pas manqué de sincérité. Tu veux me rendre meilleure. Moi aussi j'ai voulu te rendre meilleure et c'est pour cela qu'on s'est un peu perdues. Tu as raison : j'ai vécu en poule couveuse. Je veux me rattraper.

— On va à Toronto ?

— Oui, on y va.

— On quittera enfin cette maudite campagne ennuyante ?

— Oui, on la quittera.

— Comme ça va faire du bien ! Il paraît que Toronto est une ville super !

TROISIÈME PARTIE

Le crépuscule

XI

UN TROU DANS LA NUIT

....

Le matin se lève enfin. L'infirmière apporte une nouvelle bouteille de sérum. J'ai une autre journée pour te parler, pour te raconter le chemin que j'ai suivi et de quelle façon j'ai été préparée à ce jour qui naît, préparée comme une fiancée pour ses noces, afin d'être belle, aussi belle qu'une marguerite des champs.

C'est le troisième jour que je passe à retracer les moments significatifs de ma vie. Grâce à toi, ma grande fille, je suis arrivée à tenir la douleur de mon corps suffisamment loin de ma conscience pour qu'elle ne détruise pas mon bonheur.

Sais-tu pourquoi c'est si important pour moi de t'écrire ce testament ? C'est parce que la lumière ne peut se transmettre que par l'intermédiaire d'êtres enflammés.

Mais je me suis méprise. La lumière n'est pas ce que j'en pensais, encore moins ce que j'en disais ; elle émane du mouvement de la pensée, du cœur, de la vie.

Il me reste peu de temps. Aussi, je continue.

....

1   Nous sommes en 1996. Gérald, Francine, leurs enfants et Caroline décident de nous suivre à Toronto.

Je m'y attendais. Ils ne travaillent plus... Rien ne les retient ici. Benoît et Katie continueront à tenir l'auberge qui ne fonctionne qu'au ralenti.

Depuis quelque temps, tu t'enfermes dans ta chambre, écoutes de la musique et refuses de souper. Tu affiches une mauvaise humeur constante. Ton intérêt pour nous tous est au point mort. Tu projettes sur Dominique une agressivité des plus âpres et me traites, moi aussi, avec un étrange mépris. Néanmoins, j'entends ; c'est ton cœur qui a mal et qui crie. Chaque soir, je m'approche, le plus doucement possible, mais si je te questionne, tu te mets en colère et refuses de parler.

Quelque chose s'est produit, je le sens. Comment rétablir le contact ? Il me vient une idée : je vais utiliser un intermédiaire...

Je ferme les yeux et mets le magnétophone en marche pour enregistrer :

> « Grande fille, il est parfois très difficile de s'exprimer face à face. Alors, j'ai pensé que ce petit appareil pourrait servir de médium. Chaque fois que tu me confies tes questions, tes opinions, tes inquiétudes, tu m'ouvres les yeux. Je te suis si reconnaissante de ton authenticité et de ta franchise ; sans elles, je suis privée de toi et donc de tout ce que tu découvres. Je serais si heureuse de partager à nouveau avec toi... Si tu le désires, réponds-moi sur la cassette. »

Deux jours plus tard, je la découvre sur mon lit : « Maman, j'ai mal, trop mal, viens... » L'enregistrement stoppe au milieu d'un sanglot étouffé.

Bouleversée, je n'hésite plus et j'entre dans ta chambre. À plat ventre sur ton lit, tu sursautes, attrapes un oreiller, te caches la tête. Comme je ne veux rien brusquer, je m'assois doucement près de toi et reste silencieuse. Le temps passe. Dominique entrouvre la porte ; il comprend et va se coucher. La nuit s'avance. Tu laisses finalement tomber ton oreiller. Je glisse doucement ma main dans ta chevelure. Tu te retournes le visage contre ma cuisse. De grosses larmes glissent sur ta joue.

Je suis une mère et je t'aime, alors je devine ton cœur. Je pense avoir compris et, pour vérifier, je risque une question :

— Ma grande fille, il t'a fait peur ?

— Affreusement !

— Explique-moi...

— J'avais le goût de l'embrasser, juste de l'embrasser, rien de plus, pour voir ce que ça fait. Nous étions seuls ; il m'entourait de ses bras et me serrait contre lui. J'étais bien. Mais, tout à coup, il est devenu fou. Il m'a arraché ma blouse. Il respirait fort. Je lui ai dit que je ne voulais pas. Il ne m'a pas écoutée. Son visage est devenu comme celui d'un gorille. Il m'a frappée en pleine figure. Je me suis enragée, j'ai perdu le contrôle, je lui ai donné un coup de pied de toutes mes forces entre les jambes et me suis sauvée.

— Tu l'as bien eu !

— Il m'a rattrapée... Hors de lui, un couteau à la main, il m'a demandé de me déshabiller. Je n'ai pas eu le choix... Je... je me suis sentie si humiliée, j'ai eu si peur. J'étais toute nue. Il m'a regardée. Il avait le visage complètement déformé... Il s'est mis à rire, à rire comme un fou. Il a craché sur moi, puis il est parti en claquant la porte. Je le hais, je le hais..., cries-tu en étouffant tes sanglots dans les couvertures.

Quand tu n'as plus de larmes, tu restes silencieuse sans bouger. Finalement, tu te retournes et me demandes avec des yeux qui supplient :

— Maman, pourquoi ? pourquoi ?

De tels moments laissent une mère bien trop meurtrie, et surtout infiniment impuissante. Je ne peux que proposer la mince consolation d'une vague explication.

— La sexualité est une puissante énergie. Si elle souffle sur un voilier au mât solide et à la quille profonde, le vent pousse le navire dans la direction de son idéal. Mais si l'âme n'est pas assez développée, la gravité interne manque de force. Le mât se brise, la voile est arrachée, se dissocie du bateau et s'en va toute seule, sans aucun contrôle. La dispersion détruit la conscience et fait de l'homme un animal détraqué, dangereux.

Ces images, mais surtout nos larmes qui se mêlent, creusent une petite rigole et la colère peu à peu passe son chemin. Alors, tu questionnes :

— Comment c'est avec Dominique ?

— Nous nous aimons, alors, généralement, le plaisir et la souffrance contribuent tous deux à notre bonheur.

— Quand vous faites l'amour, il a ce visage de gorille ? oses-tu demander.

— Il a un drôle d'air, mais ce n'est pas un air de gorille. En fait, je n'ai jamais vérifié. Si tu m'entends pouffer un bon soir, dans mon lit, ce sera sûrement parce que je lui ai trouvé un petit air de gorille.

Cette remarque te fait rire ; l'atmosphère se détend et je poursuis :

— L'amour, c'est comme faire monter une bulle de savon : on souffle à petits coups, de plus en plus fort. La bulle monte, monte. Mais, si on souffle trop fort, elle crève avant d'atteindre le plafond. La sexualité possède un grand pouvoir : elle peut associer la douceur et la violence dans un seul mouvement. Si l'aspiration des amoureux est de s'élever, alors les énergies du corps et des émotions s'unissent aux intentions de l'âme et tout l'être s'élève. Mais, si toutes ces forces ne s'unissent pas, faire l'amour n'est qu'une sorte d'accident.

— C'est ça qui s'est produit avec mon vrai père ?

— Tu veux dire avec François ?

— Oui, mon père.

Ces mots m'ébranlent, me ramènent des années en arrière. J'avais complètement oublié que François est ton père. Je reprends mes esprits.

— Oui, ça a été un accident parce que notre amour n'était pas réel. Le vent nous a emportés à côté de nos âmes et je me suis retrouvée piteuse et moche.

— Comment il était François ?

Je vais chercher quelques photos du spectacle de danse à Montréal :

— C'est lui...

Tes yeux restent fixés sur la photo. À petits pas feutrés, je quitte la chambre pour ne pas te déranger.

2   ... Enfin, nous arrivons à Toronto. Sur le quai de gare, Marie, spécialement venue de Boston, nous accueille. Un minibus nous amène à Mississauga, à l'ouest de la ville.

— C'est ici que vous entreprendrez votre première année d'études, prévient Marie, et puis vous passerez six mois au Mexique avant de repartir, cette fois pour le Pérou.

Ce soir-là, je t'entends te retourner constamment dans ton lit. Je vais dormir près de toi. Je t'enveloppe dans mon âme : tu t'apaises et le sommeil vient...

* * *

Bientôt, le printemps s'annonce sur les rives du lac Ontario.

Tu sais parfaitement t'exprimer en anglais. Le goût de l'étude te reprend, surtout pour les sciences. À la cafétéria, nous échangeons en castillan. Toi, curieusement, tu refuses d'apprendre cette langue que tu t'entêtes à trouver ridicule. Gérald et Nicolas éprouvent un peu de difficulté mais, en retenant le pot de confiture, on arrive à leur faire dire :

— *Deme la confitura, por favor.*

* * *

Un soir, Marie doit parler à l'université de Toronto. M. Burns et la Witts SeaFood parrainent la conférence. La compagnie est mondialement connue pour son objectif humanitaire. On la nomme souvent Witts SeaFood of the World. Le colloque rassemble des personnalités du monde des sciences et des affaires qui viennent de partout. Elles sont réunies depuis deux jours dans un effort ultime en vue de trouver une solution à la crise mondiale, une crise encore invisible pour beaucoup, mais qui menace l'existence même de la vie sur cette planète.

L'amphithéâtre se remplit. Ernest et Hans s'installent dans la première rangée. Marie se tient derrière le rideau en attendant le moment de s'avancer.

....

Je ne me souviens que de l'essentiel de son message :

« ...Il me semble que jusqu'à maintenant, il n'y a pas eu de progrès. Les humains sont restés égoïstes. Mais ils ont amélioré leurs outils à tel point qu'ils ne peuvent plus rester immoraux. S'ils continuent sur les mêmes bases, ils s'autodétruiront.

Cette civilisation est née du cerveau, donc elle ne peut et ne pourra jamais se maintenir par son propre pouvoir dans une harmonie viable. Un niveau de pensée ne peut en aucun cas se rectifier en s'appuyant sur lui-même. Son règne achève.

Cependant, depuis toujours, des hommes et des femmes, prophètes et sages, ont élevé la voix pour attirer l'attention sur notre deuxième niveau de pensée : l'âme. L'âme possède un pouvoir de connaissance capable de saisir la réalité dans son essence et son but. Au cours des siècles, quelques-uns ont compris leur message. Goutte à goutte, leur sève s'est accumulée. Leur vie inspirante et émouvante a emporté bien des cœurs.

Je pense que cette première civilisation, qui a commencé il y a un peu plus d'un million d'années, et qui se termine aujourd'hui, n'a été que l'utérus, nécessaire mais provisoire, de la nouvelle civilisation qui vient : une civilisation basée sur l'âme.

Si vous construisez un édifice sur des assises trop étroites, plus l'édifice s'élève, plus il court à sa perte. Nous sommes à construire l'étage qui est de trop et que les fondations ne pourront supporter. Alors le bâtiment s'écroulera avec autant de fracas qu'il avait d'élévation. Il faudra repartir sur les fondations qui sont préparées depuis des siècles par ceux qui ont atteint la conscience de leur âme.

J'ignore comment et par quelle sorte de crise cette civilisation fondée sur l'âme viendra enfin apporter la paix d'une véritable fraternité, mais je crois que c'est ça ou l'hécatombe.

Nous devons, chacun et ensemble, construire le jour qui vient... »

Un grand silence s'installe, puis un nouveau conférencier s'avance et un autre encore. La nuit descend dans les verrières. La foule se ranime. Par petits groupes, on discute les nombreuses avenues proposées par les conférenciers.

Toi, Loée, tu regardes partout, heureuse parmi tous ces savants. M. Burns, qui anime la plénière, réussit à solidariser tout le monde autour de l'objectif de Hans et de la Witts

SeaFood. Je m'endors... Lorsque Marie me réveille, elle m'annonce :

— Bravo, nous avons réussi. Avec près de dix milliards de dollars américains, nous serons vraiment efficaces...

3 Au cours de notre apprentissage à Toronto, tu passes de longs moments dans ta chambre à écouter ta musique préférée tout en prolongeant tes études jusqu'à tard le soir. Malgré moi, je suis attristée par ton attitude et ce n'est pas toujours facile de rester imperméable à l'atmosphère qui se crée par ta claustration.

* * *

Les nuages font clignoter la lumière du matin. Comme pour rythmer ma lecture, de grands bras d'ombre passent sur mes pages de vocabulaire castillan. L'année tire à sa fin. Francine et Caroline ont bien étudié, Gérald a progressé, mais personne ne surpasse Dominique.

Calée dans mon fauteuil, j'observe ma pensée s'absorber dans son étude...

Les bras d'ombre se sont allongés et montent à mi-mur. Dominique tourne le visage vers moi et, radieux, s'exclame :

— Nous savons maintenant nous accompagner. Sens-tu notre tendresse ?

Mon sourire lui répond, et nos yeux, nos oreilles retournent au castillan. Nous entendons comme des voix sud-américaines. Le cahier nous raconte ses histoires ; la langue espagnole chante et ses mots font danser les émotions de la vie humaine.

Les bras d'ombre rougissent et referment leurs doigts autour du plafond comme pour nous envelopper.

— Zut ! Nous avons raté le souper ! constate Dominique.

— C'est vrai, il est tard ; le temps a passé si rapidement !

— Comment se fait-il que Loée ne soit pas rentrée ?

— Tiens, c'est vrai. Elle est sans doute avec Francine.

Nous t'avons cherchée partout jusqu'à tard le soir. Finalement, Dominique trouve ta petite lettre sous ton oreiller :

« Maman, Dominique,

Il y a des choses trop difficiles à dire de vive voix, j'ai pensé utiliser ce papier comme médium.

Je vous aime beaucoup tous les deux, mais je ne peux plus supporter cette vie de monastère. J'ai besoin de vivre ma vie à moi. Si vous m'aimez, ne me cherchez pas.

Votre fille, Loée »

Devant ce message comme devant une tombe, j'assiste, impuissante, à l'agonie de mon cœur. Dominique reste toute la nuit près de moi sans bouger, sans rien dire. Il me regarde comme on regarde la cendre s'accumuler sur un fragile bâton d'encens qui se consume, et il retient son souffle de peur que tout ne s'écroule.

Il faut que j'arrive à faire monter des larmes sur les débris de mon cœur. Je dois y parvenir car, sinon, cette souffrance me rendra aussi dure que la pierre et mon âme suffoquera par les racines. Au bord de mes paupières, la souffrance s'accumule comme un fœtus grossit dans le ventre de sa mère. Elle gonfle trop : ma tête fait mal, la sueur coule de mon front, mes yeux brûlent. Peu à peu, la poussière se transforme en eau. Il y a trop de larmes pour pleurer. Il faut que mes veines éclatent, que mes yeux sautent comme des bouchons. Quand enfin la souffrance se liquéfie, que les pleurs prennent le dessus sur la mort, c'est toi que j'accouche par les yeux, un accouchement qui n'en finit plus et qui fait mal, si mal que Dieu, encore plus fragile que moi, se retient de crier. Mes larmes sont de sang, celles de Dominique me baignent et celles de Dieu m'emportent dans leurs torrents.

Je te connais bien et je suis convaincue que tu ne reviendras pas sur ta décision, mais j'espère de tout cœur que tu communiqueras avec moi, que nous deviendrons enfin des amies. Malgré les conseils de tous et chacun, je refuse de te faire rechercher. Je sais que tu m'écriras un mot ou que tu me téléphoneras.

Trois jours passent, trois jours épouvantables où je reste assise près du téléphone, les oreilles m'en faisant mal de guetter.

Finalement, il sonne... C'est François.

— Angelle, tu te souviens de moi ?

Il laisse échapper un ricanement nerveux.

— Va, parle. Je suis à bout de nerfs.

— Ne t'inquiète pas, Loée est ici. J'ignore comment elle a fait pour me retrouver, mais elle va bien...

— Je veux lui parler.

— Pas maintenant. Elle ne désire pas... je veux dire... enfin tu comprends, elle craint ta réaction.

— Dis-lui que je veux lui parler !

C'est en larmes que je crie cette phrase contre une porte fermée, comme une prisonnière laissée pour morte dans son cachot.

— Je vais me rendre à Toronto demain ou après-demain. Je t'expliquerai.

Il raccroche.

Il me donne rendez-vous le surlendemain. J'entre dans le restaurant, cherche nerveusement. Un homme blanchi, presque chauve, s'approche. Je reste surprise ; je n'avais pas réalisé que maintenant François dépasse largement la cinquantaine. Il me prend la main et je retrouve mon calme.

— J'ai beaucoup changé, dit-il. En fait, lorsque j'ai réalisé ce que j'avais fait ce matin-là, il y a déjà si longtemps, j'ai éprouvé un choc. Je t'aimais, Angelle, et je t'aime encore d'amitié. Tu es passée dans ma vie comme l'eau passe sur un désert. Tu as fait fleurir mon âme... Mon comportement m'a bien puni. J'ai dû partir ; j'ai été privé de toi parce que j'ai trop voulu avoir de toi. J'ai vécu tout ce temps à Montréal. J'ai su par hasard, quelque temps après, que tu étais enceinte, et j'ai eu peur, je dois l'avouer, j'ai eu peur. Puis un jour, je me suis marié ; j'ai discuté de tout cela avec mon épouse. Elle a réagi, puis accepté. Le temps s'est écoulé avec ses préoccupations... mais, au fond, j'ai toujours pressenti que mon enfant viendrait un jour frapper à ma porte. Ma femme le sentait aussi ; inconsciemment, elle s'y préparait. Mais je ne pensais pas que ça se passerait de cette façon. Me pardonnes-tu ?

— Je n'ai rien à te pardonner. Mais pourquoi es-tu parti sans dire un mot ? Pourquoi une rupture pareille ?

Là-dessus, je ne parviens pas à retenir mes larmes. Il me reprend la main.

— Je n'ai pas été capable de faire autrement, comme Loée n'est pas capable de faire autrement. Elle m'a dit qu'elle songe secrètement à me retrouver depuis plus d'un an. Elle désire avoir une vie comme tout le monde, une vie simple, ordinaire : l'école, des amis. Et tu lui fais peur...

— C'est si injuste ! Je l'ai amenée jusqu'ici et elle me quitte pour continuer avec toi, toi qui ne la connais pas, toi qui n'as rien fait pour elle !... Nous déménagerons à Montréal et...

— Angelle, tu ne seras jamais comme tout le monde...

— Et toi, es-tu comme tout le monde ?

— Quelques années après mon départ pour Montréal, j'ai eu deux enfants, et, depuis longtemps déjà, je garde plusieurs adolescents et adolescentes en famille de groupe. J'aime cette vie. Loée désire me connaître, voilà tout. Dans peu de temps, elle te reviendra. Je t'assure qu'elle aime aussi Dominique mais, pour l'instant, elle doit couper les ponts. C'est temporaire, crois-en mon expérience. La plupart des adolescents qui n'ont pas connu leurs vrais parents font ce que Loée fait aujourd'hui...

— Non, je la connais, elle ne reviendra pas. C'est pour cela que je veux lui parler. Je ne lui reproche rien. La relation maternelle est terminée. Ça a été dur ; c'est fait, c'est accepté. Je n'aurais pas voulu que la coupure se fasse si tôt, mais puisque c'est ainsi.... Si la relation maternelle est rompue, nous pourrons enfin devenir de bonnes amies.

— Pas maintenant, Angelle. Tu sais bien que cela ne se produit pas si rapidement. Donne-lui du temps.

— Mais toi, acceptes-tu qu'elle soit auprès de vous ?

— Ne t'inquiète pas, tout est bien pour le moment et je suis très heureux...

Je repars donc en étant rassurée à ton propos, mais tellement déçue de la tournure des événements.

Deux semaines plus tard, cette lettre, la dernière que je devais recevoir de toi :

« Maman, Dominique,

Tout simplement, je ne crois plus dans cette doctrine qui est la tienne. Tes idées sont intéressantes. J'aimerais y croire, mais elles ne reposent sur aucun fondement. J'ai souvent interrogé mes professeurs là-dessus ; ils ont toujours haussé les épaules. J'ai fouillé les livres de religion, de philosophie, de science ; non, rien ne ressemble à ce que tu dis. Tu décides de te frayer un chemin, seule dans l'imaginaire : libre à toi. Pour ma part, je veux vivre comme tout le monde. Je ne crois pas que la société soit comme tu la décris et je veux en profiter. Je me sens bien chez François ; nous sommes plusieurs ici. Je continue mes études et je réussis très bien en sciences. Je t'aime tout de même et c'est pour cela que je préfère me tenir à l'écart, car tu souffrirais constamment de me regarder vivre une vie ordinaire. Quant à Dominique, j'ai bien aimé le connaître. Je regrette qu'il se soit tant identifié à toi.

Loée »

Cette lecture me bouleverse profondément. Pour un instant, je me crois folle. Ma souffrance se change en anxiété et un doute me transperce le cœur. Je suis ébranlée jusqu'au tréfonds de mon être. Dominique m'accompagne partout. Il ne parle pas, il ne sourit pas : il marche à mes côtés et sa présence m'enveloppe constamment. Je n'aurais jamais pensé qu'il en serait un jour ainsi entre ma fille et moi... C'est incroyable ! Comment se fait-il que je ne me sois aperçue de rien ? Mes prétentions m'ont-elles à ce point séparée de ceux que j'aimais ? Je n'ai vu ma mère que sur son lit de mort et mon père qu'à l'agonie de son cœur. Comment est-ce possible qu'un enfant puisse vivre et ne pas voir sa mère, et comment une mère peut-elle vivre et ne pas voir sa fille ?

Le temps glisse si serré et si lentement contre moi que, par moments, il m'arrache des cris de douleur. La lumière s'éteint et l'obscurité n'a pas de limite.

Je ne retiens rien et pourtant rien ne s'effondre. Au contraire, une prière encore plus profonde s'élève comme la brume d'un matin nouveau.

On ! ma grande amie, nous marchons seules dans le mystère sans limite de la réalité.

Rien sous nos pieds, et nous ne tombons pas.

Rien sur nos têtes n'a de limite et nous n'avons aucune crainte.

On nous a ouvert le cœur comme on ouvre une pomme de laitue, et la vie maintenant s'étale comme une nova dans l'espace.

Dominique se tient près de moi et continue :

— Je suis avec toi, Angelle. Le mieux que l'on puisse faire pour Loée, c'est de continuer notre propre chemin jusqu'au bout.

Levant les yeux, j'aperçois Francine, Gérald, Caroline qui nous regardent comme des rayons se retournant vers un grand trou afin de le réchauffer. Et je leur souris...

XII

REPIQUER LE PLANÇON

....

Je le réalise aujourd'hui : il était capital pour moi d'aller au Pérou. Une âme se perçoit difficilement tant qu'elle reste immergée dans sa propre culture. L'étape que je vais te raconter maintenant se compare à celle du plançon que l'on change de pot. Le repiquage d'un plant, même s'il se fait au moment voulu, représente toujours une expérience subite et suffocante. Pour un moment, plongée dans sa propre histoire, l'âme semble disparaître dans les événements.

....

1 L'avion descend entre les lèvres brûlantes de la canicule, se redresse, se pose et s'immobilise. Dominique me prend la main. Le bruit, l'odeur, la caresse de la foule... Mexico, embuée, fébrile, s'empare de moi et m'emporte dans son agitation dévorante et passionnée. Ces visages de bauxite piqués au bout de chaque rayon... mille vignettes amusées de l'astre souriant, comme si Dieu lui-même venait me déranger le cœur.

Tout notre groupe se rassemble tant bien que mal. Bousculés, étourdis, nous parvenons finalement à la *casa* des Mitla. Blanca, la forte Mexicaine, me serre et me frotte si fort contre elle que j'en reste ébranlée. Enivrés, épuisés par l'exubérance de la réception, nous accueillons avec soulagement le moment du coucher. Néanmoins, nous sommes là, tous les sept, heureux de dormir dans la même pièce.

C'est à Texcoco, dans une sorte de commune appelée *vecindad* et appartenant aux trois frères Mitla que s'effectuera notre immersion latino-américaine.

Jour après jour, nous sommes dépossédés de notre langue, de nos habitudes, de nos manières de voir, de sentir et de penser. J'ai l'impression de me liquéfier et de m'affaisser, comme avinée dans la nervosité et la sensualité latines. Chaque soir, dégarnie de moi-même, je me jette avec joie dans les bras de Dominique. Il m'enlace, remonte ma robe de nuit et me couvre de son ardeur.

Dominique devient plus enfant que les gamins de la rue. Insouciant, il passe la journée à prendre part aux espiègleries des bambins. Et nous rions, et nous dansons. Je me sens comme une femme qui défait son corsage après un siècle de couvent. Quelle liberté, cette étreinte de la culture de la joie pulvérisant la culture du sérieux.

Gérald et Francine préparent la pâte pour les crêpes *tamales*, car les Mitla ouvrent restaurant tous les soirs pour les badauds du quartier.

Ici les bambinos, taquins, endiablés, se faufilent entre les petites misères de la vie sans se cogner sur la tristesse. La ruse, et parfois l'escroquerie, leur permettent de tout surmonter avec l'étrange légèreté du colibri. Nicolas et Mélanie ne tardent pas à découvrir l'art de transformer le travail en jeu par le simple et puissant pouvoir de l'entrain.

Au fil des jours, nous « perdons » tout ce qui peut nous rappeler les richesses du Nord. En moins d'un mois, nous n'avons plus que quelques vêtements usés. Tout le reste trotte en ville de main en main, faisant remonter, jusqu'à la *vecindad*, quelques *pesos* vite transformés en *tacos* ou autre gourmandise. Ici, seules les pierres s'entassent en pyramides ; pour le reste, impossible d'accumuler quoi que ce soit. C'est avec empressement que l'on vous soulage des lourdeurs du matérialisme !

Nous apprenons à n'être plus *gringos*, mais nous savons que jamais nous ne serons indiens. Il me semble que seule l'âme, hors de sa niche culturelle, arrive aux berges de ceux qui, avec raison, se méfient. Et seul leur étrange sourire rejoint réellement nos cœurs. Mais, pour celui qui sait déballer, cela suffit pour se saturer de la joie de se retrouver ensemble.

Nous apprenons à placer nos gestes au bon endroit, dans la succession des gestes de nos hôtes. Cette communion dans l'action quotidienne nous donne l'impression de ne former qu'un avec la destinée de ce peuple, cette vie qui gicle de la blessure du génocide des autochtones et qui comprend l'art de transporter chaque matin jusque dans les bras du soir en ne perdant rien du moment présent. Cette vie se démultiplie dans une progéniture gaie, fraîche et coquine. Cette vie, passant les bras sous les édifices froids et mourants du centre-ville, se prépare à recevoir le dernier souffle de la civilisation du meurtre. Lorsqu'on connaît cette vitalité, non, non, plus jamais, on ne veut revenir à l'obsession de l'accumulation pour soi des biens d'autrui.

En fait, grâce à la sagesse enjouée de nos hôtes, nous traversons définitivement la frontière. Nous redevenons des êtres brûlant de la passion de vivre. Comme l'eau des rapides s'ébroue contre la rocaille, nous crochetons entre les écueils en nous esclaffant de rire.

Nous mangeons moins, mais nous faisons plus souvent l'amour. Nous n'avons plus de but : c'est pourquoi nous nous aimons tant les uns les autres. Nous n'avons plus de souci : c'est par cela que nous avançons. Vraiment, celui qui désire faire un pas recule ; celui qui ne s'occupe pas d'avancer nage au-dessus du ciel.

C'est maintenant que je comprends ce que tu voulais me dire, Loée. Oui, nous étions trop austères. Vraiment, nous avalions au compte-gouttes la vie et la beauté de Dieu. Ici, nous avons l'impression que nos âmes, qui se gavent d'amour, planent plus libres que le vent. Tu ne nous reconnaîtrais plus.

Mais voilà, nous ne sommes pas seulement une âme ; nous sommes aussi des bâtisseurs de planète et, pour cela, nous avons besoin de la pleine contribution du cerveau.

Nous apprenons qu'au Pérou, depuis quelques années, les *communidads* se suffisent presque entièrement. Remplacés par la technologie, les ouvriers n'avaient plus le choix : après quelques tentatives de révolte, ils ont quitté les bidonvilles et sont revenus aux principes des communautés de terre et de travail : les *ayllu*. La difficulté centrale ne consiste plus tant à se libérer de l'oppresseur qu'à se réorganiser sur des sols épuisés, et ce à partir d'une communauté humaine dont la culture hybride se meurt.

L'âme incasique tente de se ranimer, mais de graves maladies, généralement dues à la famine, la démoralisent.

Tout cela, nous le savons grâce aux lettres de Micheline et du directeur de la Witts SeaFood au Pérou.

Micheline est notre répondante. Elle appartient à une organisation laïque. Bien que ce soit Hans qui nous soutienne financièrement, c'est cette communauté qui supervise notre action.

Nous leur soumettons bientôt un plan provisoire d'action. À Cumaria, sur le bord du Ucayali, nous construirons un dispensaire...

Notre plan est approuvé.

Mais, avant tout, nous partagerons la vie de la communauté des natifs. Nous travaillerons aux champs, au moulin de sciage, participerons aux loisirs et aux fêtes.

Afin que tout cela puisse se réaliser, déjà Micheline prépare la *communidad* à notre arrivée.

2   Une poussière crayeuse fige Lima dans son propre mortier. Sur la *Plaza de Armas*, entre la cathédrale de la cité des rois où reposent les restes de Pizarro le *conquistador* et le palais *Torre Tagle*, une vasque recueille les eaux d'une fontaine. Ici et là, des façades churriguresques jettent un coup d'œil sur notre groupe étonné.

Je repense à Micheline. Je me sens comme un navire qui s'approche du port. Il me semble que, depuis son départ, je n'arrive pas à combler ma solitude.

Luz Agaza, le directeur-adjoint péruvien de la Witts SeaFood, nous reconnaît. C'est un véritable géant. Sur son visage à carrure espagnole, ses pommettes remontent comme une flamme, illuminent son regard à la fois doux et sévère. Ici, on le surnomme le « Cholo ».

— Vous êtes sans doute ceux que j'attendais.

— C'est bien nous, répond Francine.

Nous restons silencieux, impressionnés devant Lima aux édifices en colonnades baroques et pourtant austères qui semblent provoquer le silence et même l'angoisse sur les visages des nombreux petits ouvriers, les *ombreros*, qui défilent sans échanger de regards.

Le Cholo nous explique la situation précaire de Lima. Depuis quelques années, Lima est victime d'un vacuum des investissements étrangers. Après des périodes de soulèvements sanglants, de grèves et de sacrifices inutiles, l'*ombrero* ressent son impuissance. L'oligarchie, qui impose encore quelque peu sa loi, se retire peu à peu, laissant derrière elle la pauvreté et la désolation. Le peuple se retrouve soulagé mais inquiet : après le typhon de l'exploitation de la main-d'œuvre, il faut tout reconstruire.

Devant la disparition des bancs d'anchois, la saturation du marché de la farine de poisson, la Witts SeaFood a dû s'orienter vers la production de nouvelles marchandises cuisinées et congelées.

Nous passons la journée à voyager d'un ministère à l'autre afin de remplir les nombreux papiers nécessaires à notre admission au Pérou. Puis Agaza nous reconduit au chef-lieu de la communauté laïque hôte.

La maison nous surprend par sa modestie ; le plancher de terre, verni par le piétinement, remonte sur les boiseries blanchies à la chaux. Sur les murs plâtrés, un petit crucifix cherche à monopoliser le regard. De la fenêtre protégée de barreaux, on peut voir grimper sur les collines les masures de paille et de roseaux.

— Depuis que le Cholo dirige la compagnie, la plupart des habitants des bidonvilles réussissent à manger. Mais il ne faut pas ébruiter le succès : si les *campasinos* savaient que les *limenos*, les gens de la ville, mangent presque à chaque jour, ils déferleraient des montagnes, et nous mourrions tous de faim.

— Quand partons-nous pour Cumaria ? interroge Francine, les yeux plongés du côté des montagnes.

— Le voyage sera long...

— Long comment ? questionne Mélanie.

— Quatre jours, si tout va bien, répond Maria José.

Elle prend la jeune fille dans ses bras potelés, l'assied sur le rebord de la fenêtre et lui montre la route entre les collines.

— Il faudra traverser de très, très hautes montagnes. Le vieux Ford minibus aura sans doute beaucoup de mal à vous y amener tous. J'en vois un que la camionnette aimerait sans doute mieux voir derrière à pousser que dedans à bâiller, lance-t-elle en donnant une tape amicale sur l'épaule du Cholo qui n'est pas long à répondre :

— Si vous voulez que je pousse, il faut me nourrir.

Elle lui sert un grand bol de soupe : il en prend trois.

Tôt le lendemain matin, une chaleur torride, comme une poule, est assise sur le minibus. Le Cholo voyage avec nous, il prend presque tout un siège. Étroitement entassés, nous roulons tant bien que mal sur la route graveleuse qui se faufile entre les collines desséchées. Nous suffoquons presque.

Mais, bientôt, les montagnes crèvent le ciel. Une douce humidité pénètre la poussière de sable laissée par l'aridité de la pampa. La route monte. Le minibus se cramponne. Dominique est serré contre moi ; nos visages collés se mouillent de sueur, nos yeux suivent les courbes encore féminines des contreforts andins. Il souffle dans mes cheveux. Une étrange exaltation gonfle mon cœur, remonte et expire dans ma tête en sifflant. Des nappes d'air froid descendent le long des vallées, frôlent l'arête granitique de la Sierra et, à deux mains, nous rafraîchissent le visage. Les coques escarpées des montagnes éperonnent la marée montante d'une forêt touffue, lançant des taches de verdure très haut sur les cimes.

Dans un creux de montagne où la route tourne dangereusement, un agrégat de carcasses de voitures. Une femme lave ses petits. Elle m'a regardée. Ses yeux se sont fixés dans mon cœur. On dirait qu'elle est suspendue sur une planète où il ne vient personne. C'est une métisse et ses yeux semblent demander :

« *Toi, la belle étrangère, pourquoi n'est-ce pas ici que tu viens ? Pourquoi n'est-ce pas partout que tu vis ?*

— Je ne suis qu'une flèche tirée dans le vent. Je m'en vais selon mon élan. Mais je te laisse mon regard et prends le tien. »

La métisse est moins seule et moi, ma maison s'agrandit...

Bientôt, l'air se raréfie. Nous arrêtons pour la nuit. Le soleil semble tomber à nos pieds. Nous sommes à Cerro de Pasco, village accoté contre le ciel. La mine est fermée. Les visages au nez arc-bouté sont creusés. Les regards presque évidés guettent l'espoir.

Je vais seule faire quelques pas dans le village tandis que les autres préparent le repas. J'aperçois une femme qui lave son bébé. Elle me jette un regard ; le même regard que la métisse. Je m'approche d'elle. Elle baisse les yeux, se dépêche d'essuyer son petit et rentre dans sa mansarde. Je m'assois sur une marche à l'entrée de la *casa*. J'entends tous ses gestes, je ressens sa nervosité. Elle s'efforce de faire exactement ce qu'elle fait d'habitude. Tassée contre les parois de sa vie, elle veut à tout prix préserver la fragile bouteille de son quotidien.

Comme il n'y a ni porte ni fenêtre à la maison, j'ose entrer et je lui dis :

— Je vais à Pucallpa avec mon mari et des amis ; nous ne faisons que passer. J'ai été attirée ici...

Elle ne dit rien et continue ses affaires. Un gamin entre et s'écrie :

— Maman, il y a des étrangers...

Il m'aperçoit et se tait. Je m'approche de lui. Il me sourit :

— Maman, ils accompagnent une missionnaire...

La jeune femme semble soulagée. C'est comme si le gamin venait de lui donner la clef...

Nous partageons notre souper chez elle et nous y passons la nuit.

* * *

Le lendemain, nous longeons un immense canyon. Au creux du ravin, sur les ouates d'un crachin glacé, culbutent les rayons amusés du matin encore rosâtre. La route ne s'arrête plus ; sinueuse, elle dévale périlleusement vers le plateau, court indéfiniment sur la *puna* désolée et balayée par le vent.

Parfois, dans un village, des regards m'accrochent au passage.

Mon cœur me fait penser à un cerisier. Il me semble qu'à pleines mains, on m'arrache des fruits et je me sens allégée.

Je suis la femme aux cerises :
comme le feu prodigue les étoiles
pour illuminer son espace,
je disperse mes fruits
pour éclairer ma propre âme.

Encore et encore ballottés jusqu'à en perdre conscience, comme des liqueurs mélangées dans une éprouvette, nous prenons la même odeur, le même regard hébété. De temps à autre, j'observe Dominique dont la lèvre inférieure tend à s'affaisser. Lorsqu'il remarque mon coup d'œil indiscret, nous éclatons de rire. Et nous fixons à nouveau la piste, jetant notre conscience dans le parfum de la *selva* qui étend ses verdures et son humidité sur la route devenue mœlleuse. La chaleur s'alourdit : la poule s'assoit de nouveau sur le minibus.

Tandis que nous dévalons les vallées, mon âme se renverse sur ces paysages démesurés, ces regards sans fond où la vie se hisse à deux mains vers l'espoir.

Nous voici enfin à Pucallpa.

La foule nous entoure. Les hommes, affairés, circulent rapidement, entrecroisant leurs *ponchos* multicolores. Les femmes, bossues par leur *manta* d'où dépasse la tête noire de leur dernier bébé, tiennent fébrilement dans leur main un maigre baluchon de *chunos* (pommes de terre séchées). Elles naviguent à travers le tohu-bohu en balançant leur jupe aux tons acides.

— Si certaines femmes portent deux chapeaux, nous renseigne Maria José, c'est parce qu'elles ont croisé leur mari ivre mort. Ayant peur que leur précieuse coiffe ne leur soit volée, elles l'emportent avec elles. De la sorte, elles s'assurent non seulement de retrouver leur bien, mais aussi leur mari qui reviendra forcément réclamer le précieux couvre-chef valant plus d'un mois de salaire.

Faisant un tour d'horizon, je suis impressionnée par la solidité et la détermination de ces femmes à deux chapeaux.

Sur le perron de l'hôpital tout blanc, nous apercevons Micheline, assaillie par un petit groupe qui réclame ses services. À peine reconnaissable, le visage osseux et cuivré, les cheveux tressés, elle semble épuisée. Elle remarque finalement le groupe, me cherche des yeux. Je crie son nom : elle me reconnaît.

— Angelle, dit-elle d'une voix qui me ramène près de vingt ans en arrière...

Malgré moi, des larmes coulent de mes yeux. Je m'effondre littéralement dans ses bras. Je voudrais tant qu'elle me serre. Elle pose simplement ses mains sur mes épaules. Ses mains n'ont pas de force. Je reste un long, un très long moment dans ses bras.

Finalement, elle me prend la tête entre ses mains, me regarde dans les yeux et me dit d'une voix qu'elle s'efforce de faire douce :

— Voyons, Angelle, reprends-toi. Tu n'es pas venue ici pour retrouver une maman.

Cela me ramène durement à la réalité : tous ces gens qui nous entourent, malades, infirmes, mourants, et, Micheline au milieu comme un navire aux voiles arrachées continuant par la seule force de la nécessité.

Nous entrons tous dans le bâtiment. Un infirmier du nom de Miguel nous le fait visiter. Nos bagages restent dans le bus, car demain nous repartons, cette fois pour Cumaria.

De nombreuses heures s'écoulent avant que je puisse enfin parler seule à seule avec Micheline.

— Tu es venue, Angelle ! Tu y parviendras, j'en suis certaine.

— Je ne sais plus. Dès que je t'ai aperçue, je me suis sentie toute petite.

— C'est normal ; quand je suis partie, tu avais quinze ans. C'est le sentiment d'alors qui remonte à la surface. Tu redeviendras vite toi-même.

Elle me fait tourner joyeusement devant elle en chantonnant :

— Que tu as changé ! Comme tu es belle ! Le forgeron de ton âme connaît vraiment le métal dont tu es faite. Il a su garder le feu à la bonne température : la vie t'a attendrie, mais tu restes ardente.

— Je me sens néanmoins épuisée...

— C'est parce que tu es près de moi. Demain, tu retrouveras de nouveau tes responsabilités et l'énergie reviendra.

— Explique-moi, comme tu le faisais autrefois.

— Les étoiles dans le ciel sont dispersées à bonne distance les unes des autres. Il ne faut pas qu'elles soient trop près de peur de se nuire et de modifier leur nature.

— Micheline, je te retrouve et je t'aime. Mais où est donc Jérôme ?

— Il est parti pour la Bolivie l'an dernier...

— Quoi ! Et je n'en ai rien su !...

— En fait, nous ne vivions plus ensemble depuis plusieurs années. Je m'étais détachée de lui... Et puis j'avais tant à faire... Il me paraissait plus facile de t'annoncer tout ça de vive voix. Je pense que je ne suis jamais arrivée à vivre vraiment en couple... Toi, avec Dominique, ça va ?

— Sans lui, je n'aurais pas réussi à avancer avec équilibre. J'aurais été tentée de donner mon surplus d'affection à tous ceux qui m'entourent et j'aurais pu me perdre dans un altruisme exagéré...

J'arrête ma phrase car Micheline se trouble. Je me rends compte qu'elle se sent concernée par ce que je viens d'expliquer.

— Je ne voulais pas...

— Je pense que tu as visé juste, Angelle. C'est vrai, je n'ai jamais pu faire circuler mon affection dans ma vie de couple. J'avais trop peur de me perdre, je veux dire de perdre mon identité.

Elle se lève et marche vers la fenêtre, puis revient.

— Je n'ai donc pas su m'oublier moi-même, ajoute-t-elle. J'ai bien peur que les Péruviens m'aient servi de maris autant que d'enfants. Je leur donne de moi-même, mais je ne m'oublie pas réellement. Je crois qu'au fond, je suis restée pleine de moi-même. Peut-être est-ce pour cela qu'ils tournent sans cesse autour de moi comme des planètes. Crois-tu que je les empêche de devenir des étoiles ?...

Son visage qui m'interroge, son corps voûté... Elle semble infiniment fatiguée.

Cette conversation avec Micheline me fait réaliser la différence capitale entre le don de soi et l'oubli de soi. Le don de soi humilie l'autre ; l'oubli de soi est la conséquence naturelle d'un amour qui désire tout recevoir et tout donner.

3 Le bus tangue sur la route cabossée. La *selva* dresse ses murailles olive, laissant tomber de temps à autre des épluchures de soleil sur la route encaissée.

Micheline conduit. À mesure que nous approchons, Caroline nous fait chanter quelques cantiques *quechuas*. Micheline s'étonne de l'étendue de nos connaissances. Nous sommes bien préparés.

Elle nous raconte comment Vicuno, le chef élu du village, le *varayoq*, s'est montré réticent à l'idée de nous accueillir. C'est grâce à l'intercession de Lillo, sa femme, et de Icaza, un vieillard exerçant une autorité charismatique incontestée dans la *communidad*, que nous avons pu être acceptés. Nous logerons chez Antonio et Clorinda Chile...

La route n'est plus qu'un sentier boueux. Cette fois, il nous faut pousser la camionnette. La puissance du Cholo nous surprend : à lui seul, il soulève presque le véhicule alors que nous nous empressons de jeter des cailloux et des branches sous les roues...

Le soleil, pudique, cache ses splendeurs crépusculaires de son bras orange. Nous arrivons enfin.

Micheline nous présente aux dignitaires du village en commençant par Dominique, le chef attitré du projet. Vicuño nous regarde longuement, la bouche horizontale à peine fléchie par un rictus énigmatique. Finalement, il se nomme en insistant, avec une fierté non voilée, sur le fait qu'il est le *varayoq* des quinze villages dispersés en chapelet sur le bord du Ucayali, de Cumaria jusqu'à la bouche de l'Urubamba...

Et c'est la fête sur la place publique, en face de la petite chapelle de briques terreuses au toit de chaume.

Malgré la faim mal camouflée par la coca, les natifs chantent et dansent aux sons du *pincullo*, des tambourines et de la flûte de Pan. Déguenillée, une marmaille aux pommettes cramoisies et lustrées babille entre les fêtards. Un vieillard nous observe avec attention. Personne ne s'approche de lui, sauf les bambins qui s'amusent à cache-cache dans son *poncho* brunâtre. C'est sans doute le vieux Icaza, le sage du village, qui sonde nos cœurs.

En retrait dans l'ombre lunaire d'une bougainvillée, un grand métis au sombre chapeau de feutre surveille dans notre direction. Son regard plutôt inquiétant ne nous souhaite en rien la bienvenue.

Lillo nous invite à danser. Dominique hésite, puis nous y allons. Je me laisse emporter par la danse. Nous tournons et tournons comme les vagues de la mer et la chaleur nous enlève toute réticence... Caroline chante de tout son cœur. Francine et Gérald, comme pour enfoncer quelques petites racines, bavardent avec les Chile.

La nuit et la fatigue viennent recouvrir jusqu'au dernier bruit de la fête. Dans le silence, la jungle semble hurler dans le noir. Nous nous endormons, enlacés et confiants, dans la cabane des Chile...

Peu à peu, je sens mon âme perdre sa cohésion. Le wigwam se brise dans le vent, le cercle bleu se disperse comme des confettis dans le ciel.

Lorsque nous nous levons, Clorinda, dehors, fait cuire des bananes pour notre déjeuner. Ensuite, nous l'accompagnons au champ. Les hommes pêchent sur le fleuve ou bien travaillent au moulin, mais, pour aujourd'hui, Dominique m'accompagne...

Les jours passent et nous épousons la vie des *campesinos*. Nous bêchons la terre en chantant. Les bambins, toujours heureux, tournent autour de nous, dessinent avec des cailloux ou vont plonger dans le fleuve. Il est très rare de les entendre pleurer, encore plus rare de surprendre une mère lever la main sur l'un d'eux. Les repas sont frugaux ; en fait, nous ne mangeons que le *chapo* (bananes bouillies) accompagné parfois d'une bouchée de poisson. Toutefois, la lumière qui passe à travers cette vie simple et chargée d'efforts avive nos âmes.

Lorsque nous nous retrouvons le soir, c'est la fête. Nos hôtes ne parlent que très peu. Leur tête est peuplée de petites prières ; leur vie s'enroule dans une sorte de rituel simple et recueilli. Ils lèvent rarement les yeux pour voir si le travail donne des résultats. Confiants, ils reposent entre les mains de la vie et je ne tarde pas à les imiter.

Mais ce n'est pas le cas de tous. Dominique m'apprend que Vicuno suit le travail de près. Il projette pour la *communidad* un retour aux valeurs incas et mûrit son plan. Il appartient au mouvement indiennisant. Ce mouvement aspire à rasseoir le cœur inca sur ses bases traditionnelles. C'est la seule solution, pense-t-il, pour enrayer le découragement, le vol et la mesquinerie qui, hélas ! ravagent l'harmonie de la *communidad*.

Pour ma part, je sais de Lillo la méfiance encore solide de Vicuno à notre égard. Notre conduite lui apparaît trop parfaite ; il est convaincu que nous suivons un plan et se demande s'il est compatible avec le sien.

Nous nous mettons d'accord : mieux vaut rencontrer Vicuno et lui expliquer clairement ce que nous projetons de faire. La rencontre se tiendra le soir même, à la salle du conseil. Icaza et quelques conseillers seront présents.

Sur une chaise de bois sculpté, Vicuno domine l'assemblée. À ses côtés : Icaza, deux autres hommes plutôt âgés et le grand métis au chapeau de feutre qui nous surveillait sous la bougainvillée.

Dominique s'approche ; je reste derrière, près de Lillo.

— Voilà, nous sommes venus ici, au Pérou, parce que nous croyons sincèrement que cela est nécessaire pour nous laver. Nous savons que vous, les natifs, portez une lumière

et un bonheur de vivre capables de favoriser notre épanouis-
sement. Mais nous connaissons aussi vos souffrances : la faim,
la maladie... Nous possédons quelques connaissances dans ce
domaine. Nous désirons échanger nos compétences médi-
cales et biologiques contre la joie de partager votre vie. En
somme, nous désirons entrer pleinement dans votre communauté et être acceptés comme membres de l'*ayllu*. Nous...

Le métis se lève vigoureusement de sa chaise :

— Que connaissez-vous de l'*ayllu* ?

— Encore très peu...

— Jamais vous ne serez des nôtres ! Vous feriez bien de
partir, rétorque l'homme aigri.

Je m'avance pour intervenir, mais Lillo, la femme de
Vicuno, me ramène brusquement à ma place et me chuchote
à l'oreille :

— Si tu parles maintenant, j'ai bien peur que tu ne gâches
tout. Comporte-toi, pour le moment, en femme *quechua*.
Dominique est un homme capable de se défendre.

— Est-ce que, par mégarde, riposte Dominique, vous,
les *Quechuas*, êtes devenus aussi mesquins que nous les Blancs ?
Je comprends que le pire malheur d'un combat consiste à
devenir semblable à celui contre qui nous luttons. Mais je
reste convaincu que vous n'êtes pas ainsi, que vous avez suffisamment conservé de votre sève originelle pour nous accueillir...

— Comme l'Inca reçut Pizarro le *conquistador*, continue
le métis, et fut par lui décapité. Non, nous ne reproduirons
plus la même erreur.

— Vous ne ferez plus l'erreur de votre chef Atahuallpa,
mais peut-être allez-vous répéter la faute de Pizarro ! réplique
vivement Dominique.

— Au diable Pizarro ! s'écrie le métis.

— Dominique a raison, affirme Icaza en se levant. Toi,
Montalno, tu ressembles un peu trop aux Espagnols.
Atahuallpa a péché par la confiance ; ne péchons pas par la
méfiance. J'ai observé ces jeunes étrangers. Je crois qu'ils
peuvent vivre avec nous.

Vicuno, le chef, qui écoutait jusqu'à maintenant dans le
plus parfait silence, fait solennellement signe aux conseillers
de s'asseoir et prend la parole :

— Vous avez été francs et ouverts avec nous : je le serai
avec vous. Vous n'êtes pas ici dans un village ordinaire. Nous

sommes à quelques kilomètres de l'Urubamba d'où coulent les eaux de Cusco qu'on appelle, nous, Ollantaytambo. Notre village est un de ceux qui ont signé la déclaration du peuple de la vallée sacrée. Lillo, avance, et lis-leur le papier.

Lillo, très cérémonieusement et sans trop buter sur les mots, profère :

« DÉCLARATION DE OLLANTAYTAMBO

Nous les *Varayoq* et autres représentants des communautés indiennes de la vallée sacrée des Incas, après avoir été victimes de l'ouragan blanc, nous jurons de retrouver nos fondations et de reconquérir notre place. Tout ce qui peut être considéré comme un moyen à cette fin sera utilisé comme tel. Mais jamais nous ne redeviendrons des moyens pour d'autres, ni ne subirons l'humiliation d'un esprit missionnaire quelconque. »

Après avoir lu, Lillo se retire et Vicuno se rassoit. Lentement, Dominique s'avance.

— Nous acceptons ces conditions.

— Alors, nous vous accueillons, déclame Vicuno.

Le métis jette sur nous un regard de mépris et quitte la salle du conseil.

XIII

SE TRANSFORMER MUTUELLEMENT

1 Par l'effort de nos corps constamment dans la sueur et la terre, l'été nous a donné une bonne récolte de bananes, de maïs et de légumes divers. Dominique, grâce à la magie de sa diplomatie et au pragmatisme de son intelligence, a introduit quelques modifications aux méthodes traditionnelles d'agriculture. D'autre part, comme par osmose, nous nous adaptons de plus en plus au mode de vie de la *selva*.

Les pluies sonnent l'arrêt temporaire des travaux agricoles. Francine et moi, guidées par Clorinda et Antonio, partons bientôt pour une tournée. Nous visiterons les villages afin de reconnaître les besoins de santé les plus importants et de préparer notre dispensaire en conséquence.

La pirogue glisse sur les eaux bourbeuses et glauques du fleuve. Le moteur pétarade en remontant le courant. A plusieurs reprises, il nous faut portager, aidés de quelques pêcheurs d'un village avoisinant. Les insectes, cette peste de la *selva*, nous brouillent la vue. L'humidité nous pénètre profondément. Nous gardons constamment l'impression d'être trempés jusqu'aux os. Mais le visage affable de Clorinda, au sourire aussi large qu'une crêpe, apporte une douce quiétude dans nos cœurs.

Nos guides nous déposent à un village et restent dans la barque à pêcher. L'*animator* du village nous accueille dans la bonne humeur et nous fait visiter un grand nombre de familles. Il s'attarde tant qu'il nous faut continuer seules. Généralement, les *casas* sont formées d'une simple plate-forme protégée d'un toit de palmes.

Partout la malnutrition, la malaria, la lèpre, la diphtérie, des blessures infectées... L'étape d'adaptation tire à sa fin : il nous faudra bientôt passer à l'action.

À l'embouchure de l'Urubamba, juché sur un très haut plateau, le dernier village. La *puna* s'étend maintenant jusqu'au pied des Andes, se recourbe comme pour se donner un élan et monte par bonds jusqu'au Cusco.

C'est dans ce petit bourg que je rencontre Pédro. À la suite de la morsure d'un serpent, l'enfant est extrêmement malade. Couvert de sueur, il est tourmenté par la fièvre et le délire. Son père, un puissant gaillard au visage étrangement pâle, de son couteau a tranché dans la morsure et, de sa bouche, lui a extirpé le plus de poison possible. L'enfant a survécu, mais la blessure s'infecte dangereusement. Nous n'avons aucun matériel médical : nous ne voulions pas être immédiatement identifiées comme *doctora*. L'enfant est en danger et nous ne pouvons rien faire.

À tour de rôle, nous le veillons. Son père et sa mère, résignés et épuisés, dorment adossés à une poutre. Francine surveille Pédro. Je n'ai pas sommeil. Je fais quelques pas entre les *casas*. J'aperçois un monticule chauve qui miroite sous la lune. Attirée, j'y monte.

Le village tranquille suinte dans l'obscurité. Je revois, visage après visage, tous ces Indiens que j'aime. Ils ont absorbé mon âme. Elle s'étend sur ces cœurs simples et tenaillés par la faim. Elle a cessé de s'émouvoir d'elle-même. Elle ne remonte plus comme autrefois sur les rebords de montagnes pour s'évaporer dans la quiétude du ciel. Non, elle longe le sol, pénètre chacun et se perd elle-même. Je me suis étalée, du Mexique jusqu'ici, comme une tache d'huile sur un buvard. Me suis-je perdue ? Y a-t-il un chemin ? Y a-t-il un but ?

S'infiltrant dans chacune des petites *casas*, ma conscience s'échappe. Je m'endors et rêve...

« Je me tiens debout sur une très haute montagne de la vallée du Yucay, bien au-dessus de l'*altiplano*, si haut qu'en bas, le collet cotonneux des nuages autour du cou de la montagne se distingue à peine, si haut que le ciel transpercé s'effiloche dans la lumière solaire. Et pourtant mon âme cascade jusqu'au fond des gouffres, entre les cimes hachées de lagunes solitaires et les cratères éteints, si loin, si profondément que son gémissement est tout juste audible.

Un condor s'approche de moi en tournant, replie les ailes, étire ses pattes qui se changent en cuisses de femme, et il se pose près de moi. Le visage ovale aux pommettes scintillantes de la dame condor esquisse un sourire et s'approche pour me baiser le front. La jeune femme s'assoit. Sa longue jupe fuchsia flotte dans le vent.

— Angelle, ton âme s'est renversée dans la vallée comme une tache de sang sur un buvard. Et pourtant tu gardes ta cohésion.

— Mais qui es-tu ?

Elle ne ressemble en rien aux personnages de mes rêves précédents.

— Je suis Yanoxama, *aclla* d'Inti.

— De quoi me parles-tu ?

— Inti est symbolisé par le soleil ; c'est la lumière qui descend dans ce monde. On donne le nom d'*aclla* aux femmes qui ont charge de le capter, de le contenir et de l'amener jusqu'au fond des plus profondes vallées vers ce qui est le plus humble.

— Inti est donc un des noms de **I**, la source ?

— C'est bien cela.

— Mais que me veux-tu ?

— Je viens simplement te rassurer.

— J'erre sans but comme un chien vagabond. Je me sens perdue...

— Un enfant marchait avec ses amis dans la forêt. Il avait cru apercevoir un chemin, alors il guidait le groupe. Ses amis l'admirèrent. L'enfant s'aperçut que le chemin n'était qu'un sentier de cervidé. Il réalisa qu'il s'était perdu. Dans son angoisse il se rapprocha de ses amis. Ses amis l'aimaient. C'est ainsi qu'il a trouvé l'amour, c'est-à-dire le commencement... »

Je me réveille subitement. Je reste un long moment à méditer tout cela... J'ai commencé par vouloir aller plus loin et je me suis perdue. Mais au fond, toute ma vie, je n'ai fait que tourner, tourner en rond, et à force de tourner je suis finalement arrivée au sentiment qu'il suffit de tourner... comme une fiancée autour de son amant, un jour de grande fête.

Tout en descendant vers la *casa* de Pédro, je me sens légère. J'ai l'impression de glisser sur l'herbe. Une sérénité emplit mon cœur, une sérénité qu'on ne peut comparer qu'à l'espace lui-même.

Dans la cabane, l'enfant s'agite et ses yeux brillent comme des boules de goudron encore chaudes. Je m'approche. Il me regarde :

— Madame, votre visage est poudré.

Il dit cela tout excité, comme s'il avait une vision.

— Vous êtes poudrée de farine de soleil.

— Calme-toi, Pédro, calme-toi.

J'humecte son front d'un peu d'eau fraîche et il s'assoupit un moment. Puis il se réveille.

— Ma jambe me fait mal, tellement mal...

— C'est bon signe, Pédro. Elle travaille à se guérir.

— Pourquoi mon sang il est noir ?

— Tu le sais sans doute. Alors, dis-le moi, Pédro.

— C'est parce qu'il a perdu son rouge.

— Tu as bien répondu.

— Je vais guérir, vous pensez ?

— Est-ce que tu le veux vraiment ?

— Bien oui, je le veux.

— De toute ton âme ?

— Je... non, vous avez raison, je le veux pas de toute mon âme. J'ai peur de l'avenir...

— Oui, je sais, il y a beaucoup de difficultés. Ton pays doit être reconstruit ; ce ne sera pas facile. Mais ici, vous êtes en avance.

— Nous ne sommes pas en avance, nous vivons dans la misère ! riposte Pédro.

— C'est pour cela que vous êtes en avance ; là-bas, très loin au nord, ils ne sont pas encore dans la misère. Mais ils s'y dirigent et c'est à ce moment-là qu'ils auront à rebâtir sur leurs cendres. Et ce sera toujours à recommencer, à moins que toi, Pédro, tu n'ajoutes ta qualité à la pâte. Et tu es bien placé puisque, ici, nous sommes au début.

— Mais je n'ai plus de qualité dans mon sang...

— La qualité descend d'Inti...

— Comment connais-tu Inti ? Mon père dit que les étrangers ne savent rien d'Inti.

— Je ne suis plus une étrangère.

Il me regarde longuement.

— La poudre sur votre visage... je la veux sur mon visage à moi aussi.

— Alors, tu veux vivre ?

— Oui, je veux vivre.

— Avec les difficultés ?

— Avec pas trop de difficulté.

— Tu le désires fort ?

— Je le désire très fort.

Le garçon, qui n'a sans doute guère plus de treize ans, se met à hurler, si bien que tout le village se réveille d'un bloc. Son père, le premier, se retrouve à son chevet.

— Père, vous ne faites rien pour me guérir. Ne voulez-vous donc pas que je vive ?

— Heu... Pédro, ne crie pas. Recouche-toi, tout va bien aller.

— Je le vois dans vos yeux : vous êtes résigné. Vous n'avez même pas été chercher Icaza pour me soigner. Il connaît les plantes qui guérissent. Allez-y !

Le père, éberlué, se retire et court à sa pirogue...

Sa mère, qui connaît bien l'usage des plantes, fait bouillir des herbes, nettoie la plaie et donne au garçon toutes sortes de tisanes. Les enfants font tourner très vite des gourdes de cuir afin de rafraîchir l'eau qu'on lui met sur le front. L'adolescent est maintenu vivant les trois jours nécessaires au retour du père accompagné d'Icaza.

Tout le monde s'écarte, le vieillard s'arrête au chevet du garçon. Il le regarde dans les yeux et comprend.

— Tu vas guérir, dit-il.

L'enfant le croit. Icaza étend une espèce de pâte sur sa jambe ; au bout de trois ou quatre jours, il marche. Le village, en émoi, crie au miracle.

Un mois plus tard, Pédro court et gravit les collines. C'est ce que rapporte un porteur venu nous saluer à Cumaria où nous travaillons à construire le dispensaire.

Je le charge d'un message :

— Dis à Pédro : « Tu as réveillé ton village ; c'est magnifique. Un jour, il se peut que tu l'animes. Je serai toujours ton amie. »

2   Les matins clairs, selon la saison, en temps opportun, le village se réunit à la chapelle. Face à la porte, un crucifix planté sur une poutre vacille sous l'effet d'une petite bougie rougeâtre. De-ci, de-là, des statuettes nues, les mains sur la poitrine, regardent de leurs yeux d'œufs tachetés, la lumière qui se lève.

Vicuno se lève solennellement ; les villageois, derrière, s'agenouillent. Icaza fait un signe et Antonio, accompagné de sa femme Clorinda, entonne, en regardant la croix, un très vieux cantique chrétien :

> *Ô seigneur ancien et lointain,*
> *Seigneur fortuné,*
> *Seigneur blanc et victorieux,*
> *aie pitié de nous !*
> *Fais que les gens qui te servent,*
> *les pauvres, les malheureux,*
> *vivent en paix.*

Ils récitent cette prière parce qu'ils se souviennent que c'est au nom de cette croix que leurs ancêtres ont été atrocement massacrés. Ils ont le sentiment que le Dieu des chrétiens, ce dieu de la société du meurtre, a détrôné leur propre dieu, celui de la fraternité. Pire, ils craignent que ce dieu du conquérant soit le vrai Dieu. S'il était le vrai Dieu : rapine deviendrait sagesse et générosité signifierait stupidité. Cela voudrait dire qu'inévitablement l'avenir mène à l'enfer, le paradis n'ayant été qu'un bref moment d'espoir primitif. C'est de cela qu'ils ont peur et peut-il y avoir de crainte plus horrifiante ?

Après cette prière à la croix, ils se retournent vers le soleil qui, peu à peu, se dégage de l'horizon :

> *Ô Viracocha, où es-tu ? Ne pourrais-je te voir ?...*
> *...Pachacamac, créateur de l'homme,*
> *Seigneur, tes serviteurs*
> *avec leurs yeux tachetés désirent te voir...*
>
> *Où et à qui as-tu envoyé le sceptre brillant ?...*
>
> *...Créateur du monde d'en haut,*
> *du monde d'en bas, du vaste océan,*
> *...Où es-tu ? Que dis-tu ? Parle, viens...*
>
> *Et vous, rivières, cascades, et vous, oiseaux,*
> *donnez-moi votre force et tout ce que vous pouvez,*
> *aidez-moi à crier avec vos gorges,*
> *avec vos désirs.*

Cette prière, c'est en pleurant qu'ils la récitent, parce qu'ils ont peur que le dieu de la lumière et de l'amour ne revienne plus, qu'il n'ait été qu'illusion.

Bien que je sois toujours heureuse de chanter avec le village, je reste profondément troublée par le crucifix piqué sur la poutre, dressé en avant de la chapelle, du côté ouest, et dont l'ombre s'allonge très loin et ne disparaît qu'au midi.

Comme la communauté s'attarde sur la place devant la chapelle, je m'approche de Clorinda et lui demande :

— Que représente le crucifix, et pourquoi le priez-vous ?

— Nous vivions en paix sous la lumière d'Inti, sous la garde de Viracocha. De la mer sont venus des étrangers. Ils ont tout détruit. Écoute...

Doucement, elle se met à chanter d'une voix si triste que, malgré la discrétion de notre conversation, tout le village se retourne :

Le long des routes gisent, brisées, les javelines;
Les chevelures sont éparses.
Sans toit sont les maisons
et vermeils sont les murs.
La vermine pullule au long des rues
et les murs sont souillés de lambeaux de cervelles.
Rouges coulent les eaux ; elles sont comme teintes
et, quand nous les buvons,
c'est comme si nous buvions de l'eau de salpêtre.

— Le crucifix nous rappelle que Viracocha est mort massacré, et peut-être restera-t-il mort indéfiniment, continue-t-elle.

Le dos courbé par la tristesse, toute la communauté se disperse. Dominique s'approche de moi : nous sommes consternés.

— Ai-je bien compris ? laisse-t-il tomber.

— Oui. Si on brise la ficelle d'un collier, toutes les perles s'éparpillent.

Dominique me serre dans ses bras et chuchote doucement :

— La paix est-elle plus puissante que la guerre ? La civilisation de l'horreur a-t-elle vraiment tout détruit ?

Ses larmes coulent sur mon front. Comme j'aime cet homme !

* * *

Depuis l'événement du village au pied de l'Urubamba, Icaza me fait pleinement confiance. Il m'invite de temps à autre à sa *casa* et m'enseigne des secrets médicaux connus de lui seul.

La construction du dispensaire va bon train. Toute la *communidad* participe aux travaux. De Lima, financé par la Witts SeaFood, un camion chargé de matériel médical nous est arrivé. Par la même occasion, le Cholo envoie un message réclamant les services d'une dizaine d'ouvriers pour l'usine.

Dominique présente la requête à Vicuno et ses conseillers, en insistant sur l'idée d'*ayllu*...

— Ces volontaires reviendront avec des économies. Leur travail appartient à l'*ayllu*. Nous pourrons acheter des équipements agricoles et des tuyaux de drainage...

— Je sais, mais cela semble trop facile, déclare le *varayoq* en esquissant, par réflexe, le rictus de la *desconfianza*.

— C'est encore une ruse d'exploitant, renchérit Montalno.

— Le Cholo est un ami du mouvement indiennisant, conteste Icaza. Il travaille à la reconstruction du pays et croit dans l'organisation des *ayllu*. Il faut nous habituer : depuis que la plus grande partie de l'oligarchie n'a plus besoin des natifs dans ses usines, notre pire ennemi, c'est notre méfiance chronique. Le Cholo est des nôtres. Dominique nous l'a cent fois répété.

— Dominique et tout son groupe ne sont que des étrangers...

— Tais-toi, Montalno, tu es toi-même un étranger parce que ton cœur est imbibé de la haine qu'ont semée ici certains Espagnols, tempête Icaza, le visage autoritaire mais la bouche exprimant la pitié.

— Les Blancs ont violé et battu ma mère. Je...

Et il sort de la salle du conseil en jetant sur nous un regard enflammé de vengeance. Vicuno se range du côté d'Icaza. Cinq familles sont choisies et partent pour Lima.

En sortant, Icaza nous prend à part, Dominique et moi, et nous conseille de nous méfier de Montalno. Il est métis à cause de l'action perfide d'un propriétaire européen qui a violé sa mère. Il ne l'a jamais accepté. C'est un ancien des Sentiers Lumineux, dont quelques-uns sont restés dans les montagnes, broyant du noir et cherchant en vain des ennemis. De temps à autre, ils tuent une ou deux personnes, les jugeant traîtres à la cause révolutionnaire. Mais, en fait, ils sont assimilés aux *narcos* qui entretiennent de vastes plantations de coca pour l'exportation.

* * *

Le dispensaire est maintenant terminé. Caroline et moi passons nos journées à soigner les malades et les blessés. Icaza vient souvent nous conseiller et se renseigne sur nos méthodes. Il n'est pas toujours facile et pose d'interminables questions. Dominique coordonne admirablement bien tout le projet. Francine dirige discrètement mais efficacement le travail de chacun. Gérald et Dominique achèvent l'installation matérielle et amorcent le chantier de la distillerie d'eau de table. Notre organisation, bien que rudimentaire, donne déjà des fruits.

Nous recevons de nombreux cas de malaria. Heureusement, nous disposons de nouveaux vaccins très perfectionnés. La difficulté est de diagnostiquer le plus précocement possible la maladie qui, à ses débuts, présente des symptômes similaires à ceux d'autres contagions virales. Nous nous occupons aussi à soigner de multiples blessures, morsures et piqûres qui s'infectent rapidement. Quant à l'empoisonnement dû à l'eau, trop souvent il emporte la vie des plus fragiles et il faut compter sur la distillerie pour l'enrayer.

Nous apprenons beaucoup des mœurs *quechuas*. Nous vivons dans un véritable climat communautaire. Nos actions sont baignées dans le silence, le chant et la prière. Un bonheur profond emplit nos cœurs. L'œil d'Inti nous accompagne au fil des jours et je ne me sens plus jamais seule.

Le plus souvent, Nicolas travaille avec son père. Mélanie nous suit pas à pas. Je m'étonne sans cesse de la pertinence de ses questions et de l'acuité de ses remarques.

* * *

Julia, la femme de Montalno, est courbée par l'arthrite et souffre grandement. Elle n'arrive plus à s'occuper de sa marmaille. On la voit souvent écrasée près d'un arbre, inactive.

Aujourd'hui encore, elle s'est traînée jusqu'au dispensaire. Assise sur les marches, elle reste là, désabusée et craintive. Alors, je m'approche d'elle :

— Ça ne va pas, madame Julia ?

Elle garde un silence inquiet.

— Ils vont bien vos enfants ?

Elle me jette un regard en diagonale et guette si ma question cache une accusation.

— Vous êtes une femme pas ordinaire, avec une si belle famille ; vous souriez presque toujours...

Elle laisse échapper un ricanement gêné.

Je m'assieds tout près d'elle, et nous écoutons la forêt. Au bout d'un long moment, elle commence à me raconter... Montalno la brutalise : elle en a peur. Il malmène les enfants, les frappe et, le soir, il prend son plaisir sans considération pour elle. Elle n'en peut plus. Coincée entre la haine et la peur, elle se réfugie dans la maladie, regarde du côté de la mort. Son âme isolée, comme une naufragée dans la nuit, cherche un signe, une lumière. Ne sachant trop vers qui se tourner, elle vient s'asseoir sur les marches du dispensaire.

— Lorsque tu as rencontré Montalno, la première fois, savais-tu si tu l'aimais ?

— Oh ! oui, je l'ai vraiment aimé.

— Maintenant, sais-tu ce que tu ressens pour lui ?

— Euh... non. Tout est mêlé... Je voudrais l'aimer, mais...

S'apercevant qu'elle a déjà trop parlé, elle se retire de nouveau dans le silence.

— Voilà ce que tu vas faire, Julia : tu vas t'allonger au soleil. Ça fait toujours du bien de s'étendre dans la lumière.

— Mais, madame Angelle...

Je l'aide à s'installer sur un banc, pas très loin. Le soleil, tamisé par la futaie, ondule sur sa jupe. Je pense qu'il y a bien longtemps que cette femme n'a pris de repos sans se sentir coupable. Aujourd'hui, elle ne se jugera aucunement paresseuse puisqu'elle obéit...

Un peu plus tard, je reviens m'asseoir près d'elle.

— Vous êtes tellement bonne, madame Angelle ! me dit-elle.

— Est-ce de la bonté pour un arbre que de chercher de l'eau par ses racines ?

— Bien non, madame Angelle. L'arbre est égoïste, il prend l'eau pour lui-même.

— Et s'il ne prenait pas de l'eau pour lui-même, est-ce qu'il nous donnerait de l'ombrage ?... Je m'approche de toi, Julia, pour m'abreuver et il se peut qu'en m'abreuvant, je jette un peu de fraîcheur sur ton visage.

— Vous parlez comme Icaza. Je ne comprends jamais ce qu'il dit, mais je trouve qu'il parle bien.

— La lumière est bonne sur toi ?

— Ah ! oui qu'elle est bonne !

— C'est parce qu'elle a du plaisir à t'éclairer. La lumière, comme une petite curieuse, aime bien s'insinuer jusque dans les trous les plus obscurs.

Julia se met à rire. Son visage s'éclaire soudain. Je lui prends la main. Elle me sourit : nous nous sentons proches l'une de l'autre, et, comme nous nous aimons, nos paroles ne sont pas stériles. Je peux continuer :

— La lumière, c'est Inti que vous l'appelez ?

— C'est ça, Inti qu'on l'appelle.

— Si Inti est lumière, il constitue la sève de l'âme. Prends courage, Julia ; laisse la lumière entrer dans ton cœur et éclairer toutes tes émotions... Les animaux de la forêt, tu les aimes ?

— J'aime pas les serpents.

— S'ils sont à leur place, ils sont beaux. Les émotions, elles sont bonnes. Laisse Inti t'éclairer...

Elle s'assoupit : je m'éloigne. Bientôt, elle se relève et je ne la vois plus.

* * *

Une semaine plus tard, à la même heure, Julia s'installe de nouveau dans l'escalier. Je m'approche...

— Je sais maintenant, madame Angelle, je sais que je le déteste. Je le déteste parce que je l'aime. Ce que j'aime, c'est ce qu'il aurait pu être, et c'est pour cela que je le déteste. Et j'ai peur de lui. J'ai très peur de lui... C'est pour cela que je me déteste moi-même. Et comme je déteste me détester, je reste dans la noirceur. Voilà ce que j'ai trouvé.

Je reste complètement estomaquée.

— Julia, quelle lumière tu m'apportes ! Tu es belle à regarder, Julia. Je t'aime beaucoup.

— Mais, madame Angelle, je me suis juste confessée... C'était comme ça avant, quand le curé venait au village.

— Oh ! c'est bien plus, Julia... Continue de me parler de ce que tu as découvert.

— Ce qui est idiot de la peur que j'ai, c'est que, pour éviter le mal que Montalno pourrait me faire, je m'inflige un mal encore plus grand : je me tiens malade.

Je descends jusqu'à la dernière marche de l'escalier et regarde Julia en face. Son visage est difforme, ses dents sont noires et cassées, son corps tordu, mais combien est grande la vie de ce petit pissenlit qui, à travers le béton de la peur, cherche à se frayer un chemin.

— Julia, est-ce que tu désires vraiment te relever et redevenir une femme digne d'Inti ?

— Non, madame Angelle, je ne veux pas que la femme qui se relève soit celle qui est assise.

— Celle qui se relève ne peut pas être celle qui était assise.

Et je lui tends la main. En s'aidant de sa canne, elle se redresse péniblement. Alors je continue :

— Tu sais, Julia, on ne peut enlever la peur qui est dans le cheval mais, si la peur passe derrière lui — tu vois la colline là bas ? —, d'un bond, il saute dessus.

— Comment fait-on pour que la peur soit derrière ?

— Regarde devant, voilà tout, regarde toujours devant.

Obéissante, elle fixe un arbre en avant d'elle et je la questionne :

— Crois-tu que Montalno soit acceptable pour le village ?

— Non, il est dangereux.

Elle dit cela d'une voix neutre, tout en fixant l'arbre.

— Crois-tu qu'il serait juste de le chasser ?

— Ce serait mieux pour tout le monde. Il doit partir. C'est à lui d'être courbé de honte, ce n'est pas à moi.

— Qui peut le chasser du village ?

— Vicuno.

— Qui peut se plaindre à Vicuno ?

— C'est sa femme, elle seule peut témoigner...

Et réalisant ce qu'elle vient de dire, elle se retourne vers moi...

— C'est à moi de le faire... mais il va m'égorger !

— Non, non, ne regarde pas derrière.

Elle fixe à nouveau l'arbre et continue :

— Je vous aime, madame Angelle. Je voudrais vous ressembler.

— Tu me ressembles puisque tu éprouves pour moi ce que j'éprouve pour toi.

— Je ferais n'importe quoi pour vous.

— Montalno n'est pas bon pour le village. J'aimerais le voir partir ; c'est le mieux pour nous, c'est le mieux pour lui.

— Le mieux pour lui, madame Angelle ? répète-t-elle en me regardant.

— Crois-tu qu'il soit heureux d'être un bourreau ?

— Non, il ne l'est certainement pas.

— Si le bourreau n'a pas de victime, il ne peut exercer son métier. Le plaisir du bourreau réside dans la peur et l'abaissement de la victime. Il ne se voit pas lui-même parce qu'il est fasciné par la peur qu'il impose.

Elle fixe à nouveau l'arbre et réfléchit un instant.

— Je veux vivre et me plaindre à Vicuno.

— Viens d'abord avec moi, je te soignerai.

M. Burns nous envoie les meilleurs médicaments connus en Amérique mais, hélas ! nous n'en possédons que de faibles quantités. Alors, nous ne les utilisons que si toutes les conditions psychologiques et sociales sont favorables à la guérison. C'est le moment de donner à Julia tous les soins médicaux nécessaires.

* * *

Ce soir, nous sommes tous réunis au dispensaire pour le souper. Dominique et Gérald racontent leur journée. Les enfants lancent des plaisanteries.

Montalno, enragé, grimpe les escaliers et entre :

— Où est ma femme ? crie-t-il.

— Tu veux parler de Julia, que je lui réponds. Elle est ici et ne repose.

Dans l'encadrement, Julia apparaît. Se tenant solide sur sa canne, elle l'interpelle :

— Tu me cherches, Montalno ?

— Les enfants ont faim...

— Et moi aussi, rétorque Julia. Il y a des mois que tu n'apportes rien, des mois que tu nous laisses dans la misère. T'es devenu un mécréant pire que Pizarro lui-même, un être dangereux. Vicuno te chassera...

Il s'approche d'elle en brandissant son poing. Gérald se lève de table :

— Tu déranges cette dame, mon ami...

Montalno, les yeux enflammés, frappe Gérald en pleine figure. Les jambes écartées il chancelle, mais ne bronche pas et le regarde bien en face. Montalno se prépare à cogner de nouveau. Alors Dominique se lève et Olmedo derrière lui... Montalno me jette un étrange coup d'œil puis quitte précipitamment le dispensaire.

Je reste subjuguée par le dernier regard de Montalno. Un instant, j'ai cru qu'il allait me tuer ; un instant, j'ai cru qu'il me demandait d'avoir pitié de lui.

Vicuno a chassé officiellement Montalno. Julia marche maintenant le dos droit.

Les matins clairs, selon la saison, en temps opportun, le village se réunit à la chapelle. La poutre est nue : quelqu'un a enlevé le crucifix. Antonio et Clorinda ne psalmodient plus devant la croix, mais, face au soleil qui se lève, leur hymne rayonne d'espoir. Julia, qui chante de plus en plus fort, semble avoir changé quelque chose dans la communauté entière. Viracocha et Inti seraient-ils sur le point de ressusciter ?

* * *

Depuis le rêve dans la montagne au village de Pédro, par moments, je me sens comme l'eau d'un lac si infiniment tranquille et si profond qu'on ne voit pas le lac mais seulement le ciel qu'il reflète. Aussi, mon âme se tient-elle coite ; elle écoute. Mais lorsque je perds cet état, je me retrouve si perdue, aussi angoissée qu'un nouveau-né arraché du sein de sa mère, et alors la vie m'est insupportable.

Lorsque je touche le fond de mon angoisse, il m'arrive d'entendre l'oiseau prier, d'entendre l'arbre crier... Au fond de ce gouffre, je deviens telle une bête en rut. La rivière, les montagnes, la sauvagerie de la jungle me prennent à travers les bras de Dominique, me pénètrent jusqu'à la quiétude. Dans cette paix, le ciel à nouveau se reflète.

Entre les marées de mon cœur, ce qui me fascine le plus, c'est de regarder vivre Dominique. À chaque jour, il m'émerveille. Il ne marche pas, il vogue ; jamais il ne se retire de la communauté et, pourtant, il est constamment recueilli.

De ce temps-ci, le village est troublé : les *narcos* se rapprochent. La semaine dernière, ils ont dévasté les récoltes d'une bourgade à l'est de Pucallpa. Montalno est devenu le chef d'un petit groupe de plus en plus agressif.

Néanmoins, notre travail continue. Il arrive encore trop souvent que des enfants ou des vieillards meurent de faim. Par contre, les progrès agricoles sont de plus en plus significatifs. Les volontaires qui vont travailler à la Witts SeaFood à Lima, pour le compte de leur *ayllu*, ramènent ce qui, ici, représente une petite fortune. Le drainage des sols améliore de beaucoup les récoltes. Nous disposons de semences de qualité et ne perdons aucune substance organique susceptible d'engraisser le sol. Malgré une résistance normale au changement, les ouvriers appliquent de plus en plus les connaissances agronomiques de Dominique.

De temps à autre, selon la saison, Caroline et moi entreprenons la tournée des villages. Dans le plus éloigné, je revois toujours Pédro avec grand plaisir.

Aujourd'hui, l'état de sa petite sœur bouleverse mon jeune ami. Nous courons à sa *casa*.

La *nïna*, le teint livide, est agitée et fiévreuse. Son visage décharné, son ventre ballonné par la malnutrition montrent un état de cachexie déjà avancé. Sans doute est-elle atteinte d'une des formes les plus malignes de malaria ! Il fait une chaleur torride dans la pièce infestée de mouches et de moustiques. Son père n'est pas rentré de la pêche et sa mère travaille aux champs.

Il arrive souvent, surtout s'il s'agit d'une fille, que, plus ou moins consciemment, on laisse mourir l'enfant sans trop d'effort pour la sauver. Mais Pédro ne l'entend pas de cette manière : il refroidit de l'eau pour lui rafraîchir le front et lui prodigue les meilleurs soins possibles.

Mélanie collabore spontanément à son effort. Nous transportons la petite à l'extérieur et la déposons délicatement sur le *poncho* de Pédro, à l'ombre et loin des insectes. Caroline prend le pouls, fait rapidement une prise de sang et, à l'aide d'un réactif, l'analyse... Il s'agit bien d'un paludisme malin compliqué de diarrhée et sans doute d'infection parasitaire. Nos chances de la sauver sont si minces qu'en fait, il s'avère plus urgent de l'assister dans les dernières phases de son agonie que de s'agiter inutilement autour d'elle.

— Pédro, courage ! ta sœur est sur le point de mourir..., ose dire Caroline.

— Non ! Soledad veut vivre : Soledad vivra ! réplique immédiatement le garçon.

Mélanie met sa main sur l'épaule de l'adolescent :

— Pédro, écoute bien : tu n'attaches pas ton chien, tu laisses ouverte la porte de ton poulailler et toi-même tu ne supportes pas de rester dans la maison plus de dix minutes, alors pourquoi veux-tu retenir Soledad ?

Pédro regarde Mélanie au visage si limpide et toutes les ombres s'effacent de son cœur. Une larme coule sur sa joue :

— Non, je n'attacherai pas Soledad, reprend-il résolument.

Il met un genou par terre et, caressant la joue de sa sœurette, lui demande :

— Soledad, quand tu seras dans le *Raymi*, tu me lanceras un rayon ?

La petite le regarde droit dans les yeux et son regard lui perce le cœur. Pédro chavire dans son âme ; un moment, il ressent parfaitement qui il est et en reste terrifié. Puis il cligne de l'œil et revient à lui.

— Soledad, quand tu seras dans le *Raymi*, tu me lanceras un rayon... Je ne pourrai pas continuer mon chemin sans que tu me lances un rayon. J'ai vu ma route : elle est comme le sentier qui monte à Cusco.

La petite bouge un peu la tête, rassemble le maximum d'air dans ses poumons et souffle :

— Je... je vais lancer le rayon... le plus gros...

Et elle tombe dans un état de profonde catalepsie.

— Continue de lui parler, Pédro, elle peut t'entendre encore, dis-je au jeune garçon.

Et il poursuit :

— Tu vois le condor, Soledad ?

— Oui, elle... je le vois, répond Mélanie, substituant sa voix à celle de la fillette.

— Suis-le, Soledad, suis-le en paix. C'est mon ami ; il te connaît, je lui ai parlé de toi. Il t'enveloppe dans ses ailes...

— Oui, Pédro, il m'enveloppe dans ses ailes, murmure Mélanie.

— Doucement il t'emporte, Soledad...

— Au revoir, Pédro, souffle Mélanie.

— Au revoir, sœurette, s'écrie Pédro couvert de larmes, et n'oublie pas le rayon...

— Le plus gros, je t'envoie le plus gros... ajoute Mélanie.

Soledad brise le dernier lien et le condor l'emporte. Nous restons tous silencieux. Caroline entonne un chant *quechua*.

D'où viennent tous ces sons lointains ?
Échos de là où la lumière abonde,
Torrents de cristal au pâle murmure
Éclatant sans retenue ?
Ce sont les grains d'or de la pensée,
Les murmures silencieux, à peine perçus,
Qui nous remplissent de joie et de contentement,
Les sentiers par lesquels l'âme s'élève;
Montée de l'âme, montée de l'âme.
Écoutez, écoutez seulement !

Gloire aux rayons du soleil,
Gloire aux voies d'Inti;
Rayons du soleil, voies d'Inti.
Ô ! écoutez la voix d'Inti
Invitant votre âme à s'élever :
Dans la lumière radieuse, source du chant,
L'origine de la pensée est née.
Nous cherchons la lumière,
Nous cherchons la lumière.
Écoutez, écoutez seulement !

Soudain, le visage de Pédro subit une étrange métamorphose. Comme frappé par le tonnerre, il entre dans une sorte d'état surnaturel et dit :

Je sais maintenant que la voix de l'homme peut atteindre
le ciel;
Je sais que seul le bien nous est advenu.

— Tu as reçu le rayon, constate Mélanie.

— J'ai reçu le rayon, répète Pédro...

Il regarde Mélanie. C'est vraiment une très belle *muchacha*. Sa chevelure claire ondule au soleil et je pense que Pédro découvre que son âme et son cœur sont attirés. Mélanie regarde Pédro. C'est un solide garçon ; la lumière glisse sur ses cheveux noirs et je pense que Mélanie est attirée par Pédro.

C'est deuil au village et la soirée est tranchée en deux. On pleure avant le repas, on fête après ; c'est ainsi.

Pédro tient la main de Mélanie. J'entends leur conversation...

— Sais-tu ce que j'ai appris au dispensaire ? demande Mélanie.

— Non, répond Pédro, je n'ai jamais vu le dispensaire.

— Le dispensaire, c'est un lieu d'échanges.

— Ah ! bon.

— Si, un instant, un être vivant n'échange pas avec ce qui l'entoure, il meurt. Si, un instant, une âme n'échange pas avec ce qui l'entoure, elle devient brumeuse ; sa conscience s'effondre et elle s'éteint.

— Quelle chance tu as de vivre avec Caroline, Angelle et les autres !... soupire Pédro.

— Est-ce que tu aimerais...

— Oh ! oui, je désire tellement vivre à Cumaria avec vous tous.

— J'en parlerai à Angelle...

Alors je me retourne vers eux :

— Demande à ta famille, Pédro, et viens.

Pédro exulte. Il court discuter avec ses parents. Il rayonne et danse comme un fou. J'ai l'impression d'assister à des fiançailles. Plus tard, Pédro, hors d'haleine, s'approche :

— Madame Angelle, comme je vous aime !

— C'est si bon que tu me dises cela, Pédro !

— Je veux vous ressembler.

— Il serait préférable que tu te ressembles à toi-même, mon grand... Tu te vois, les cheveux comme des râpures de carottes ?...

— Vous n'avez rien d'une carotte, madame Angelle, vous brillez comme le soleil...

— À ce compte, nous sommes semblables, Pédro. Notre cœur à tous les deux est fait de feu, notre âme est faite d'eau et notre esprit est de roc.

— J'ai demandé à mon père. Quand partons-nous ?

— Demain... Pédro. Prépare-toi pour demain, mais aussi pour tous les autres matins, car bientôt il te faudra prendre ta place.

— Que dites-vous, madame Angelle ?

— La vie exige beaucoup des personnes comme toi, Pédro...

Il se rappelle soudain ce qu'il a perçu quand les yeux de Soledad ont percé son cœur et qu'il a chaviré dans son âme...

— Ce n'est pas clair ; j'ai l'impression de recevoir une lourde charge sur mes épaules, une terrible responsabilité.

— Tu vois le feu au milieu de la fête ? Chacun tourne autour ; il éclaire, il réchauffe : tu seras un feu. La nuit s'achève, il te faut préparer le jour qui vient.

XIV

UN BONHEUR SANS LIMITE

Nous vivons à Cumaria depuis plus de quatre ans. Je n'ai jamais reçu de lettre de toi et tu me manques beaucoup. Tu m'apportais tant de fraîcheur. Est-il nécessaire que le bois soit porté à un tel degré de sécheresse avant qu'il ne soit enflammé ?

Aujourd'hui, Dominique et Gérald sont partis pour la *ciudad* de Pucallpa, il doivent revenir avec le Cholo.

Ce sont maintenant de grands amis. Le matin, ils partent souvent tous les deux pour le champ. C'est un plaisir de les voir, les mains pleines de terre, faire le drainage. Ils n'arrêtent pas de la journée sauf pour se lancer des mottes de boue pour s'amuser. Ils s'entendent comme les doigts de la main : coordonnés, habiles et sans répit.

Lorsque Dominique est de retour, que la nuit protège notre intimité, j'aime coller ma peau nue contre lui. Je me sens petite dans ses bras. Je le sens petit dans les miens. Nos sueurs tièdes et salées se mêlent et, si la pluie s'infiltre à travers le toit, alors je repousse la couverture et nous faisons l'amour. S'il ne pleut pas et qu'il fait trop chaud, nous restons côte à côte à regarder les étoiles, jusqu'aux dernières lueurs de la conscience et finalement, épuisés, nous nous endormons.

Caroline s'est fiancée à Augustin, le fils de Clorinda. Leur amour, tissé à même le quotidien, peu à peu et sans mot grandit comme une plante, simplement et sans heurt. Augustin, qui passe la plupart de ses journées avec nous, s'avère une aide précieuse. Il déplace les malades avec une délicatesse étonnante.

Mélanie et Pédro vont dans les familles apporter leur soutien à ceux qui souffrent de maladies chroniques ou d'infirmité. À la fin de l'après-midi, ils regroupent les enfants et, sans nuire au travail, leur enseignent des rudiments d'agriculture et d'hygiène.

Depuis deux semaines, chaque nuit, le ciel pleure à torrents. C'est période de crue : la rivière monte jusqu'au ras du plancher. Chargée de boue, l'eau continue son chemin dans l'épaisse forêt, uniquement guidée par son souci d'abaissement. Inévitablement, elle mettra bas de son limon dans le fleuve.

C'est en pirogue qu'on nous amène les nombreux malades et blessés.

Les journées, longues et lentes, donnent à la vie une impression d'éternité, comme si rien ne devait changer.

Néanmoins, je ne peux t'oublier, Loée. Si je ne t'ai pas écrit au cours de ces années passées au Pérou, c'est pour te donner la chance de te délivrer de moi. Il arrive parfois qu'il soit nécessaire de se cacher afin d'éviter aux autres le choix odieux d'avoir à nous écarter. Surtout, il fallait laisser le temps à mon être de rattraper sa parole, car une parole abandonnée est creuse et sans vie. Pourtant, chaque semaine, j'espère une lettre de toi, un signe m'indiquant que je peux de nouveau me rapprocher... mais, rien.

Nous recevons régulièrement du courrier de Boston. La guerre est imminente mais réussit tout de même à se fondre dans le terrorisme et à s'infiltrer partout, à tuer aveuglément, sans montrer son véritable visage. La situation de l'Afrique frôle la catastrophe ; ailleurs, tout semble se maintenir, mais c'est une tromperie statistique. Comme une banquise glissant vers les tropiques, des blocs entiers de populations s'enfoncent dans la misère.

Nous débuterons bientôt le troisième millénaire ; alors que les uns ferment les yeux sur l'épouvantable situation d'injustice internationale, les autres attendent de terribles cataclysmes sans même voir ceux actuellement vécus par la plus grande partie de la population mondiale. On me dit cependant qu'à Washington, New York, Londres, Paris, Berlin, de grandes manifestations s'organisent, mais que parfois, l'anarchie et la contradiction transforment la mobilisation en véritable panique. Le terrorisme s'y associant, cela tourne trop souvent au désastre.

Ici tout est différent ; nous vivons dans la misère, mais en paix... jusqu'au jour où tout bascule...

Le soleil commence à cligner de l'œil derrière la futaie. Le Cholo entre puis s'écroule dans l'encadrement de la porte, avec Dominique, les vêtements calcinés et couverts de sang, étendu, inerte sur lui.

— Les salauds, ils nous ont attaqués, arrive à dire le Cholo, haletant. Envoyez quelqu'un pour ramener Gérald.

On entend un bruit dans l'escalier. Caroline se précipite dehors : c'est Gérald. Il a réussi à se traîner jusqu'ici.

Dominique gît, éventré. Il a été gravement poignardé et souffre de multiples brûlures.

Complètement dépassée, je m'enfuis en criant :

— Non ! Non ! Non !

Francine m'entend et accourt. Incapable de parler, je m'effondre dans ses bras. Elle comprend qu'une tragédie est arrivée et me ramène au dispensaire.

— Angelle, dit Caroline en me voyant, Angelle... il n'y a pas de place à côté de la vie pour s'enfuir. J'ai besoin de vous deux ; ces hommes sont très gravement blessés.

Refroidie, je ferme un instant les yeux, inspire profondément. Tout s'apaise un moment. Je me sens éjectée de mon être. Tel un ange, je me retourne vers cette jeune femme qu'on appelle Angelle et qui semble affolée, pose mon regard sur elle et la calme doucement :

— Angelle, en suivant le chemin, on ne frappe aucun obstacle, mais si l'on cherche à fuir hors de la route, on risque de se déchirer.

Alors Angelle, en larmes, répond :

— Ne tardons plus, je ne pourrai survivre trop longtemps !

Cela ne dure qu'une seconde...

Francine et Caroline s'empressent auprès de Dominique. Avec Mélanie et Pédro, je traite les blessures de Gérald. Sa vie n'est pas en danger, mais je dois rapidement freiner l'hémorragie à son bras et désinfecter les multiples lésions et brûlures qui couvrent sa poitrine. Le Cholo n'a que de légères coupures ; il est surtout complètement épuisé. Pourtant, il désire retourner sur les lieux, affirmant qu'il y a d'autres blessés. Augustin et deux autres hommes partent avec lui.

Je mets toute ma concentration à soigner Gérald qui me raconte :

— Ils étaient cinq. J'ai reconnu Montalno. Les autres, je ne les connais pas. Ils ne sont pas d'ici. Ils ont fait tomber un arbre en travers de la route et ils nous ont sauvagement attaqués. Mais c'est à Dominique qu'ils s'en prenaient. Ils voulaient le tuer. Je me suis jeté sur eux pour le sauver. Mais ils étaient trop : je n'ai pas pu. Le Cholo s'est emparé d'un de leurs couteaux et il a frappé Montalno puis un autre encore ; les autres ont enflammé le camion et ont pris la fuite. Dominique gémissait dans la cabine en flammes. Il brûlait ; c'était affreux. Je me suis jeté dans le feu. J'ai réussi à le dégager. Le Cholo l'a transporté sur son dos. J'ai suivi. Il va vivre. Je ne veux pas qu'il meure ! Je ne veux pas que Dominique meure ! finit-il en criant.

— Calme-toi, Gérald. Tout est pour le mieux, lui répond Mélanie.

Un instant, je revois Norbert sautant dans le brasier et Gérald se jetant en bas de la falaise pour me sauver. Maintenant, c'est à mon tour de plonger...

Nous terminons à peine de suturer et panser les blessures de Gérald que voilà les hommes qui reviennent avec Montalno et l'autre scélérat.

Soudain, Caroline se retourne, le visage blanc comme la neige, et me fait signe de venir au chevet de Dominique. Je comprends le verdict et tombe par terre en pleurant. Caroline me relève et m'amène auprès de celui que j'aime. Je m'écroule sur sa poitrine, guette sa respiration. Il met péniblement la main dans mes cheveux...

— J'ai essayé, Angelle..., mais je ne peux plus... Je vais partir... Voilà, je m'en vais... Je t'ai tant aimée... mon cœur n'est plus que... de la farine... Je n'ai qu'une seule souffrance... perdre ton visage.

— Le voici, mon visage.

— Perdre ton corps.

— Le voici, mon corps.

Je prends sa main tremblante et la fais glisser sur mon visage et ma poitrine couverts de larmes et de sueur...

— Il ne faut pas pleurer... Avant de partir..., je veux... revoir ton visage... d'ange.

— Les anges aussi pleurent, Dominique... Tous les anges pleurent... Ils pleurent atrocement car tu vas partir.

— Je ne veux pas... te perdre... Angelle !

— Tu ne me perdras pas, Dominique.

— Perdre... ton cœur.

— Le voici.

— Perdre... le feu qui... t'anime.

— Tu l'as depuis toujours.

— Perdre... l'eau qui... t'abreuve.

— Tu t'en vas t'y baigner encore plus profondément, comme un sous-marin qui ferme les écoutilles et se prépare à plonger.

— Alors... je serai... sous toi.

— Et sur moi aussi, et dans moi, et partout...

— Alors... je ne perds... rien.

— Non, tu gagnes, Dominique, tu gagnes.

— Qu'est-ce que je... gagne, Angelle ? Je ne veux pas... rompre les... amarres !

— Tu gagnes un trou, un trou aussi grand que le mien, un trou capable de tout contenir. J'ai mal, Dominique... ne pars pas...

— Tu ne seras pas... là pour... m'accueillir. La vie n'a pas de sens... sans toi... Angelle... Je me fous du... paradis. C'est un... enfer si je... te perds.

— C'est cela le trou, Dominique. L'âme remplit l'espace laissé par la souffrance lorsqu'elle se retire, mais l'espace n'est pas vide. Écoute, tu l'entendras.

— Alors... si j'ai ce... trou, je t'emporte...

— Tu m'emportes. Le pouvoir de l'espace, c'est de tout contenir...

— Je... t'em... porte...

Ses mains se contractent, puis se relâchent... Il expire. Je le prends dans mes bras en hurlant comme un loup après la lune. Je le serre, le couvre de larmes. Tout mon être est défoncé, retourné à l'envers, les entrailles brûlant dans les acides du désespoir, le cœur dissous, l'âme étalée à la grandeur du ciel. Mon corps est un brasier, je ne me relèverai plus.

Depuis le début,
*je voyage dans ton mystère, **IOA**.*
Mais voici que je suis fendue
par le milieu, éventrée...
Tu as toute la place :
habite-moi puisque je ne suis plus.

Dieu se tient tout entier en moi. Il occupe la place laissée par l'espoir qui s'est enfui. Pas un arbre qui pleure ne pousse hors de moi, pas un humain qui souffre n'a mal hors de moi, pas un pissenlit qui défripe sa frimousse ne rayonne hors de moi, pas un chien qui garde les moutons ne les surveille hors de moi. Et, quand les enfants des planètes courent les marguerites, c'est mon corps qu'ils font frissonner.

Je suis devenue la bergère de la réalité, c'est moi qui me suis jetée dans le brasier pour sauver l'agneau, et l'agneau, c'est aussi moi. Je me suis sortie du feu en plongeant dedans. Voici que je gambade. Ni le berger, ni l'agneau ne sont morts. Comprenez-vous, loups, que lorsque vous mangez un petit agneau, c'est ma chair que vous mangez et que lorsque vous buvez son sang, c'est mon sang que vous buvez ?

À bientôt, Dominique,
je ne tarderai plus.
Il y a bien d'autres planètes dans l'espace.
*Nous ne serons jamais hors d'**IOA**.*
Jamais tu n'iras assez loin
pour que je ne sois derrière toi.

Non, celle qui se relève n'est jamais celle qui s'est affaissée. La douleur m'a abandonnée ; plutôt, ma souffrance est comparable au vent sur une voile : elle m'emporte au-delà. Lorsque je me dresse pour continuer le chemin, c'est un nuage qui pose le pied, un nuage si léger que la terre qui se roule sous lui avec tant de tendresse n'apparaît plus qu'un moment perdu dans l'azur. Le cosmos n'est que la membrane de la réalité enivrante de Dieu, une membrane maintenant si mince que la présence de Dieu m'arrache des cris de joie.

* * *

Montalno se tord de douleur. Le Cholo lui a perforé la jambe si violemment que son fémur brisé sort de sa cuisse. Sans dire un mot, en serrant les dents comme des horloges bien remontées, Caroline et moi nous le soignons. L'infection est grave, mais sa vie n'est pas en danger. Sa douleur est épouvantable.

Par moments, j'ai envie de lui prendre l'os à deux mains et de le sortir de sa jambe pour lui en assener de grands coups sur la figure. Je lutte contre la haine... Je n'aurais jamais imaginé que des pensées aussi sadiques puissent jaillir de moi ; je n'aurais jamais imaginé qu'une chose aussi horrible puisse arriver à Dominique...

Nous injectons à Montalno un puissant calmant. Julia, prévenue du drame, entre ; tout le village attend à la porte.

— Madame Angelle, il ne faut pas soigner Montalno ; Vicuno et le conseil l'ont condamné, lui et son complice...

Les yeux de Julia se remplissent de haine et la vue de cette haine me fait soudainement si horreur que je voudrais l'arracher du visage de Julia et de mon cœur surtout. Je réussis péniblement à reprendre le contrôle sur moi.

— Julia, c'est toi qui me dis cela ?

— Ce n'est pas bon pour nous, ni pour lui, qu'il vive.

— Tu ne sais donc pas, Julia, que, si une âme n'est pas assez développée, elle ne peut survivre. Si Montalno meurt maintenant, il est probable qu'il ne puisse survivre. Alors, laissez-le nous jusqu'à ce qu'il soit prêt. Avant de tuer une mère coupable, ne l'aideriez-vous pas à accoucher de son innocent bébé !

Vicuno, qui a tout entendu, entre à son tour.

— À quoi sert de le guérir puisque, selon notre loi, il sera décapité ?

— Il est possible qu'en justice vous ayez raison mais, en miséricorde, vous vous trompez. La justice est l'affaire de la *communidad* et je m'incline devant votre décision. Mais la miséricorde est notre affaire, et nous l'accomplirons.

— Il a tué ton mari... comment peux-tu vouloir le protéger ?

— C'est la haine qui a tué mon mari, comme elle a violé la mère de Montalno et comme elle est entrée en moi et en vous tous. Mais notre affaire, c'est l'amour. J'espère pour toi, Vicuno, et pour les autres aussi, que votre justice ne comporte pas de haine, car là où la haine s'infiltre, la mort suit.

Je sais que j'ai dit ce qu'il fallait, mais je ne comprends pas comment j'ai pu en être capable. Il y a certainement quelqu'un qui continue à vivre en moi, car ça ne peut être celle qui vient de laisser partir Dominique.

Julia reste, Vicuno se retire. Après consultation, le village accorde deux semaines de sursis à Montalno, après quoi il sera décapité.

— Je ne comprends rien à votre pardon, madame Angelle, mais je vous aime et je vous écoute, affirme Julia.

Montalno se met à crier :

— Achevez-moi. Ayez pitié. Je ne supporte pas le spectacle... la comédie stupide que vous étalez devant mes yeux.

Vous me haïssez, ça se voit, et vous avez raison, car je vous hais, je vous hais tous. Sortez et laissez-moi.

Je demande à rester seule avec Montalno.

— Tu vois ma main, Montalno ? Si tu ne te tais pas, tu vas la recevoir en pleine figure. Oui, la haine a pénétré en moi et, si je la laissais faire, je t'étranglerais de mes propres mains. Mais cette haine, je suis ici pour la chasser et non pour la transmettre. C'est en moi qu'elle s'arrêtera, je la réprimerai. J'ai un gouffre en moi assez grand pour la contenir, et il y a assez de lumière ici pour qu'elle se transforme en amour. Ne comprends-tu pas que, pour que la haine cesse son parcours, il faut que chacun l'arrête. Tous ceux qui la propagent souillent l'avenir, et l'avenir est si contaminé que je doute parfois de sa survie. Alors tais-toi et ramasse tes forces, car il importe que tu cesses d'étouffer ton âme dans tes désirs de vengeance. Dans deux semaines, on t'enlèvera ta vie et que restera-t-il si, d'ici ce temps, tu n'as pas réussi à naître ?

Et il se laisse soigner.

Dans mon cœur, au fil des heures, tigres et lions se retirent dans la forêt, très loin dans les jungles devenues profondes. Le calme de retour, ma main se fait douce sur le front de Montalno. Je me tiens près de lui et guette son choix.

— Ce n'est pas lui que je voulais tuer, ce n'est pas vous : c'est ce salaud qui a violé ma mère... Ma mère... avait si honte... Après m'avoir nourri, après s'être assurée que tout allait bien pour moi, elle s'est jetée en bas d'une falaise... Toute ma vie, j'ai été humilié parce que je portais le sang de ce chien... C'est moi que j'aurais dû tuer... C'est moi...

Il pleure amèrement et ses larmes sont comme le sang distillé par la souffrance.

— Montalno, n'oublie pas le reste.

— Quel reste ?

— Tu as voulu laver ton peuple de son humiliation, tu as pris sur toi de nettoyer ton peuple de tout ce qui était étranger à sa bonté originelle. Cela, tu as omis de me le dire. Ta haine, c'était aussi de l'amour.

— Oui, c'est vrai. Les natifs ont été bafoués, torturés, mais surtout humiliés. Ils ont été violés, atteints dans leur dignité.

— Tu étais petit et tu as consacré ta vie pour le bonheur de tous.

— Oui, je me souviens. J'ai grimpé dans un arbre, très haut sur une colline. On apercevait Pucallpa et bien d'autres villages. J'ai senti une force en moi, la force d'Inti. Je suis descendu en me jurant que je débarrasserais les *Quechuas* du mal...

— Où t'es-tu trompé, Montalno ?

— J'ignore ce qui s'est passé. J'étais habité par un feu, je ne pouvais me contenir.

— Et pourquoi ce feu, au lieu de monter dans le ciel, te dévorait-il dans sa fournaise ?

— Je ne sais pas. Dis-le moi, je veux savoir. Pourquoi me suis-je trompé de route ?

— Je pense que le mal ne s'enlève pas. Si on tente de l'arracher, on se durcit le cœur. Vois-tu, on devient toujours semblable à ce que l'on combat. Il ne faut pas se battre, il ne faut pas chercher à enlever le mal.

— Mais alors, que devons-nous faire ?

— Laisser la lumière entrer en toi, t'envahir et déborder de toi ; c'est ainsi que le désir de bien faire ne se transforme pas, peu à peu, en violence. Tous ceux qui ont voulu retirer le mal l'ont introduit ; tous ceux qui ont voulu fuir le péché l'ont commis ; tous ceux qui ont voulu enlever la guerre l'ont propagée. Seul celui qui aime trouve ce qui est aimable, même en ceux qui se sont fourvoyés.

Ses yeux fixent le plafond ; j'ai l'impression qu'il entend sa propre pensée. Je me tais et veille près de lui de longues heures. Et puis, il murmure...

— Il y a un tout petit coin de moi où c'est tranquille. Est-ce cela que tu appelles l'âme ?

— C'est ce que je crois.

— Ce que les missionnaires ont appelé le royaume de Dieu ?

— Ce que vous nommez le *Raymi*.

— C'est si petit. Est-ce suffisant ?

— Peux-tu tenir ta conscience une minuscule seconde en elle ?

Il prend un moment pour vérifier.

— Je peux.

— C'est cet instant qui est l'éternité.

— C'est atroce ce que j'ai fait de ma vie...

— Montalno, regarde seulement la lumière qui éclaire devant toi. Si tu te retournes, tu verras le mal et tu ne pourras te pardonner. Et, si tu ne te pardonnes pas, comment pourras-tu survivre ? Et, si tu ne survis pas, tu prives Inti...

— Inti est-il le vrai Dieu ?... On nous a parlé de Jésus.

Lequel est le vrai ?...

— C'est celui qui t'habite qui est réel et tu peux le nommer comme tu veux.

— Alors, je peux le prier et... il m'entendra...

— Tu peux.

Montalno prie:

Viracocha, tu m'as donné la vie
et je suis tombé dedans
comme dans une rivière de boue.
Je me suis trompé,
je suis Pizarro,
j'ai fait plus de mal
que le mal que j'ai voulu enlever.
Me pardonneras-tu ?
Pourras-tu te laver de moi ?
Je t'ai souillé de haine et de sang.
Pourras-tu laver ce monde ?

Et toi, Inti,
si clair qu'on ne peut te regarder,
je me suis mis en travers toi,
et je n'ai fait que de l'ombre.
Qu'importe que je disparaisse à jamais,
qu'importe que ma souffrance
me reste éternellement coincée dans la gorge
pourvu que mes frères retrouvent
la connaissance de la paix
et la fraternité de l'ayllu.
Y a-t-il assez de lumière dans le ciel
pour nous laver de la haine ?

— Tu sais, Montalno, la lumière c'est l'obscurité qui prend soudainement une vitesse incroyable parce qu'elle répond à l'attraction exercée par les zones denses de l'espace. La lumière, c'est la nuit qui tourne vers nous son visage. Ce qui est plus noir que la nuit, dans ton cœur, c'est la clarté qui tourne le dos. Mais, écoute un chant de tes frères :

Inti séjournait à l'intérieur de l'espace
L'univers était dans l'obscurité.

Et il commença par dire ces mots,
pour cesser, lui, de rester inactif :
« Ténèbres, devenez des ténèbres
pleines de lumière. »
Et immédiatement la lumière parut.

Il répéta alors ces mêmes paroles
Pour cesser, lui, de rester inactif :
« Lumière, deviens une lumière
pleine de ténèbres. »
Et de nouveau de profondes ténèbres survinrent.

Puis une troisième fois
il parla, disant :
« Qu'il y ait une obscurité en haut,
qu'il y ait une obscurité en bas...
Qu'il y ait une lumière en haut,
qu'il y ait une lumière en bas... »

Et alors une grande lumière domina.

Tu vois, Montalno, tout mal concourt à son propre bien dès que le regard se tourne vers la parole qui chuchote dans le silence.

Pendant deux semaines, Montalno écoute le silence ; pendant deux semaines, je reste près de lui. J'ai besoin de veiller près de lui. Le bruit de sa conversion, comme un petit ruisseau, parvient seul à me réjouir quelque peu. Il est si bon d'entendre une âme retourner son visage du côté de l'être qui l'appelle. C'est là le seul baume qui réussisse à me rendre ces deux premières semaines de deuil supportables.

Le complice, qui n'est que légèrement blessé, ne cesse de nous regarder. Je sais que, dans son silence, il suit lentement la route de Montalno. Mélanie et Pédro ne le quittent pas et tentent de le guider vers lui-même.

En temps et lieu, on vient chercher les deux meurtriers pour les mener au centre du village. En partant, Montalno avoue :

— Je suis content qu'on me délivre de ce corps : sans ce souvenir d'ici, ce sera plus facile de reprendre le chemin juste...

— J'ai vu, dit le complice, et entendu ces dernières semaines quelque chose que jamais je n'aurais cru possible ; je ne vais pas à la mort aujourd'hui comme j'y serais allé ce jour-là...

Sur la place publique, Julia tient la main de Montalno. On m'a dit que les deux hommes sont morts en paix et que leurs dernières paroles furent : « Il est juste que nous mourions, mais il est malheureux que la haine se perpétue. Mes frères, quand vous lèverez la hache sur nous, gardez vos yeux du côté du soleil. »

* * *

Afin de nous reposer, et parce que le ciel sur la *selva* est plus pur que l'opale, Mélanie, Pédro et moi partons sur le fleuve rendre visite aux Shipibos du rio Pisqui. Le petit moteur ronronne et la pirogue glisse doucement sur l'eau brune.

Pédro et Mélanie, fiancés depuis peu, échangent des regards si tendres que, sur ma nuque, passent des frissons. Leur rire qui s'infiltre dans ma blessure mortelle, comme la brise par une fenêtre ouverte, laisse une douce fraîcheur...

— Alors, Pédro, heureux ?

— Je le suis tellement, madame Angelle... je le suis tellement... Je n'ai pas assez de place dans mon cœur pour tout contenir.

— Eh bien ! moi aussi, les enfants. Aujourd'hui, je suis heureuse.

Au coude de la rivière, nous apercevons enfin le village pelotonné sur la berge. La plage est dégagée, tranquille au pied du Cerro de Motélo couvert de forêts.

Une femme et deux bambins se baignent. Sous un sourire gêné, la femme nous observe. Elle ne s'approche ni ne s'éloigne ; elle nous regarde comme on regarde un petit troupeau de vigognes perdu loin des montagnes. Alors je m'avance et, par signes, lui explique que nous ne désirons qu'un moment de repos et que c'est pour cela que nous sommes ici.

Comment a-t-elle pu comprendre le message ? Je ne sais. Elle nous amène près de sa *casa*, explique qu'elle s'appelle Mashpaya, qu'elle vit ici depuis toujours et que nous sommes les bienvenus.

Nous demeurons une semaine avec elle.

Les hommes sont partis en expédition de pêche tandis que les femmes restent seules au village avec les enfants.

Mashpaya va chercher de la terre rouge près de la rivière, la mélange à de la cendre d'écorce, pétrit longuement. Elle façonne un grand vase. Les enfants, tout près, empilent des petites pierres. La femme travaille sans bruit, comme si le silence lui parlait. Ses gestes lents ont la précision du mouvement des planètes. Elle laisse sécher le vase trois jours, l'enduit d'engobe, puis elle allume un grand feu rapide qui enveloppe toute la jarre. La céramique étant cuite, elle la peint, se servant de ses cheveux en guise de pinceau. Son dessin, si précis et délicat, relève de la mathématique la plus extraordinaire.

— Vous voyez, les enfants, comment agit cette femme ? C'est ainsi qu'on développe une âme : on la creuse, on la cuit et on l'enlumine.

La semaine passée avec Mashpaya reste inoubliable en mon cœur. Cette femme, dont la vie s'écoule si loin des folies humaines, a colmaté ma blessure. Lorsque nous repartons, elle lève la tête et son sourire luit comme le ciel.

De retour au dispensaire, Francine me tend une lettre de Burns apportée par le Cholo qui se tient là, muet et les bras croisés.

« Je n'ai pas voulu déranger la tranquillité de ta vie. Mais les événements de ces derniers mois nécessitent ta présence.

C'est le chaos. Il est impossible de prévoir la tournure des événements. C'est à n'y rien comprendre : un peu partout des bombes chimiques et biologiques ont provoqué des désastres épouvantables. Mais tout cela reste caché. J'ai parfois l'impression qu'une oligarchie mondiale s'apprête à liquider toutes les populations dans la misère. Est-ce un complot mondial contre ceux qui ne peuvent ni produire ni consommer et qui inévitablement risquent d'entraîner des déséquilibres sociaux ? Je n'ose y croire ! Cet assassinat des pauvres est si subtil et camouflé que peu de personnes se rendent compte, et pourtant des millions de gens sont déjà morts de faim et de maladies de toutes sortes. La Witts SeaFood ne suffit plus.

Avec la contribution de Hans, nous organisons une gigantesque manifestation à New York. Nous aimerions que tu viennes et que peut-être tu parles à la foule. L'opinion publique est notre seul salut. Nous avons invité des représentants de tous les pays du Tiers-Monde, afin que leurs témoignages réveillent la population de son inconscience. Le Cholo vous ramènera, toi et Dominique. Soyez prudents.

Jeffrey est en tête d'un mouvement d'extrême droite. Ils ne reculeront devant rien pour empêcher la manifestation.

Un avion personnel vous amènera ici en toute sécurité. »

— Évidemment, tu n'y vas pas. C'est trop dangereux. Si Hans avait su la mort de Dominique, il ne t'aurait pas importunée.

Je prends un moment pour réfléchir, puis j'annonce :

— J'y vais, Francine.

— À ce que je sache, c'est moi qui coordonne, ici. Alors, je refuse que tu partes. Nous avons besoin de toi.

— Francine, c'est ma route. Crois-tu que le vent obéisse à de simples paroles ?

— Mais, Angelle...

— Non, Francine, inutile.

— Alors, je pars avec toi.

— J'accepte, mais toi seule. Le village a besoin de Gérald et de Caroline.

Le soir, presque tout le village se réunit sur la place. À part les enfants, personne ne parle. Tous semblent abattus par la nouvelle de mon départ. Je savais que je les aimais, mais je ne m'étais pas rendu compte qu'ils m'aimaient tout autant. Je m'avance sur le perron du dispensaire.

— Pourquoi êtes-vous si tristes, mes amis ?... Ne faut-il pas plutôt fêter ?...

Doucement, la veillée s'anime. On se met à chanter. Je regarde chacun : pas un que je ne connaisse, pas un qui ne m'ait touché par la grandeur de son chemin et la force qu'il met à le suivre. Je les aime. Une grande tristesse m'envahit.

La *chicha* aidant, je m'endors finalement dans le bruit de la fête. Je sens que mon temps achève. Ma consolation, c'est l'espoir de te revoir, toi, ma petite fille chérie. Peut-être seras-tu à New York ? Sinon, j'irai à Montréal...

* * *

Sur le chemin de Lima, nous arrêtons chez Micheline, à Pucallpa. Nous la trouvons épuisée, vieillie et pourtant souriante. Elle est très occupée et nous n'échangeons que quelques mots. En partant, elle me dit :

— Nous nous reverrons sans doute bientôt et nous aurons alors tout notre temps.

— Oui, Micheline, à bientôt...

Nous grimpons les Andes jusqu'à Cerro de Pasco ; c'est là que nous passons la nuit. Je n'arrive pas à dormir. Je sors et marche le long du contrefort. Le village, agrippé à mains nues contre les Andes, est suspendu au-dessus de l'abîme. Les montagnes ouvrent timidement leurs robes noires, montrant des gouffres sans fond. Une falaise remonte péniblement de l'obscurité. La lune court dans le froid glacial, se jette entre les pics hachurés, mais ne peut rejoindre le torrent qui hurle d'angoisse dans le canyon. C'est pourtant dans cette angoisse qu'a dégringolé mon cœur, dans cette angoisse qui fait mal au ventre. J'ouvre les yeux, mais je ne vois plus rien. Mes jambes faiblissent et je m'affaisse sur une pierre.

Je revois Norbert, l'agneau à la gueule, vadrouillant le sol de ses chairs, et papa qui l'achève de son fusil... Je revois maman, le visage tuméfié et jauni : « Oui maman, tu vas mourir. Tu peux te rassembler dans un seul morceau... mourir unie... », et puis Soledad qui monte avec le condor... et puis Dominique, éventré... C'est à coups de masse que mon cœur est pétri...

Aurai-je la force de signer ma vie ? Et si je craque ! Si ma mort effaçait toute valeur à ce que j'ai vécu ! Me suis-je trompée dès le début ?

Je me sens infiniment seule ce soir, plus seule qu'une galaxie tombant à pic dans l'espace... Est-ce que Loée a raison : « Tes idées sont intéressantes ; j'aimerais y croire, mais elles ne reposent sur aucun fondement... » Est-ce que, comme tant d'autres, je n'ai construit qu'un ramassis de croyances afin de me rendre la réalité plus supportable ? Et si je m'étais raconté des histoires ? Si, en fait, insidieusement, j'avais travesti de simples espoirs en belles images ? Ai-je été parfaitement sincère ? Cette qualité seule garantit mon intégrité et, sans cette intégrité, je ne suis rien...

Le doute et l'angoisse s'accumulent comme un corset de plomb autour de ma gorge, de ma poitrine, de tout mon corps... Le gouffre soudain me remplit d'horreur. Mon cœur bascule dans l'abîme. Je guette dans le vertige infini de ma chute si je n'entendrais pas la parole de ma grande amie. Cette fois, je ne parlerai pas à sa place. J'écouterai seulement...

Rien que le silence, un épouvantable silence. Voilà, tout s'écroule. Il ne reste rien. Une vie vient de passer : c'est tout, ce n'était que ça. Une vie c'est tellement rien... si ce n'est le bruit que ça fait en passant. Voyez, j'ai passé et pas un arbre n'a bronché, pas même un brin d'herbe. Je pars... Le monde est pire qu'à mon arrivée. Quelle vanité que celle de l'humain !... Replier le temps sur lui-même, comme on rabat une couverture avant de s'endormir, voilà la vie !... Bon, je parle encore ! Je me tais, je me tais...

Je me tais tellement que le silence se tait, que la nature se tait, que mon cœur se tait, comme pour laisser parler les étoiles...

Il fait si froid ! En croisant les mains sur sa poitrine, la nuit ferme son col. Seule la Voie lactée, telle un boa de renard gris, scintille.

Qu'importe que je passe, errante, d'une nuit à une autre, sans avoir vu le jour... les étoiles sont si belles dans le ciel... Je n'aurais perçu que cela... que ma vie valait la peine... Qu'importe que je meure ! Ces montagnes tranquilles demeurent... Elles ont vu l'animal humain depuis son origine... Un instant, et puis il disparaît dans la terre...

Vie, toujours tu montes comme la montagne, comme la sève, comme la brume, toujours tu descends comme la pluie, comme le météorite, comme la lumière. J'ai vu le spectacle, j'ai visité un tout petit coin de ton mystère. J'ignore si en abandonnant ce corps je continuerai à te ressentir comme ce soir je te serre sur ma poitrine... Je ne sais pas, mais tout cela valait la peine...

La nature devient soudainement si présente, si proche. J'ai l'impression que le sol, à mes pieds, respire et gémit, comme si la pierre tout à coup devenait le cuir d'un animal qui se réveille. Les montagnes s'approchent, s'attendrissent et parlent...

« Tu sais bien que tout ce que tu as vu n'est qu'illustration ; tu le sais depuis le début. Ce qui se voit n'est que création... Mais, dans un poème, c'est le sens qui est vrai et non l'image ; dans une musique, c'est la mélodie qui chante et non les notes... Alors, Angelle, je suis là depuis le début ; c'est toi qui m'as nommée 'ma grande amie' ; c'est toi qui te parles à toi-même en ce moment, mais le sens de ce que tu énonces vient de moi.

L'amour raconte parfois des balivernes de peur de rester inaperçu, mais qui peut lui barrer le chemin ? C'est toi qui disposes sur moi le vêtement, puisque je suis invisible ; c'est toi qui m'ajoutes la parole, puisque je suis inaudible. Mais personne ne m'empêche d'aller où je veux. »

Une paix profonde habite mon âme... et je peux retrouver en moi tout ce que la vie y a déposé, car le doute, s'il cache le réel, ne peut le faire disparaître. Au contraire, le doute, s'il reste dans les limites de la sincérité, lorsqu'il se dissipe, me laisse toujours rajeunie.

Il fait encore nuit au moment où nous partons... et longue est la route qui descend des montagnes.

* * *

Dans sa poêle grise, le soleil agite la capitale. Le bruit de la ville, de la route, nous déchire le tympan. Une frénésie folle passe entre les édifices. J'avais oublié Lima. Elle me chiffonne comme un papier et m'emporte dans ses rigoles. J'ai peine à conserver mon attention... Nous sommes en retard. Le Cholo conduit comme un fou. Nous filons, crochetons, dépassons les cent quarante. Enfin, l'aéroport...

Dans Central Park bondé, les gens chantent, crient, se bousculent. L'estrade s'élève haut, les orateurs hurlent inutilement : personne n'écoute. Sans doute des hommes de mains ont-ils été engagés pour chahuter. Tant bien que mal nous approchons de Marie qui nous attend avec anxiété. À grands signes, elle nous demande de la rejoindre. Je lui lance :

— Je m'en vais d'ici, c'est inutile...

Elle ne comprend pas. Je crie plus fort :

— Nous repartons immédiatement pour Montréal.

— Ne renonce pas, Angelle, parvient-elle à me faire entendre.

— N'insiste pas, Marie, nous irons te voir à Boston.

D'un signe de tête, elle acquiesce.

— Le Cholo vous reconduira à l'aéroport, hurle-t-elle finalement.

Tant bien que mal, le colosse nous fraie un chemin à travers la foule. Nous croisons la 9e Avenue. Une bande de cagoulards charge la cohue en jetant, au hasard, des cocktails Molotov. Les manifestants paniquent et s'enfuient de tous côtés. Le Cholo me tire littéralement vers un taxi. Des hommes accourent directement vers nous... Je reconnais Jeffrey... L'un d'eux lance une grenade... Une brûlure atroce me traverse les jambes et les hanches. Je me roule par terre en criant. Le Cholo réussit difficilement à m'entraîner dans le taxi. Nous démarrons. Je perds connaissance...

* * *

...Et je me réveille...

Mon corps, peu à peu, m'est redonné. Une douleur, une insupportable douleur me transperce les hanches. Une douleur comme une nappe de goudron brûlant sur des chairs nues. Une chambre toute blanche... Une bouteille de sérum... Le bib-bib du cardiographe... Une odeur d'éther et de chloroforme. Le visage de Francine se dégage doucement de la brume... Elle me tient la main.

J'arrive à balbutier :

— Où suis-je ?

— Nous sommes à Montréal, Angelle, à l'hôpital Notre-Dame. Tout ira très bien, répond-elle en retenant des sanglots.

On m'administre un puissant calmant, mais je les supplie de diminuer la dose. J'ai encore à faire et le temps tire à sa fin.

Par moments, une vague de feu me traverse le ventre, et puis elle s'en va et tout redevient tranquille. Francine, indéfectible et silencieuse, se tient près de moi, comme ma propre main, comme mon propre cœur, me caressant le front pour me rafraîchir, massant mon poignet pour diffuser la douleur. Elle m'écoute avec l'attention d'un radiotélescope tourné vers un lointain quasar.

— Depuis combien de temps suis-je ici ?

— Deux jours.

— Et le Cholo ?

— Il s'en est bien tiré.

— Et toi ?

— J'ai eu la chance d'avoir été retardée.

— Est-ce que Loée est ici ?

— Non, pas pour le moment. La famille est partie en Afrique...

— En Afrique ?

— L'Organisation d'aide à l'Afrique a dépêché un messager...

— L'Organisation d'aide ?

— Ils ont dit que toute la famille est partie l'an dernier pour distribuer des provisions au Sahel. Loée sera ici dans sept ou huit jours.

— Tout ce temps ! Je ne peux pas tenir jusque-là. Francine, assure-toi que personne ne vienne nous déranger, prends du papier, écris tout ce que je vais te dire, et tu le donneras à Loée.

— Il ne faut pas te fatiguer. Les médecins...

— Il est impossible de retenir l'agnelle de crier lorsqu'elle met bas... Je ne t'ai jamais raconté l'histoire de la petite
fille enfermée dans sa chambre et qui porte une colombe dans
son ventre ? Un jour, la petite fille trouve la porte, sort et
court tout le champ ; épuisée, elle tombe, se fracasse la tête
et la colombe surgit de sa poitrine. Maintenant, ne vois-tu
pas cette colombe effleurer les marguerites, ne la vois-tu pas
s'élever ?...

Mon père entre dans la chambre. Comme cela me fait
étrange !

— Papa, il y a si longtemps que je ne t'ai vu !

— Ma petite fille...

Il pleure à gros sanglots, se retourne pour sortir.

— Papa, tu restes avec nous ? Tu sais, papa, j'ai souvent
pensé à toi.

— Je n'ai pas été un très bon père...

— Papa, si tu vois un homme grimper une montagne
en portant cinquante kilos de pierres sur son dos, il se peut
que tu le trouves souvent assis, impatient peut-être, mais le
condamneras-tu ? Possible qu'il ne touche le sommet que bien
après le bouc ou le chamois mais, en haut, qui sera le plus
fort ?

Il ne dit rien.

— C'est pour cela que je t'aime. Oui, je cours en avant,
mais je reste si fragile ! Alors, assieds-toi près de moi ; je
profiterai de ta force.

* * *

C'est à ce moment que j'ai commencé de dicter ce livre
à Francine...

Si tu es parti pour l'Afrique, c'est peut-être que le temps
est venu pour nous deux de nous connaître.

Sache que je serai toujours là pour t'écouter.

Je t'ai transmis la vie ; j'aimerais te transmettre mon
souffle. Non pas pour éteindre le tien, mais pour m'y ajouter
car, si chaque génération ajoute le meilleur de la précédente
et en soustrait le pire, un jour la vie se fera plus douce.

Ma vie est passée comme le chant du rossignol, tout en
légèreté. Dieu m'a préservée, et je n'ai pas connu de grandes
souffrances. Un chien se jette dans le feu : combien puissant
est son bonheur lorsqu'il regarde l'agneau délivré déguerpir

à toutes jambes dans les marguerites ! Un pêcheur remonte péniblement son filet : combien est grande sa joie de voir ses poissons s'envoler dans le ciel ! Une femme crie lorsque son enfant s'arrache à elle, combien est immense son admiration lorsque déjà celui-ci a mis un premier pied sur ses propres fondations ! Une amoureuse hurle en regardant partir son amant : son plaisir touche à l'infini lorsqu'elle le retrouve pour l'éternité. Le grimpeur se déchire les mains sur la pierre, mais son cœur rejoint le ciel lorsque, debout sur la cime, il regarde l'espace se coucher nu sur la planète entière.

Je n'ai connu que le bonheur, sauf que parfois je lui ai tourné le dos.

Dans l'espace, j'ai troublé le mystère d'**IOA**, car moi je ne l'ai pas laissé tranquille. J'ai vu le pissenlit jaune à travers le ciment ; j'ai couru les marguerites et fait rire tout l'espace ; j'ai découvert la queue d'**IOA** et j'ai tiré dessus jusqu'à ce que je le trouve. Je ne l'ai pas laissé tranquille, et tu vois : maintenant les arbres parlent, la mer chante, les étoiles elles-mêmes ne savent plus se taire. J'étais debout sur la pierre du talus ; j'ai regardé l'étable : le troupeau est mort, mais un agnelet court dans le champ. L'âme est son nom et elle porte la nouvelle humanité, cette humanité qui a pilonné ses croyances et repose maintenant sur la seule et fragile foi.

Ce que je regrette, c'est de ne pas pouvoir mettre ma main sur ton ventre.

Je suis à la fin de ce temps, tu es au commencement de l'autre temps.

Toute doctrine se meurt maintenant ; c'est pourquoi l'esprit se promène, libre.

Combien de temps peut-on garder une plante dans un pot sans la repiquer ? Je ne sais. Mais le pot s'est finalement brisé de lui-même car il était rigide.

Qu'as-tu vu dans le ciel ? Une table ?... Une chaise peut-être, ou bien un socle ? Non, tu n'as rien vu qui porte les étoiles. Les étoiles sont tenues par le milieu d'elles-mêmes : on appelle cela la gravité. La gravité qui les attire à l'intérieur est si forte que toute parcelle de matière explose et va, charriée par la lumière, arroser les planètes de poussière, et ainsi apparaît la vie. Alors c'était folie pour les humains de vouloir faire reposer l'âme sur des doctrines. L'âme repose sur un minuscule orifice en lequel l'espace se retourne sur lui-même et se personnifie.

....

288

Angelle n'en peut plus... Ses yeux maintenant se perdent dans la nuit.

Moi, Francine, qui ai transcrit ces lignes, j'affirme que le feu ne dévore pas : il vivifie ; que la souffrance ne blesse pas : elle souffle ; que l'amour ni ne se tarit ni ne connaît la mort.

Au moment où les dernières particules de vie se sont rassemblées dans son visage, j'ai entendu :

Je suis née dans le feu.
J'ai marché sur l'eau.
J'ai pris mon envol à l'aube,
et me suis éveillée avant qu'il ne fasse nuit.
J'ai vu que les arbres s'élèvent vers le ciel
et je me suis élevée.
J'ai vu que les rivières descendent à la mer :
elles m'ont emportée.
Mon corps se dissout,
mon âme vole vers celui qu'elle aime.

Demain sera le jour
où le feu ne laissera plus d'ombre.

TABLE DES MATIÈRES